FANTASTIC ORIENTAL HEROES
설봉 新무협 판타지 소설

십검애사 2

설봉 新무협 판타지 소설

초판 1쇄 찍은 날 § 2012년 3월 13일
초판 1쇄 펴낸 날 § 2012년 3월 20일

지은이 § 설봉
펴낸이 § 서경석

편집부장 § 권태완
편집책임 § 주소영

펴낸곳 § 도서출판 청어람
등록번호 § 제1081-1-89호
등록일자 § 1999. 5. 31
어람번호 § 제2-2212호

주소 § 경기도 부천시 원미구 심곡2동 163-2 서경B/D 3F (우) 420-822
전화 § 032-656-4452 팩스 § 032-656-4453
http://www.chungeoram.com
E-mail § chungeoram@chungeoram.com

ISBN 978-89-251-2808-5 04810
ISBN 978-89-251-2806-1 (세트)

십검애사
十劍哀史
FANTASTIC ORIENTAL HEROES
설봉 新무협 판타지 소설
2
당번여류(撞翻如流)
오는 대로 받아넘긴다
도서출판
청어람

目次

第八章 주검 하나

1

'검치의 제자…….'

검치가 어떤 사람인지는 팽가연도 알고 있다.

시대가 달라서 직접 본 적은 없지만, 무림을 질타했던 절대 고수를 모를 리 있겠나.

치기 어린 사람과 정신박약은 구분된다.

검치는 후자다. 본인 의지와는 상관없이 정신세계가 어린 세계에 머물러 있다.

즉, 어린아이가 절대 검수로 성장했다는 말과 다를 바 없다.

이런아이에게 주어진 것은 시간뿐이다. 정신적인 성숙은 제 자리에 머물러 있으되, 시간만 넉넉하게 주어졌다.

어린아이가 주어진 시간으로 무엇을 할 수 있을까?

반복된 수련뿐이다. 검공에 대한 사고(思考)도 할 수 있지만, 깊게 들어가는 데는 한계가 있을 것이다. 그러니 끈기와 인내를 가지고 반복 수련을 하는 길밖에 없다.

그런 수련으로 절정 검공을 깨달을 수 있을까?

그는 의문으로 가득 채워진 고수다.

그런데 제 일신(一身)을 돌보기에도 벅찰 것 같은 검치가 제자까지 거뒀다.

온통 불가사의(不可思議)투성이다.

루주도 이해할 수 없다.

그가 정녕 검치의 제자인가? 그렇다면 회자수 서른 명쯤은 너끈히 해치웠어야 한다. 그런데 최정상에서 무명을 떨친 검치의 제자가 밑바닥 인생을 사는 회자수들에게 난자당했다. 비록 그들을 모두 죽이긴 했지만 그 역시 불기화령혼이라는 특이한 대법이 아니었으면 회복하지 못했을 상처를 입었다.

검치의 제자가 맞기는 한 건가?

도무지 알 수 없는 것투성이다.

호가라는 자도 심상찮다.

일개 주루의 접객원(接客員)이 불기화령혼을 알고 있다.

중원 전체를 이 잡듯 뒤져도 아는 사람이 전무한 천축의 대법을 능숙하게 사용한다.

이 작자는 뭐하는 놈인가.

팽가연은 혼란스러웠다.

그렇다고 변한 건 없다. 루주는 의모의 아이, 자신의 동생을 낙태시켰다.

그 정도 함정쯤은 빠져나올 수 있을 것이라고 생각했다? 약간 놀래줄 생각이었다?

살인을 해놓고 왜 피하지 않았느냐고 말하는 것과 무엇이 다른가.

그 행위가 고의로 판명된 지금 결코 놈을 용서할 수 없다. 놈이 자신의 손아귀에 걸려들었으니 자신이 끝내줄 심산이다.

팽가연은 마음을 고요하게 가라앉혔다.

절정 도법은 무심의 상태에서 현신한다.

그렇다. 자신이 펼치는 게 아니다. 하늘이 기운, 땅의 기운, 세상의 모든 기운이 도에 깃드는 것이다. 자신은 도의 움직임을 표현해 주는 도구일 뿐, 도의 흐름은 자연이 만들어준다.

스으으으!

진기가 전신을 맴돈다.

무릎 위에 올려놓은 유엽도에도 진기가 스며든다. 쇠붙이는 엄연히 이물질이지만 지금 이 순간만큼은 육신의 일부다. 육신의 연장선에 존재한다.

그녀는 운공삼매(運功三昧)에 빠져들었다.

루주는 죽어야 한다.

천지가 개벽해도 변하지 않을 불변의 사실이다. 다만 방법론에서는 약간의 이견이 있다.

팽가연은 직접 손을 쓰고자 한다.

가모를 해코지했다. 그런 자를 두 발 편히 뻗고 자게 만드는 것은 하북팽가의 체면 문제다. 한낱 기루 루주에게 농락당하고도 허수아비처럼 멍하니 지켜보기만 했다.

무슨 낯으로 강호 동도를 대할 것인가.

그녀의 말은 백번 옳다.

하지만 팽가촌은 이미 그런 일을 저질렀다.

루주를 죽이려면 팽가촌에서 죽였어야 한다. 그때 살려 보냈으니 이제는 죽일 명분을 잃었다.

대의(大義)로 용서.

강호 동도에게는 그런 식으로 설명해 나가야 한다.

그런데 팽가연의 고집을 그 누구도 꺾지 못한다는 데에서 문제가 있다.

그녀는 자신이 옳다고 생각한 일을 포기한 적이 없다.

세상 사람들이 모두 아니라고 해도 그녀가 옳다고 판단하면 반대편에 선다.

그런 성격 때문에 골치 아픈 적이 어디 한두 번이던가.

그녀가 루주를 직접 죽이겠다고 말했을 때, 팽효기는 순순히 시인해 주었다.

만류해 봤자 소용없다. 그녀가 이미 마음속으로 결심을 굳힌 후이기 때문에 파란만 일어난다. 그럴 바에는 싸우는 사람의 마음이나 편하게 해주고 싶다.

'곤란하게 됐어.'

미간이 절로 찌푸려지는 건 당연하다.

팽가연은 정정당당한 승부를 원한다.

터무니없는 생각이다. 루주 같은 자와 검을 섞는다는 자체가 정정당당과는 거리가 멀다. 그녀는 평생 동안 무공만 수련했다. 루주는 온갖 잡 짓을 한 놈이다.

승부가 될 리 없다.

그래도 다 나을 때까지 기다려 준다니 그게 어디인가. 지금 당장 쳐도 할 말이 없는 판에 싸울 수 있는 몸을 만들 때까지 기다려 준다니 다행이지 않은가.

루주는 고마워해야 한다.

또 그 점은 팽효기도 고맙다.

지금 당장은 아무런 일도 벌어지지 않았으니까.

'힐아비지가 오시면 결정을 내려주시겠지.'

"가연이가 직접 싸울 생각이냐?"

"네. 만류해 보았습니다만……."

"네가 용인해 주었겠지."

"네. 거절할 명분이 없었습니다."

팽효기가 공손히 대답했다.

"승부라……."

팽가사로 팽청치는 재미있다는 표정을 지었다.

크게 고민하는 표정은 아니었다. 그저 어린 손녀의 재롱이 아주 재미있다는 표정이다.

팽효기는 이런 할아버지의 표정을 익히 보아왔다. 그리고 그런 표정이 지닌 의미도 안다.

"승부가 될 리 없습니다."

할아버지의 생각을 강하게 부정했다.

"너무 가볍게 생각했구나."

"네?"

"어쩌면 너보다 가연이의 안목이 나을지도……."

"승부가 된다는 말씀이십니까?"

"저놈이 검치의 제자라는 사실을 잊었느냐?"

"그런 뜻에서 하신 말씀이라면 승복할 수 없습니다. 루주가 사용한 무공은 반편입니다. 제대로 수련한 무공이 아닙니다. 그런 무공으로 어찌 팽가 도법을……."

팽가사로는 고개를 살래살래 흔들었다.

이론적으로는 팽효기의 말이 백번 맞다. 어느 한구석 틀리지 않다. 이런 의견에 반론을 제시한다면 그게 잘못된 게다.

그래도 팽청치는 고개를 흔들었다.

세상에는 이론으로 설명할 수 없는 부분들이 있다.

루주라는 인간이 그렇다. 그는 상식 밖에서 행동한다. 처음부터 끝까지 말이 되는 게 없다.

세월을 오래 지켜본 사람의 직감이지만 팽가연과 루주, 좋은 승부가 될 것 같다.

"이 승부, 말리지 마라."

"그대로… 지속시킵니까?"

"지속시켜라. 죽은 자는 말이 없는 법이니… 입을 꾹 다물게 하면 되겠지.”

말뜻을 알아들었다.

“뒤처리… 깨끗하게 처리하겠습니다.”

팽가사로가 왔다 갔다.

죽음을 몰고 다니는 작은할아버지가 이곳에 왔다.

'죽을 팔자였군.'

팽가연은 루주의 운명을 예감했다.

자신이 그를 놔줘도 그리 멀리 도주하지 못한다. 누가 손을 쓸지는 모른다. 할아버지가 직접 손을 쓸지 회자수를 동원할지 모르겠지만 할아버지가 노린 이상 죽음을 피할 수 없다.

'잘됐어. 이제는 아무 부담 없어.'

그녀는 빙그레 웃었다.

그녀라고 세상을 보지 못하는 게 아니다. 어른들이 무엇을 걱정하는지 안다. 정도 문파 팽가가 어떤 길을 걸어야 하는지 누구보다도 잘 안다.

그런데 이번에는 하북팽가가 샛길을 염두에 두었다.

무림에서 항상 있어왔으나, 입 밖으로 난 적이 없는 아주 더러운 일이 벌어진다.

더럽건 말건 상관하지 않는다.

오직 의모를 해지려고 했다는 사실 하나만 주목한다.

그 행동 때문에 빛도 보지 못하고 스러져 간 핏덩이……. 가슴에 한을 품게 된 의모만 생각한다.

'죽어 마땅한 놈…….'

*　　*　　*

"쟤네들 뭐니?"

"꼴에 명문정파라 이거 아냐."

"다 나을 때까지 기다렸다가 치려고? 염병. 죽을 놈 간신히 살려놨더니 또 죽을 운이네. 조심해라. 이번에는 안 살려준 다."

"살려줄 수나 있고?"

"없지. 저것들이 본격적으로 칼을 휘두르기 시작하면 감당 이 안 돼. 한칼이라도 맞는 날에는 그야말로 즉각 황천행이야. 손쓰고 말고 할 틈도 없다는 거지."

호가가 맹삼력의 상처를 살피면서 말했다.

"너무 빨리 낫는 거 아냐?"

"왜? 칼 맞을까 겁나냐? 늦게 낫는 건 염려하지 마. 치료하 다가 실수하는 척하고 칼침 한 대 놓지, 뭐."

"너 그거 농담 아니지? 늘 마음속에 품고 있던 생각이지?"

"농담으로 들렸냐?"

호가는 감고 있던 붕대를 힘껏 잡아당겼다.

"아얏! 살살… 살살……."

맹삼력이 복부를 움켜잡고 식은땀을 흘렸다.

하북팽가의 무공은 말로 설명할 수 있는 게 아니다.

초식이 어떻고, 신공이 어떻고, 신법은 표범이 광야를 질주하는 것 같다는 등 팽가 무공을 설명하는 말이 무수히 돌아다니지만 어느 말도 정확하지 않다.

하북팽가 같은 큰 문파, 대가문의 무공은 사람에서 나온다. 신공을 볼 게 아니라 사람을 보아야 한다는 뜻이다.

누가 어떤 무공을 어느 경지까지 수련했느냐.

하북팽가의 모든 무인이 절정고수일 리는 없다. 그들 중 상당수가 무공을 수련 중인 미숙아(未熟兒)다. 절정을 목표로 삼고 분투 중인 수련도일 뿐이다.

열 손가락에 꼽히는 소수의 몇 명이 하북팽가 전체를 이끌어간다.

열 손가락……

열 명도 채 안 되는 사람들이 중원무림의 오대세가(五大勢家) 중 일가(一家)라는 명성을 유지시키고 있는 것이다.

팽가오로라고 해서 모두 고수는 아니다.

이미 명성을 입증한 팽가오도 역시 전부 고수로 볼 수 없다.

중원무림은 그들을 고수로 인정하고 있고, 또 그만한 대접도 받고 있지만, 글쎄. 아무리 생각해도 그가 생각하는 고수 반열에는 미치지 못한다.

고수는 김 힌 자루에 전신진기를 실을 줄 알아야 한다.

그걸 누가 못하냐고?

맞다. 모두가 다 한다. 개나 소나 다 한다. 진기를 운용할 줄 알고, 병기를 쓸 줄 아는 자라면 진기 없이 병기를 쓴다는 건 생각하지도 못한다.

검에 진기를 주입해야 강력해진다.

한낱 쇠붙이가 살아 있는 생명체로 변한다.

진기 운용을 잘하는 자가 검을 들면 바람도 없는데 검명(劍鳴)이 터져 나온다.

우우우웅!

검의 울음, 칼의 울음을 한 번이라도 들어본 사람이라면 차원이 다른 경이로움에 넋이 나갈 것이다.

그런 일들을 무인들이 한다.

하나 그것은 진정한 진기 주입이 아니다.

진기를 육신과 검이 균등하게 나눠 가지는 게 무슨 진기 주입이란 말인가.

육신이 텅 비어져야 한다.

검과 몸이 허공에 뜨면 검은 살아서 움직이되 육신은 죽어서 검을 쫓는 것으로 만족해야 한다.

상대의 병기가 육신을 가격하는 것은 느끼지 못한다. 칠 테면 치라는 식이다. 하지만 손에 든 검에 무엇이라도 닿을라치면 머리끝부터 발끝까지 온몸으로 감지된다. 검이 느끼기 때문에 몸도 따라서 느끼는 것이다.

이것이 진정한 진기 주입이다.

하북팽가에는 이런 식으로 도를 쓸 수 있는 사람이 적어도 열 명은 된다.

그들은 무엇이든 할 수 있다.

도 한 자루로 바위도 무너뜨릴 수 있고, 염라대왕도 벨 수 있다.

팽가사로는 그런 고수다.

그가 나타나는 순간, 온몸에 칼로 찌르는 듯한 전율이 짜르르 흘렀다.

팽청치는 도를 뽑지 않았다. 하지만 쳐다봤다. 진기가 눈빛에 실려서 전신을 난자했다.

그가 느낀 것은 팽청치의 눈빛이다. 하지만 그 눈빛만으로도 전신이 갈라지는 듯한 충격을 느꼈다.

팽가연도 고수이고 그 옆에 있는 사내도 상당한 예기를 풍기지만 팽가사로와는 거리가 멀다. 그들은 '도를 능숙하게 사용하는 무인' 정도의 평가면 충분하다.

물론 자신도 그런 고수가 아니다. 그런 고수가 되려고 했고, 지금도 되고자 노력한다. 하지만 사부가 보여주었던 절정의 모습을 재현해 내는 데는 실패하고 있다.

이번에는… 이번에는…….

언제나 자신있게 펼쳐 보지만 결과는 늘 실망뿐이다. 검에 대해서 실망하고, 자신에 대해서 실망한다.

'이번에는…….'

상처를 쳐다봤다.

불기화령혼은 깊은 상처에 기름으로 도포를 입혀준다. 피가 나오지 않게, 염증이 생기지 않게, 그리고 그 어떤 치료보다도 빨리 낫게 해준다.

상처는 십여 일 정도면 움직일 수 있을 정도로 나을 것이다.

팽가연을 상대로 검을 써보는 것도 괜찮다.

그녀를 죽이는 건 어떨까? 어머니가 고통을 받을까?

아니, 아니다. 마음속에 얼음 덩어리를 지니고 있는 여자가 고통 같은 것을 느낄 리 없다.

그녀는 오히려 팽가연이 죽기를 바랄지도 모른다. 그러면 팽가 전체가 혈안이 되어서 뒤쫓을 것이다. 그녀가 원한 대로…… 그보다 더한 즐거움이 어디 있겠나.

그러기 때문에 팽가연을 살린다.

자신도 죽지 않는다.

그녀를 살리기 위해서 자신이 죽는다면 그것 또한 성모라고 불리는 인면수심(人面獸心)의 여자가 즐거워할 일이다. 오래된 혹을 떼어낸 듯 홀가분해할 것이다.

그래 줄 수야 없지.

모두가 사는 길을 찾아야 한다.

'일대일의 승부라…….'

잘하면 찾을 수 있을 것 같기도 하다.

"한 놈 더 있다."

호가가 말했다.

"이놈이 코를 벌름거리네. 돌아보지는 말고. 네 뒤쪽에 숨어 있는 것 같은데. 어떻게… 내가 처리할까?"

"난 아픈 놈이잖아. 힘쓰는 것은 네가 좀 해라."

호가와 맹삼력이 말을 주고받았다.

"후후! 후후후! 후후후후!"

참으려고 했는데 참지 못하겠다. 자신도 모르게 웃음이 실실 새어 나온다.

겨우 이 정도밖에 안 되나.

그걸 참지 못하고 살수를 고용한 건가? 그렇잖아도 팽가가 알아서 움직이고 있는데, 그래도 부족했다는 건가? 아니면 자신이 무엇인가 발설할까 봐 미리 손을 쓰는 겐가.

어지간히 조급한 모습이 눈에 선히 읽힌다.

그녀의 평화는 사라졌다. 자신을 죽이지 못해서 눈이 시뻘겋게 충혈된 악귀의 모습만 보인다.

성녀(聖女)?

"후후후! 하하하하!"

그는 기어이 앙천광소를 터뜨렸다.

그런 여자가 어떻게 성녀로 변신할 수 있었을까? 또 그런 그녀의 가면을 파악하지 못한 팽가의 멍청이들은 뭔가. 눈을 어디다 달고 다니는 건가.

모두 바보들이다.

"뭐가 그렇게 신나? 같이 좀 웃자. 뭔데?"

"저자는 내가 저리한다."

"그건 마음대로 하고. 웃은 이유나 알자니까!"

"후후! 후후후!"

"이거 사람 병신 만드는 것도 가지가지네. 그래, 너 혼자 실
컷 웃어라. 웃다가 배창시 터져도 안 꿰매준다."

호가가 눈을 부라렸다.

그는 하염없이 웃기만 했다.

"하하하하! 하하하하!"

'그 여자가 고용한 자라면… 후후! 내 손으로 처리해 주는
게 예의지.'

2

'들… 켰군.'

도인은 쓴웃음을 흘렸다.

사람들의 이목은 피해낼 수 있었는데, 개의 후각까지는 어
쩌지 못했다.

호가가 데리고 다니는 흑풍은 보통 개가 아니다.

덩치가 사람 정도로 크고 이빨이 맹수처럼 날카롭다.

겉모습만 개이지 호랑이와도 능히 싸울 수 있을 것 같은 철
견(鐵犬)이다.

흑풍을 무시한 게 실수다.

'그래도 변하는 건 없어. 쯧! 어부지리(漁父之利)를 얻으려
고 했는데 이렇게 되면… 내가 먼저 나서야 하는 건가? 그래도
아무 상관 없고.'

살수를 청부한 사람은 팽가촌 가모다.

그녀가 자필로 써준 서신이 얌전히 보관되어 있다.

팽가 무인들과 충돌이 생기는 건 아무 걱정도 하지 않는다. 가모와는 비밀 유지를 약속했지만 여차하면 사실대로 까놓으면 된다. 이쪽부터 살고 봐야 하지 않나.

또 충돌이 일어날 건더기도 없다.

처치하기 곤란한 자를 아무 관련도 없는 자가 대신 처리해 준다는데 싫어할 사람이 어디 있나.

그는 무기를 점검했다.

허리에 비수 다섯 자루, 발끝에 척퇴비침(擲腿飛針), 등에 십자형(十字形)의 철갑(鐵甲), 그리고 결정적으로 루주의 목을 따낼 애검(愛劍) 마혼(魔魂).

'됐어!'

모두 다 안다.

이쪽도 알고 저쪽도 안다. 하다못해 지켜보는 자들까지도 안다.

먹이는 하나이고, 노리는 자는 둘이다.

그중 하나가 먼저 나섰다. 먹이로 노림을 받는 자가 사냥꾼을 선택했다.

네가 날 먹어라!

루주는 붕대로 칭칭 감은 몸을 이끌고 도인이 숨어 있는 곳을 향해 걸었다.

"나와라!"

도인도 숨지 않았다.

준비는 이미 끝난 상태다. 위치가 노출되었다는 것도 아는 마당에 더 숨고 자시고 할 것도 없다.

그는 몸을 일으켰다.

"후후후!"

자신있는 웃음이 흘러나왔다.

회자수 따위에게 엉망이 된 놈이다. 기녀들의 등골이나 파먹고 살던 놈이다. 뒷골목에서는 주먹깨나 흔들고 다녔을지 몰라도 무림에서는 언제든지 밟아버릴 수 있는 지렁이다.

스읏!

루주가 검을 들었다.

"호오! 다짜고짜? 내가 누구인지, 누구 사주로 온 건지 궁금하지도 않나? 대부분은 그런 것부터 물어보던데."

"대답해 줬나?"

"아니."

"네놈은 살수, 청부자는 짐작 가는 데가 있고. 더 물어볼 게 있나?"

"없지."

"들어라."

도인은 머리를 갸웃거렸다.

객관적으로 판단하건대, 둘 중 우위에 있는 사람은 분명히 자신이다. 자신이 싸움을 걸 입장이다. 당연히 루주는 꽁지가 빠져라 도망가야 하는 처지다.

그런데 바뀌었다.

놈이 주도권을 쥐고 있고, 자신이 끌려간다.

놈이 먼저 검을 들었고, 자신은 머뭇거린다. 이게 무슨 현상인가? 무엇에 기가 눌린 것이지?

도인은 마음을 다잡고 진기를 일으켰다.

스으읏!

전신에 따뜻한 기운이 넘쳐흐른다. 강력한 힘이 검으로 흘러든다. 마혼이 피를 부르는 혈명(血鳴)을 토해낸다.

'딱 좋아!'

그는 검을 들었다. 루주를 겨눴다.

놈은 어떤 변화를 일으키는가?

한데 기이한 현상이 또 일어났다. 너무 변화가 없어서 오히려 기이하게 보인다.

루주는 검을 들고만 있다.

진기를 일으키는 것도 아니고 기수식을 취하는 것도 아니다. 그저 들고 있다.

'이놈이 죽으려고!'

도인은 루주가 자신을 무시한다고 생각했다. 그러니 진기조차 일으키지 않고 담담하게 서 있는 게 아닌가.

검으로 툭 치기만 하면 그대로 끝장날 것 같다.

'정히 원이라면!'

도인도 시간을 끌 이유가 없었다.

쉐엑!

생각이 정리되자마자 마혼이 울음을 터뜨렸다.

루주는 움직이지 않는다. 일 장, 오 척……. 몸을 난자할 거리로 들어선 다음에도 돌덩이처럼 꿈쩍하지 않는다.

'이놈이 정말!'

쉑!

흐르는 검에는 일말의 자비심도 담겨 있지 않다. 순간,

쒜엑!

루주가 번개처럼 검을 썼다.

그는 특이하게도 두 손으로 검을 잡았다. 변화를 일으킬 수 없는 형태로 마주쳐 온다.

검과 검이 얽혔다. 그리고 전혀 예상치 못했던 일이 벌어졌다.

까앙! 파파팍!

검음(劍音)이 터진 것은 당연한 것인데, 그다음에 벌어진 일, 마혼이 산산조각난다. 깨진다. 부서진다. 작은 파편이 되어서 모래알처럼 흩어진다.

"이게!"

도인은 믿기지 않는 일에 입을 쩍 벌렸다.

마혼이 어떤 검인가? 백련정강(百鍊精剛)한 보검 중의 보검이다. 쇠붙이까지 베어내는 명검이다. 지금까지 숱한 병기와 부딪치고도 살아남은 진검이다.

퍼억!

둔탁한 울림이 복부를 관통했다.

"크윽!"

도인은 비명을 토해냈다.

뭐가 날아오는 것을 보지 못했다. 그가 마지막으로 본 것은 검이 깨지는 것뿐이다. 그 외에는 어떤 움직임도 보지 못했다. 바람조차 흐르지 않았다.

그는 믿을 수 없다는 듯 고개를 내려뜨려 복부를 쳐다봤다.

피가 흐른다. 어디서 나타났는지 모를 검이, 흔하디흔한 청강장검이 복부를 꿰뚫었다. 그리고 그 검은 아직도 움직이는 중이다. 살과 뼈를 가르면서.

"끄어어억!"

도인은 폐부가 쥐어 짜이는 듯한 비명을 토해냈다.

검이 움직인다. 어디를 어떻게 움직이는지 알지 못하겠는데 무척 아프다. 마치 화살 수십 대가 아주 천천히 전신을 꿰뚫고 들어서는 느낌이 든다.

'끄억! 끄어억!'

입을 벌린 채 고통을 토해냈지만 어찌 된 영문인지 음성이 토해지지 않는다. 뭐라고 할까? 상처 입은 짐승의 울부짖음, 그것도 마지막 숨을 거두기 직전에 흘리는 애처로운 신음 정도라고 해야겠다. 그런 울음이 새어 나왔다.

성대까지 다친 것 같다.

검은 복부를 긋고 있는데, 마치 목이 베인 것 같은 통증……아니다. 전신 곳곳이 난자당하는 느낌이 든다.

영원할 것 같던 움직임이 드디어 멈췄다.

사실 루주가 검을 그어나간 것은 얼마 되지 않는다. 몸을 절반도 긋지 않았다. 하지만 도인은 염라지옥 불구덩이 속에 던져진 듯한 고통을 느낄 게다.

검이 터진다. 비산한다. 몸속에서 암기 폭죽이 터진다. 심장, 간, 폐, 기도…… 건드리지 않는 곳이 없다.

도인은 즉사했다.

*　　*　　*

병기를 부딪치면 안 된다!

철퇴(鐵槌)나 철추(鐵鎚) 같은 중병(重兵)이라면 어떨지 모르겠다. 혁편(革鞭)처럼 부서지지 않는 병기라면 부딪쳐도 상관없을지 모르겠다. 하지만 검이나 도는 안 된다.

부딪치는 순간, 강력한 힘에 의해서 산산조각난다.

"이 검은 마혼이라고 한다. 귀살왕(鬼殺王)이라고 불리던 살수가 쓰던 것인데, 검을 잘라내는 검으로 유명하지."

팽효기는 도인의 검을 알아봤다.

그는 손잡이만 남아 있는 검을 집어 들고 가볍게 휘둘러 보았다. 마치 검신이 붙어 있는 것처럼.

"귀살왕이라면 살수잖아요? 그럼 이자도 살수라는 거네?"

팽가연이 걸레가 되어버린 도인의 시신을 세심하게 살펴보면서 말했다.

"살수지. 귀살왕이 살천루(殺天樓)를 빠져나와 만든 게 귀동(鬼洞)이라는 건데, 이자는 아마 귀동의 살수일 거야. 마혼을 지닌 것으로 보면 동주의 신임을 받는 살수겠지.”

“흠!”

팽가연은 들릴 듯 말 듯 미미한 신음을 흘렸다.

동주의 신임을 받는 자가 직접 살행(殺行)에 나섰다. 무림 명숙을 살해하는 것도 아니고, 고관대작을 죽이는 것도 아니다. 한낱 기루 주인을 죽이라는 명령이다.

그런 명령 같으면 하급 살수가 먼저 나서는 것이 상례다.

닭 잡으라는 명령에 군대를 동원하는 법은 없다. 닭 잡을 힘도 없는 유생(儒生)을 제거하기 위해서 일개 문파가 우르르 달려드는 경우도 없다.

귀동은 그런 일을 했다.

이것은 무엇을 말하는가? 루주가 그만큼 비중이 크다는 뜻이다. 루주는 가치가 없지만 아주 가치 있는 사람처럼 처리해야만 했다. 그래서 하급 살수면 충분할 자에게 능력있고 실패를 모르는 초급 살수(超級殺手)를 보냈다.

무엇이 루주의 비중을 크게 키웠을까?

청부자 때문이다. 청부자가 무시할 수 없는 사람이기 때문에 청부자의 기준에 맞춰서 살수를 보낸 것이다.

귀동이 무시하지 못할 정도로 비중 있는 자.

팽가연은 자신을 돌이켜 봤다. 만약 자신이 귀동에 살수 청부를 넣었다면 초급 살수를 보냈을까? 귀살왕의 애검을 소지한 자라면 적어도 좌우 양팔 중 한 명일 텐데, 그런 자를 보냈을까?

아니다. 죽일 상대가 루주라고 하면 하급 살수를 보냈을 게다.

루주에게 원한이 있으면서, 신분은 최소한 자신보다는 높은 사람이어야 한다.

그런 자가 누구일까?

루주의 원한 관계를 알지 못하지만 노옴! 아주 힘겨운 상대를 적으로 가진 것 같다.

"이자는 어떤 약도 필요없어. 아예 생명의 뿌리까지 말살시켜 버리는 죽음의 검이네."

그녀가 고개를 살래살래 흔들었다.

도인의 겉모습은 비교적 말끔했다.

검이 복부를 꿰뚫었다. 그리고 우상(右上) 쪽으로 비켜 올려쳤다.

검에 베인 사람이 아닌가. 이런 정도의 상처는 아주 흔하다. 찔리고 베이지 않고 어떻게 죽을 수 있는가.

문제는 내부에 있다.

검이 산산조각나면서 오장육부를 조각조각 끊어버렸다. 하복부에서부터 목 밑까지, 몸통 내부에 무려 팔십여 개의 검편(劍片)이 박혀 있다.

일단 격중되면 대라신선이 와도 살릴 수 없다.

"웃기는 검이지 않니?"

팽효기가 말했다.

"그러네요. 검을 맞대도 안 되고 맞아도 안 되고. 어느 것 하나 필사적이지 않은 게 없어요."

"그것보다 더 중요한 점이 있다. 봤는지 모르겠다만……."

"찰나의 묘(妙)."

"봤구나."

"그것 때문에 웃기는 검이라고 한 거 아네요?"

"후후!"

팽효기가 웃었다.

루주는 아주 묘한 검을 쓴다.

이것은 루주와 회자수의 싸움을 지켜본 팽가사로조차도 파악하지 못한 부분이다. 팽가연과 팽효기도 지척에서 지켜보지 않았다면 이번에도 놓칠 뻔했다.

루주는 순간적으로 눈을 가린다.

루주의 검과 도인의 검이 맞부딪치는 순간, 두 사람의 눈은 검으로 쏠렸다. 그리고 검이 조각조각 난다. 당연히 모든 시선이 더욱더 검에 집중될 수밖에 없다.

왜 검이 부서지는 거지? 상대는? 상대의 검도 부서지잖아? 그럼 양쪽 모두 병기가 없는 거네?

아니다. 루주는 검이 또 있다. 그가 싸움에 임하면서 검을 두 자루, 혹은 세 자루 준비하는 까닭이다.

또 한 자루가 육신을 쪼갠다.

그런데 여기서 웃기는 일이 벌어진다. 루주의 움직임은 빠르지도 느리지도 않다. 그저 평범하다. 상승고수라면 눈 감고도 피할 수 있을 정도로 평범하게 움직인다.

도인은 피하지 못했다.

회자수들이 피하지 못했을 때는 저런 것도 못 피하는 병신들이라고 비웃었다. 하지만 살수, 그것도 특급 살수로 보이는 자가 눈 빤히 뜨고 당했다.

루주의 검을 다른 각도에서 살펴야 한다는 뜻이다.

팽효기와 팽가연은 어째서 그런 현상이 벌어지는지 관찰해 냈다.

루주는 부서진 검을, 손잡이만 남은 검을 도인에게 던졌다. 두 눈 사이의 미간을 노렸다.

그런 걸 맞을 사람이 있나.

당연히 고개만 살짝 틀어 피한다. 한데 그 순간, 루주는 또 다른 검을 꺼냈고, 찌르거나 벤다.

완전한 눈속임이다.

모르는 사람이 당했다고 생각하면 글쎄? 알면서도 당할 수밖에 없는 치밀한 눈속임이 아닐까?

그런데 그다음, 루주는 관용이라고는 눈곱만치도 섞이지 않는 살검을 쓴다. 굳이 그런 검을 쓰지 않아도 되는데 억지로 검을 터뜨린다.

아주 비효율적인 죽임이다.

그런 검을 쓰면 일단 검이 불필요하게 소진된다. 그냥 베기만 해도 죽을 텐데 왜 굳이 검까지 버릴까.

진기 소진도 극심하다.

루주는 한 사람을 죽이면서 두 번이나 진기를 썼다. 서로의 병기를 조각내면서 한 번, 죽이면서 한 번. 보통 무인들이 전력을 기울여도 되지 않을 정도의 극강한 타격을 두 번이나 사용한다.

탈진 상태가 빨리 올 수밖에 없다.

확실한 죽음? 그런 건 필요없다. 루주가 검을 치는 각도는 한결같이 치명적인 사혈(死穴)이다. 굳이 검을 비산시키지 않아도 살아날 가능성이 전무하다.

그가 회자수들에게 난자당한 것도 이 때문이다. 첫 번째 진기 소진은 어쩔 수 없다고 쳐도, 두 번째 진기 소진은 누가 봐도 쓸데없는 낭비다.

많은 사람을 대상으로 이런 검을 전개했으니, 지금까지 목숨을 부지한 것만도 천행이다.

루주는 왜 이런 검을 쓸까?

직접 그에게 물어보지 않고는 정녕 이해가 불가능하다.

여기서 또 한 가지, 간과할 수 없는 부분이 있다.

루주는 회자수들의 온갖 병기에 이어서 귀동 살수의 검까지 부숴 버렸다.

귀동 살수의 내공은 상당한 수준이다. 팽가 무인들과 정면에서 부딪쳐도 견뎌낼 수 있을 만큼 강하다.

그런 자의 검이 부서졌다.

이런 경우, 루주의 검이 부서졌어야 한다. 도인이 마혼이라는 명검까지 들고 있는 이상 병기의 싸움은 두말할 필요도 없이 도인이 절대적으로 우세하다.

그런데 같이 부서졌다.

이런 일은 전에도 있었다. 회자수, 그들은 내공이 강하지 않다. 한데 그들의 병기와 부딪쳤을 때도 같이 부서졌다.

상대의 내공 여하에 관계없이 양쪽 병기가 같이 부서진다.

루주의 검에 필력(必力), 원력(原力)이 실렸다는 뜻이다.

그는 전력을 다해서 검을 쓴다.

아주 단순하지만 대응책이 없는 공격법이다.

이런 검을 상대하기 위해서는 첫 번째 일검을 무조건 흘려버려야 한다.

그까짓 걸 못 피하냐고 말하는 사람이 있다. 그만한 신법도 갖추지 못한 채 무림에 나왔냐고 말할 수도 있다.

루주의 검은 그럴 공간을 주지 않는다는 데 문제가 있다.

충분히 피할 수 있을 것 같은데 피하지 못한다. 부딪치지 않으려면 공격하지 않는 수밖에 없는데, 그럼 싸울 이유도 없는 것이고, 그렇다고 공격해 들어가면 반드시 얽힌다.

정말 묘하면서 웃긴 검이지 않나.

"잘 생각해야겠다."

팽효기가 남의 이야기처럼 말했다.

'그까짓 것……'

팽가연은 무심히 튀어나가려는 말을 억지로 꾹 눌러 삼켰다.

모두들 그런 식으로 말했다가 당했다.

그녀가 본 것은 회자수의 싸움과 도인과의 싸움뿐이지만, 그들 이외에도 많은 사람들이 '그까짓 것' 하면서 무시했을 게다.

연구해야 한다. 강적을 만났을 때처럼, 정신 똑바로 차리고 어째서 피할 수 없는지 이유를 찾아야 한다.

도가 부서지면 당한다.

물론 그럴 때도 당하지 않을 자신이 있지만 지금은 그녀조차도 확신하지 못한다.

피하고 친다.

원칙은 정해졌다. 남은 문제는 무엇으로 어떻게 피하느냐 하는 방법론뿐이다.

그녀는 진중하게 말했다.

"연구거리가 생겼네요."

3

'죽어?'

귀살왕은 도인의 죽음을 눈으로 보면서도 믿을 수 없었다.

손가락만 까딱거려도 죽일 수 있을 것 같은 놈에게 되레 죽임을 당하고 말았다.

이럴 수는 없다. 뭔가 잘못되었다.

귀살왕은 도인의 죽음이 하북팽가의 짓이라고 생각했다.

그 자리에는 팽가 무인이 두 명이나 있었다. 팽가연과 팽효기라는 걸출한 무인이 눈에 불을 켜고 있었다.

그런 자리에서는 싸우는 게 아니다. 살수는 암습으로 승부를 내는 존재이지 무공을 자랑하는 존재가 아니다. 강한 자들이 득실거리는 곳에 버젓이 기어들어 가서 무공으로 승부를 결할 정도의 못난이가 아니다.

그런데 그런 짓을 했다.

누군가가 심하게 압박했다는 뜻이고, 귀살왕은 그 주체로 팽효기를 염두에 두었다.

"살펴봐라! 팽가의 무공이 단 한 오라기라도 나온다면 내 가만있지 않을 것이니!"

결과는 상당히 놀랍다.

도인은 특이하게 죽었다. 죽을 수밖에 없는 필사의 공격을 당했다. 움직이지 못하는 허수아비라도 이 정도로 당하지는 않았으리라 싶을 정도로 심하게 망가졌다.

그러나 그 속에서 하북팽가의 손속은 발견되지 않았다.

"마혈(痲穴)을 찍힌 채 짓이겨진 거 아냐!"

아니다. 수하들에게 물을 필요도 없다. 도인의 배를 갈라보니 이건 정말 말이 나오지 않는다.

'뭐냐!'

귀살왕은 침묵 속으로 들어갔다.

사람 뱃속을 이 지경으로 만든 무공이 뭐란 말인가!

하북팽가의 무공이 아니다. 절대 아니다. 무공에도 성격이란 것이 있는데, 팽가의 것과는 완전히 다르다.

잠시 다른 생각을 했었다. 하북팽가가 마혈을 찍어놓고 사인을 구분할 수 없게 평범한 수를 썼다고 생각했다.

아니다. 이제는 확실하게 말할 수 있다. 아니다.

'이게 정녕 놈이 한 짓이란 말인가.'

그렇다면 가모의 말이 틀렸다. 놈은 무지렁이가 아니라 무시할 수 없는 무림 고수다.

귀살왕의 주름이 점점 깊어갔다.

검치의 제자!

하북팽가가 알아낸 사실을 귀동도 알아냈다.

루주에 대해서 알려진 것은 거의 없다. 하지만 아주 잔인하게 회자수들을 도륙해 버린 일은 비밀도 아니다. 특히 뱃속에 화약을 넣고 터뜨려 버렸다는 소문은 모르는 사람이 없었다.

검치!

정신 상태가 어떻다는 말이 많지만 어쨌든 그는 당대 제일의 검호(劍豪)다. 그와 겨뤄서 이긴 자가 없다. 비등하게 끝낸 자도 없다. 진 자와 싸움을 기피한 자만 있다.

그런 자가 제자를 키워냈다. 제정신이 아니라서 옳게 키워내지 못했다고 하지만 그래도 검호가 키워낸 제자다. 열 개 중에서 한두 개만 이어받아도 한 지방 패주(覇主) 노릇 정도는 한다.

청부를 너무 싸게 받았다.

일파의 문주에 해당하는 청부였는데, 하급 졸개 정도로 치부해 버렸다. 놈이 천요루 루주였다는 점이 놈을 비하시키는 요인으로 작동했다.

"팽가연과 팽효기가 그놈 곁을 떠나지 않고 있습니다. 서로 숨지도 않고 견제만 합니다. 아무래도 조만간 어느 한쪽은 끝 장나지 않을까 싶습니다만……."

이것은 매우 좋은 소식이다.

적어도 한 번은 놈의 정확한 무공을 살필 기회가 생긴 셈이 다.

"암사(暗死)."

"네."

기둥에 등을 기대고 서 있던 애꾸가 무심히 대답했다.

"길 떠날 채비를 갖춰라."

암사가 어깨를 으쓱해 보였다.

떠날 채비는 이미 끝났다. 살수가 검 한 자루 챙기면 끝난 게 아닌가. 더 무엇이 필요한가.

귀살왕은 다른 자들을 쳐다봤다.

수하가 많다. 저들 모두 사람을 죽여본 경험이 있다. 능숙한 자도 있고, 미숙한 자도 있다. 하지만 루주에게는 안 된다. 되 는지 안 되는지는 알 수 없지만 왠지 안 된다는 느낌이 든다.

"너희는… 됐다."

귀살왕은 얼굴 전체를 뒤덮는 큰 방갓을 쓰고 일어섰다.

"제길! 우리는 끝까지 무시당했네."

한 놈이 투덜거렸다.

"자존심 상하는 문제지."

"굿이나 보고 떡이나 먹는 짓도 슬슬 지겹지 않아?"

"어차피 우리한테는 청부도 안 들어올 테고. 들어와 봤자 바람난 여편네나 죽여 달라는 소리일 테고."

"갈까?"

"됐다는 말… 따라오지 말라는 말은 아니잖아?"

남은 살수들이 서로를 쳐다봤다.

그들은 선택의 여지가 없다. 귀살왕과 암사가 잘못되면 그들 또한 영향을 받지 않을 수 없다.

일단 살수는 포기해야 한다.

귀살왕처럼 비중 있는 자의 수하로 다시 들어가지 않는 한, 살수로 살아남기 힘들다.

살수가 좋아서 하나. 먹고살기 힘드니, 혹은 사람 죽이는 짓밖에 잘하는 것이 없으니 하는 짓이지 않나.

다른 살수 문파에도 자신들과 같은 존재들이 득실거린다. 즉, 다른 곳으로 가고자 해도 받아주지 않는다.

그들의 생존은 귀살왕에게 달려 있다.

"가지, 뭐."

앉아 있던 자가 엉덩이를 털고 일어섰다.

*   *   *

"그놈, 건드리지 마! 어떤 놈이든… 손끝만 건드려도 내 살점을 씹어 먹어버릴 테니까!"

상서가 분노했다.

그는 루주를 직접 처리하고자 한다. 자신의 손으로 목숨을 끊어야 직성이 풀린다고 생각하는 것 같다.

상서의 명령이 그런 이상, 철두철미하게 따른다.

북경 사람들에게 팽가촌 하가는 낯선 곳이 아니다.

회자수들이 하가를 살펴보는 건 기본 중의 기본이다. 주변을 훑고, 그리고 루주를 비롯해서 여러 사람이 득실거리는 곳을 찾아내는 것도 손금 보는 것보다 더 쉽다.

회자수 삼십 명을 때려잡은 놈!

상서에게 변고만 생기지 않았어도 벌써 지옥 문턱을 넘어섰을 놈!

회자수들은 루주를 놓지 않았다. 끈질기게 찾았고, 드디어 발견해 냈다.

"찾았어."

"흐흐흐! 여기 숨어 있었군. 도망가 봤자 부처님 손바닥 안이지. 멀리 가지 못할 줄 알았다. 흐흐흐!"

"그런데 팽가 사람들이 같이 있으면 어떻게 되는 거야? 우리가 쳐야 하나, 구경부터 해야 하나?"

"상서가 어떻게 할 것 같아?"

"상서 성격이라면 더 볼 것 있나. 다짜고짜 들이치겠지. 상서가 언제 남의 눈치 보는 사람이야?"

"호호호!"

회자수들이 슬금슬금 물러섰다.

목표물을 발견했으니 이제 가서 보고한다. 그리고 상서의 결단에 무조건 따른다. 치라면 치고 구경하자면 한다. 졸개가 판단할 일은 아무것도 없다. 그때,

스읏!

물러서는 그들의 등 뒤로 무게가 전혀 느껴지지 않는 깃털 네 개가 떨어져 내렸다.

"회자수군."

깃털 중 한 명이 말했다.

회자수들이 소스라치게 놀라서 뒤를 돌아봤다.

장승처럼 떡 버티고 선 네 여자, 비연사도!

회자수들은 뒤통수로 낯선 말을 들을 때보다 더 크게 놀라 입을 쩍 벌렸다.

"상서가 바뀌었다는 소리는 들었어. 잔혈부가 반란을 일으켰다며? 곤란한 자가 상서가 되었단 말이야."

다른 여인이 말했다.

"그놈은 원래가 반골(反骨)이야. 진작 제거했어야 하는데 죽이기는 아깝고… 어디 결정적인 곳에 써먹으려고 했겠지. 제 발등 제가 찍을 줄 모르고 말이야. 누굴 탓해."

"회사수기 오면 안 되겠는데. 괜히 골치 아파."

"그렇지?"

회자수들이 돌아가는 상황을 즉시 눈치챘다. 그들은 황급히

무릎을 꿇고 싹싹 빌었다.

"아, 아닙니다. 저희는 아무것도 보지 못했습니다. 아무것도 못 봤어요."

"그렇습니다. 이봐, 여기도 없잖아. 내가 뭐라고 그랬어. 괜히 헛걸음한다고 했지. 어서 가자고."

회자수가 슬금슬금 일어섰다.

"홋! 능구렁이 같은 놈들. 누구에게 수작을 부리는 거야?"

효령이 생글생글 웃으면서 말했다.

"난 아까부터 냄새나서 죽겠어. 이 사람들, 씻지도 않나 봐. 땀 냄새에 골치가 다 아파."

유리가 코를 틀어쥐며 말했다.

"너무 걱정하지 마. 마혈만 제압할 거야. 며칠 동안만 조용히 있으면 풀어줄게."

취취가 미안하다는 표정을 지으면서 말했다. 그리고 아무도 손대려고 하지 않는 그들을 향해 다가섰다.

"저, 저희는 아무것도 보지 못했다니까요!"

"반항하지 마. 반항하면 내가 어떻게 못해."

그녀의 한마디에 두 회자수는 얼음처럼 굳어버렸다.

비연사도 중에서 가장 마음이 여린 사람은 취취다. 그녀의 손속이 제일 여리다. 그녀가 손을 쓰면 마혈도 부드럽게 제압되지만 다른 여인들이 손을 쓰면 목숨까지 위태로울 수 있다. 특히 흠화, 그녀는 가장 매섭다.

회자수들은 흠화 눈치만 살폈다.

"약속은 지킬 테니까……."

취취가 미안한 듯이 부드럽게 손을 놀렸다.

회자수들은 독기 빼면 아무것도 남지 않는다.

한데 그 독기라는 것, 그게 아무것도 모르는 범인(凡人)들에게는 아주 골치 아프게 보이겠지만 무인들에게는 매를 부르는 성질머리로밖에 보이지 않는다.

회자수들도 그런 점을 안다. 그래서 무인 앞에서는 꼬리 내린 강아지가 된다.

루주를 찾는 일만 해도 그렇다.

그들은 무인들이 득실거리는 맹수의 우리로 던져졌다.

비연사도에게 당한 두 회자수처럼 운이 나쁘면 사로잡힐 것이고, 더 운이 나쁘면 죽을 수도 있다. 그들의 개입을 바라지 않는 사람들은 언제나 존재한다. 그리고 그럴 경우, 추적에 나섰던 회자수들은 대부분 죽음으로 막을 내린다.

그래서 뒤라는 것을 둔다.

멀찍이 떨어져서 앞선 자들의 꽁무니만 쫓아다니는 자들이 있다.

그들의 임무는 오직 하나, 누가 회자수들을 해치는지 지켜보는 것이다. 사정이 아무리 딱해도 나서서는 안 된다. 아는 자가 당하더라도 지켜보기만 해야 한다.

언제든 당할 수 있는 사람들이 회자수이기 때문에 필연적으로 뒤를 두었는데…… 흐흐! 이런 점은 무인들도 모를 것이다.

'마혈! 생포!'

두 사람을 쫓던 '뒤'는 씨익 웃었다.

무인들의 수(數)는 회자수가 따를 바가 아니다.

팽효기는 도주하는 회자수를 지켜봤다.

소위 그들이 말하는 '뒤'라는 것인데, 그 정도도 모르고 뿌리를 끊을 바보가 어디 있겠나.

뒤를 살려 보내는 것은 이미 경고를 충분히 했기 때문이다.

두 명을 생포했다. 마혈을 찍어서 가뒀다.

어떤 방식으로든 회자수가 개입하는 것을 원치 않는다는 분명한 경고를 보낸 셈이다.

잔혈부가 무모한 자이지만, 그것은 하급 회자수 시절 이야기다. 상서가 되어서 회자수 무리를 이끌어야 하는 지금은 팽가의 경고를 무시하지 못할 것이다.

만약 무시한다면 그가 살아오면서 내린 판단 중에 가장 미련한 판단이 될 게다.

'가서 잘 전하거라. 구경조차 오지 말라고.'

'뒤'는 살아 돌아와 보고했다.

"오지 말라는 경고입니다."

"잡힌 자들은 무사할 겁니다. 죽일 생각이었다면 이자까지 살아 돌아오지 못했을 겁니다."

회자수들은 무인들이 '뒤'를 알지 못한다고 생각한다. 한데 무인들은 알고 역이용한다. 그리고 상급 회자수들은 무인들이 안다는 사실을 알고, 그 속에 깃든 뜻을 판단해 낸다.

뒤가 살아 돌아왔다.

보고를 용인한 게다. 회자수들을 건드렸다는 것은 오지 말라는 경고이고, 죽이지 않고 생포만 했다는 것은 아직까지는 회자수와 충돌하지 않겠다는 뜻이다.

절대적으로 받아들여야 한다.

잔혈부가 말했다.

"감히 내 애새끼들을 건드려!"

"생포뿐입니다."

"너 이 새끼, 뭐라는 거야?"

말하던 사내가 입을 꾹 다물었다.

회자수의 세계는 철저한 약육강식(弱肉强食)이 존재한다.

그들처럼 강자존(强者存)의 철학에 철두철미하게 물든 사람도 없을 것이다.

그래서 싸움의 길을 열어놓았다. 누구든 상서에게 도전할 수 있으며, 죽일 수 있다. 자신만 있으면 언제라도 공격하라. 꼭 굳이 정면승부를 결행할 필요는 없다. 필요하다면 암습을 가하는 것도 무방하다. 그 정도에 무너질 상서라면 회자수를 이끌 자격이 없다.

단, 한 가지만은 허용하지 않는다.

상처 입은 들개를 칠 수는 없다. 상서를 치느라고 심힌 상처를 입었다면 치료가 끝날 때까지 어떠한 도전도 불허한다. 쓰러진 자를 치는 것은 암습으로 분류하지 않는다. 최악의 비열한 행동으로 분류하여 쓰레기 취급을 한다.

잔혈부가 절명 직전의 상처를 입고 살아날 수 있었던 이유도 이런 규칙들 덕분이다.

하지만 이제는 사정이 달라졌다.

잔혈부는 상처를 회복했다. 아직 완전히 낫지는 않았지만, 운신할 수 있을 만큼 나아졌다.

무엇보다도 회복의 기준이 되는 '명령 하달'이 시작되었다.

회자수들에게 명령을 내리고 이끈다는 것은 몸이 다 회복되었다는 뜻으로 간주된다.

명령을 따르든가, 아니면 싸우든가.

조언은 할 수 있지만, 뜻에 반하는 명령이 떨어지더라도 어쩔 수 없다. 온몸을 바쳐서 따라야 한다.

잔혈부는 명령을 내리지 않았지만, 분노부터 터뜨렸다는 데에서 불길함을 예감한다. 그런데 역시…….

"윗놈들, 몇 놈이나 남았어?"

동원령인가? 경고가 분명한데 그걸 무시하자고? 하북팽가의 장중보옥(掌中寶玉)이 주도하는 일에 끼어들자고? 팽가사로까지 가세한 듯한데, 거길 가자고? 미친놈 아냐?

"일흔 명 정도……."

대답이 미적지근했다.

"다 모이라고 해. 감히 내 애들을 건드려!"

목적을 분명하게 알아들을 수 있는 명령이 떨어졌다.

무식하다. 저돌적이다. 머릿속에는 오직 '살려줄까, 죽일까?' 하는 생각밖에 없다.

이것이 세상이 그에게 내린 평가다.

하지만 그들이 간과한 게 있다.

상서가 그를 하급 회자수로 떨궜을 때, 순순히 응했다는 점이다.

"더러운 새끼들, 잘 먹고 잘살아라."

끝까지 악담을 놓지는 않았지만, 그는 거침없이 하급 회자수들과 어울렸다.

이 부분을 잘 살펴야 한다.

'윗분'에서 '아랫놈'으로 강등되는 걸 기꺼이 감수했다는 뜻이다.

사실 특급 회자수들 중에서 이런 모욕을 감수하는 자는 흔하지 않다. 차라리 회자수를 떠나는 쪽이 낫지, 어제까지만 해도 동료였던 자를 윗분으로 모시는 건 치욕이다.

그는 그런 치욕을 감수했다.

인상 한번 찡그리지 않고, 상급 회자수들과 충돌도 일으키지 않고, 오직 하급 회자수들만 몰아쳤다.

용 꼬리보다 뱀 머리를 택한 것인가?

사람들이 보기에는 그랬다. 하지만 회자수에게 뱀 머리라는 건 없다. 그들이 말하는 뱀 머리는 용 꼬리에게조차 머리를 굽실거려야 하는 하급 중의 하급이다.

그가 왜 그런 행동을 했을까?

그는 삶과 죽음을 본능적으로 읽는다. 살고 죽음에 있어서는 그보다 예민한 자가 없다.

죽을 자리라고 해서 피하는 건 아니다. 조금만 참으면 죽음이 삶으로 바뀔 경우, 그럴 가능성이 농후할 경우, 그럴 때만 잠시 머리를 숙인다.

그는 멍청하지 않다. 무식하지도 않다.

저돌적이라는 말은 맞다. 결단을 내린 일은 설령 죽음의 예감이 느껴져도 끝까지 밀고 나간다.

죽을 것 같다고 해서 뒤로 물러서는 건 물건 달린 놈이 할 짓이 아니지 않은가.

'애들이 어죽(魚粥)이 되었어. 나도 베이지 않고 찔렸다면 그랬을 거야.'

몇 번을 고쳐서 생각해도 이 부분이 이해되지 않는다.

놈은 회자수 삼십 명을 도륙해 버렸다.

하나같이 눈을 뜨고 볼 수 없을 만큼 처참하게 짓이겨졌다. 오죽했으면 시신을 전문적으로 다루는 놈들이 그들의 시신을 옮기는 데는 난색을 표했다.

오장육부가 조각조각 나서 어죽이 되었다.

그런데 자신은 그렇지 않다. 베였다. 그래서 살았다.

'아니, 뭔가 이상해. 그놈… 후후! 날 일부러 살려줬어. 운이 좋아서 산 게 아니라 놈이 살려준 거지.'

아무래도 놈이 살려줬다는 생각을 지울 수 없다.

왜?

이 부분이 이해되지 않는다. 홍독사를 물리친 놈이 자신의 존재를 알지 못했다면 말이 안 된다. 또 자신의 존재를 파악했다면, 자신이 어떤 인간인지도 알고 있었을 게다.

홍독사는 뒷골목 인간이다.

그런 인간을 치다 보면 부득불 회자수들과도 싸울 경우가 생긴다.

그런 경우까지 예상하고 움직여야 하는 것이 뒷골목 인간들의 주먹싸움이다.

루주도 그랬을 게다.

그럼 자신이 어떤 인간인지 알면서도 살려줬다는 건데…….

'후후후! 감히 날 놀려? 날 살려줘? 후후후! 네놈이 무슨 뜻에서 그랬는지 모르겠다만… 그게 네놈의 평생 한이 될 게다. 난 은원(恩怨)이라는 걸 모르는 놈이니까.'

잔혈부는 웃었다. 흰 이를 드러내고.

第九章 · 미친 검법

1

보름.

상처를 치료하는 사람에게는 상당히 짧고, 기다리는 사람에게는 무척 긴 시간이다.

그런 시간이 흘렀다.

천요루 방화 사건은 흐지부지 끝났다.

사실 조사를 나온 관원(官員)이 실화(失火)로 판명하고 사건을 묻어버렸다.

곳간 시신은 발견되지 않았다.

관원들은 화재 현장을 나흘 만에 찾았고, 그동안 숱한 사람들이 잿더미 속을 뒤집고 다녔다.

천요루는 북경제일의 기루다.

술잔도 금잔이요, 쟁반도 금 쟁반이다. 기녀들이 입고 있는 옷조차 구하기 힘든 상급 비단이다.

어떤 것이 되었든 손톱만 한 건더기라도 건지면 횡재가 아닌가.

보물을 찾는 사람이 있는가 하면, 용도가 끝난 시신을 매장하는 사람도 있다.

그들은 숨어서 일을 하지도 않았다. 많은 사람들이 지켜보는 앞에서 태연하게 시신들을 수습했다.

회자수!

건드리면 곤란한 인간들이 검게 타버린 시신을 옮기고 있으니 눈길조차 제대로 주지 못한다.

아니, 그게 더 반갑다. 시신이 없으면 뒤질 곳이 더 많이 생기지 않겠나. 더군다나 시신들이 위치한 곳은 곳간이니 쌀 한 톨이라도 남아 있을지 모른다.

관원들이 천요루에 왔을 때, 그들이 본 것은 숱한 사람들이 남긴 발자국뿐이다.

천요루에서 웃음을 팔던 기녀들이 어떻게 되었는지, 루주는 어디로 갔는지, 그들 중에 화(禍)를 당한 사람은 없는지 알아볼 게 무척 많았지만, 능력있는 관원들은 쓰윽 훑어보는 것으로 단번에 판명해 냈다.

"이상없군. 그렇지? 실화(失火)야."

천요루는 역사 속으로 사라졌다.

북경제일의 기루가 기억 속에서 퇴색하는 동안, 천요루를 이끌었던 루주는 붕대를 풀어냈다.

"다 아물었다."

"불기화령혼이 영험하긴 영험하군."

"얘가 엉터리 도사는 아니라니까요."

맹삼력이 호가를 쳐다보면서 웃었다.

"이놈아, 누가 도사야. 그 주둥이 한 번만 더 놀렸다가는 생살에 칼침 맞는다."

"네놈 칼은 무섭지 않다."

맹삼력이 길게 기지개를 켜면서 드러누웠다.

루주는 붕대 푼 몸을 살펴본 후 일어섰다. 그리고 검 네 자루를 챙겼다.

"왜?"

"오래 기다렸잖아. 다 나은 것도 알 테고."

"지금 하려고?"

"후후! 내가 하려는 게 아냐. 저쪽에서 날짜와 시간을 정한 거지."

호가가 고개를 돌렸다.

오녀(五女), 다섯 여자가 걸어온다.

한 여인은 하북제일미녀 팽가연이라는 이름으로 불리고, 다른 네 여인은 비연사도라는 무명을 지녔다.

그들이 루주를 향해서 똑바로 걸어온다.

"제… 길! 괜히 보이는 데서 붕대를 풀았나?"

"아니, 알고 있었다. 붕대를 풀지 않았어도 오늘을 넘기지 않았을 거야."

"넌 알고 있었구나."

"알기는… 어젯밤 칼 가는 소리를 들었을 뿐이야."

"그… 소리가…… 들려?"

호가가 눈을 끔뻑이면서 말했다.

알다가도 모를 놈. 그것이 루주다. 그의 검을 보면 자신들보다 나은 게 없는데 항상 이긴다. 그러면 부상을 당하지나 말아야지. 남들은 한칼을 맞을 때 그는 두 칼을 맞는다.

정말 모를 놈이다.

칼 가는 소리를 들었다? 허!

호가는 천시지청술(天視地聽術)을 쓸 줄 안다. 청성파(青城派)의 상승 심공인 천지일기공(天地一氣功)을 깨달은 사람이 그 정도의 이목(耳目)도 끌어내지 못한다면 사기꾼이다.

눈과 귀라면 맹삼력도 누구에게 빠지지 않는다. 십 장 밖에서 낙엽 떨어지는 소리를 들을 정도로 예민하다. 더군다나 그는 늘 상청공(常聽功)을 운용하고 있다. 마차를 거칠게 몰면서도 엽차 마시는 소리를 들을 수 있다.

그런 사람들이 아무 소리도 듣지 못했다.

지난밤은 조용했다.

한 사람이 칼을 갈았고, 한 사람이 두 귀를 열고 들었지만 쥐 죽은 듯 조용했다.

이런 걸 보면 또 강한 놈이지 않나.

호가는 머릿속이 텅 비어 아무 소리도 하지 못했다.

루주는 팽가연을 마중 나갔다.

오른손에 검 한 자루, 왼손에 검 한 자루, 등에 두 자루를 엇
비껴 멨다.

검의 숫자는 초식의 숫자.

도중에 낭패를 당하지 않는다면 네 번의 움직임을 펼칠 수
있다.

팽가연이 가장 먼저 쳐다본 것도 검이다.

루주는 미남이다. 호감 가는 얼굴에 멋진 체격을 지녔다. 하
지만 지금 이 순간만큼은 그런 점들이 티끌만큼도 보이지 않
는다. 오직 검만 보인다.

"당신 뭐야?"

다짜고짜 물은 말이다.

"망해 버린 천요루주."

"좋은 말은 들어먹지 않는 사람이네. 뭐하는 인간이냐고!"

팽가연의 음성이 날카로워졌다.

루주는 무표정, 무심함 그 자체다.

"다른 사람 말을 빌리자면 기녀 등골 파먹고 사는 인간. 인
사는 그 정도면 되지 않을까?"

"좋아, 인간쓰레기. 검치와는 어떤 사이야?"

"말해준 이유가… 하하!"

루주가 검을 들어 올렸다. 두 눈에서는 맹수의 살기가 줄기
줄기 뻗어 나왔다.

노려본다. 노려본다. 노려본다. 흰자위에 혈기(血氣)가 모이면서 혈안(血眼)이 된다. 그런 눈으로 죽일 듯이 노려본다.

팽가연은 등줄기에 식은땀이 흘러내렸다.

분명히 상대도 안 되는 자인데, 그런데 맹수의 눈길을 접하자 묘한 긴장감이 형성되었다.

'질지도 몰라.'

막연하게 든 생각이지만 이런 생각이 왜 들었을까? 막연히? 그런 건 없다. 루주의 기도(氣道)에 짓눌렸다. 한순간이지만 저 눈길에 삼켜질지도 모른다는 생각을 했다.

그녀가 운공으로 이뤄놓은 삼매(三昧)는 단번에 깨졌다. 그러나 싸움을 치르다 보면 이런 일, 저런 일 온갖 잡일이 다 생기는 법이다. 그에 대처하지 못할 정도로 미숙하지 않다.

스으읏!

진기가 전신을 휘돌자 서늘한 기운이 썰물처럼 빠져나갔다.

그녀의 몸은 훈훈했다. 따뜻한 기운, 보드라운 기운이 넘쳐나왔다. 그리고 건곤미허신공(乾坤彌虛神功)의 오묘한 기운이 샘솟는 활력을 일으켰다.

"이름이 뭐야?"

루주는 검끝을 까딱거렸다.

불필요한 말은 그만 나누고 검이나 섞자는 뜻이다. 싸우러 왔지 말하러 왔냐는 조롱으로도 비쳤다.

"죽지 못해 안달하는 꼴이라니."

철컹!

손에 들린 유엽도가 상쾌한 금속성을 터뜨렸다.

그녀는 유엽도를 들어 올려 루주를 가리킨 후 옅은 조소(嘲笑)를 베어 물었다.

내가 가면 넌 죽어. 공격할 기회도 없어. 그러니 망설이지 말고 쳐와. 검이 네 자루? 넌 한 자루도 제대로 쓰지 못해. 지금은 믿을 수 없겠지만 곧 알게 될 거야.

그녀의 웃음에도 많은 말이 담겼다.

쐐엑!

루주가 먼저 신형을 쏘아냈다.

언제나 그렇듯이 양손으로 삼 척 장검을 움켜쥐고 도끼로 내리찍듯이 강렬하게 쳐온다.

팽가연은 당황하지 않았다.

며칠 몇날 이 공격을 생각했다.

루주의 공격은 초식까지 염두에 둘 필요가 없다. 초식 자체가 없는 것 같다. 검을 전혀 쓰지 못하는 사람처럼 옆으로 쓸거나, 내리찍거나, 올려치거나……. 아주 단순한 공격법에 의존한다.

이번에도 그럴 것이라고 생각했는데 어김없이 그런다.

'호호! 넌 졌어!'

그녀는 미허신보(彌虛神步)를 펼쳐서 몸을 옆으로 빼냈다.

누구나 생각하듯이 신법으로 공격을 피해냈다. 다른 사람들은 루주의 검을 무시해서 맞받았지만, 그녀는 밖으로 흘려버린 다음에 빈 곳을 칠 생각이다. 그런데,

쒜엑!

검이 따라온다.

루주는 어느새 전면에 서 있다. 그녀가 신법을 펼치기 전과 똑같은 위치에서 검을 쓸어온다.

"엇!"

그녀는 화들짝 놀라며 유엽도를 들어 올렸다.

깡! 쫘지지지직!

검과 유엽도가 부딪치면서 양쪽 병기가 모두 산산조각났다.

'이럴 수가!'

팽가연은 유엽도가 부서지는 순간에도 놀라움을 지우지 못했다.

미허신보는 하북팽가의 근간(根幹)이다. 건곤미허신공과 두 발이 조합을 이뤄서 탄생시킨 것이 미허신보다. 그러니 신공의 모든 이치가 담겨 있다고 봐야 한다.

현묘하다.

다시 말해서 어디로 움직일지 예측할 수 없다. 나오는 듯 물러서고, 옆으로 가는 듯하지만 앞으로 짓쳐 나온다.

얼핏 보면 너무 부산하다. 정리가 전혀 되어 있지 않은 신법 같다. 하지만 그런 모든 움직임이 일정한 체계 속에서 형성된 질서있는 움직임이라면 믿겠는가.

너무 변화가 막측하기 때문에 오히려 난잡해 보인다.

그녀는 미허신보를 완전히 깨우치지 못했다.

극성으로 수련해 내면 번개조차 피할 수 있는 신법이라고 하는데, 그런 지경까지 수련한 사람을 보지 못했다.

그러나 웬만한 공격은 능히 피해낸다.

화산파(華山派)의 매화검수(梅花劍手)조차도 그녀를 잡지 못했다.

이십사수매화검법(二十四手梅花劍法)을 모두 펼쳐 내고도 옷자락조차 스치지 못했다.

물론 검법이나 신법의 문제가 아니라 성취도의 문제가 크지만, 그래도 매화검수의 검을 피해냈다는 데 의의가 크다.

루주는 그녀를 잡았다.

그녀가 미허신보를 펼쳤지만 곧바로 따라왔다.

어떤 신법을 펼친 것인지 보지도 못했다. 아니, 지금은 지나 버린 공격에 신경이 돌아가지 않는다. 눈앞에서 깨져 나가는 유엽도에 온 눈길이 쏟아진다.

'아래!'

그녀는 온 전력을 기울여서 미허신보를 펼쳤다.

쉐엑!

신형이 물 흐르듯 뒤로 빠진다. 단순히 빠지는 것이 아니라 좌우로 몸을 비틀면서 빠져나간다. 찌르는 공격에 대비한 신법으로 초점을 흐리게 한다. 그러나,

스으으.

기분 나쁜 울림이 계속 따라붙는다.

루주가 눈을 가린다는 것은 알고 있었고, 섬이 부시지는 순간에 두 번째 공격이 시작된다는 점도 알고 있었는데, 그래서

재빨리 몸을 뺐는데 어김없이 따라붙는다.

미허신보가 통하지 않는다!

극성으로 펼치는 미허신보가 루주의 검에 대한 대응책이었다.

온갖 방도를 떠올렸지만 그래도 미허신보가 최선이었다. 루주가 아무리 빠르다고 해도 미허신보까지 잡을까.

잡았다!

이 문제는 굉장히 심각하다.

하북팽가의 무인들은 거의 대부분 미허신보를 수련한다. 그 외에 다른 신법은 거의 수련하지 않는다. 평생 동안 미허신보를 수련해서 오의(奧義)를 깨닫지 못하는데, 다른 데 한눈을 팔 틈이 어디 있단 말인가.

그런데 미허신보가 잡힌다. 하북팽가 형제, 자매 중에서 이 자의 검을 피할 수 있는 자가 거의 없다는 뜻이다.

이렇게 강한 자였나!

스읏!

기분 나쁜 기운이 아랫배를 휩쓸고 지나간다.

극성으로 펼쳐 낸 미허신보가 결국 제 몫을 해냈다. 루주의 검을 간발의 차이로 피해냈다.

위기는 기회!

팽가연은 스쳐 지나가는 검배(劍背)를 발로 걸어찼다.

건곤십이각(乾坤十二脚)!

발바닥이 검배를 밀어냈다 싶은 순간, 휘르륵 신형이 휘돌왔다.

번천(翻天)! 그리고 철퇴각(撤退脚)!

퍼억!

뒤돌려서 찬 발뒤꿈치가 루주의 가슴에 틀어박혔다. 아니다. 가슴을 찼는데 차이는 게 없다. 분명히 가슴이 있었는데, 갑자기 땅속으로 꺼진 듯 사라져 버렸다. 그리고,

쒜에엑!

세 번째 공격이 옆구리를 향해 떨어졌다.

'위험!'

누가 봐도 위험한 상황이다.

다행히 루주는 약간의 거리를 두고 있다. 철퇴각을 피하느라고 신형을 옆으로 퉁겨낸 탓이다.

그런 상태에서도 간발의 승기를 잡기 위해 억지로 되돌아섰다. 그리고 검을 쳐냈다.

임기응변(臨機應變)이 굉장히 빠른 자다.

비연사도는 누가 먼저라고 할 것도 없이 일제히 금배대도를 뽑았다. 그리고 전장으로 뛰어들었다.

까앙! 까까각!

효령의 금배대도가 청강장검과 부딪쳤다. 올려친 금배대도가 팽가연을 향해 내려쳐 오던 검과 자웅을 겨뤘다. 그리고 여타이 병기들처럼 산산조각났다.

파파팟!

검편이 사방으로 튄다. 날카로운 검편이 암기가 되어서 적아(敵我)를 휩쓴다.

그렇다고 물러설 사람들이 아니다.

루주는 손잡이만 남은 검을 버리고 등에 엇걸려서 비켜 멘 쌍검을 뽑아 들었다.

취취가 장검 한 자루를 맡았다. 그리고 유리도 또 한 검을 맡았다.

까앙! 까앙! 꽈지지직!

거침없이 부딪쳐 간 금배대도에 허름한 시장에서 푼돈에 팔리는 청강장검이 과자처럼 부서져 나갔다. 그리고 그 대가로 금배대도 역시 형체를 잃었다.

루주의 검은 모두 소진되었다.

이것이 비연사도가 루주의 검을 보자마자 떠올린 대응책이다.

팽가의 미허신보가 충분히 상대할 수 있다고 믿지만, 혹여 엉뚱한 결과가 나오면 이런 식으로 상대할 생각이었다.

피할 수 없다면 부딪친다.

루주가 네 자루를 가지고 있고, 자신들의 병기도 넷이다.

서로 상잔(相殘)시키자. 뒤처리는 소저(小姐)가 맡으면 된다. 그러면 오 대 일의 싸움이 되는 거지만, 무난하게 잡을 수 있다. 지켜보는 사람이 많으니 창피한 감은 있지만 그렇다고 패할 수는 없지 않은가.

그런데 소저의 도가 제일 먼저 깨졌다. 효령, 유리, 취취의 칼 역시 깨졌다. 남은 것은 흠화가 지닌 것뿐이다.

쒜엑!

도가 허공을 가른다.

비연사도 중에서 가장 살기 짙은 여인이 극심한 살기를 내포하고 칼을 썼다.

서걱!

살이 베어지면서 붉은 핏줄기가 분수처럼 솟구쳤다.

루주는 가슴을 부여잡고 뒤뚱뒤뚱 물러섰다.

쒜엑!

흠화가 바로 뒤따라 움직였다. 그녀의 금배대도는 철혈적성도(鐵血摘星刀)의 차가움을 줄줄이 뿜어내고 있었다. 그때,

"보자 보자 하니까 너무하잖아. 한 사람을 두고 다섯 명이 연수합격(聯手合擊)하는 거야? 다른 곳도 아니고 하북팽가가. 팽가가 겨우 이 정도였나."

돌멩이처럼 딱딱한 음성이 흘러나왔다. 그리고 멀리서 예리한 파공음이 시작되더니 금방 그녀의 육신을 휘감았다.

쒜에에에에엑! 쒜엑! 쒜엑!

검과는 전혀 다른 파공음, 철사(鐵絲)가 흘려내는 소리!

흠화는 금배대도를 거두고 훌쩍 물러섰다.

팽가연은 비연사도를 흘깃 쳐다봤을 뿐, 질책 같은 건 하지 않았다.

그녀들이 개입하지 않았다면 지신은 이미 차디찬 시신이 되었을 게다. 도인의 시신처럼 뱃속에 검편을 무더기로 틀어박

은 채 땅 냄새를 맡고 있을 것이다.

비연사도를 탓할 수 없다.

'졌어!'

그녀의 충격은 매우 컸다.

"뭐냐!"

홈화가 차게 말했다.

그녀의 공격을 저지시킨 건 맹삼력의 칠절편이다.

"후후후! 눈이 있어도 고인을 알아보지 못했군."

멀리서 구경만 하던 팽효기가 팔짱을 풀고 다가오면서 말했다.

"칠절편으로 천산파(天山派)의 구마삭(拘魔索)을 펼친다? 한 사람은 불기화령혼을 쓰고 또 한 사람은 구마삭을 쓰고. 이곳은 고인들 천지군."

팽효기는 루주도 쳐다봤다.

그는 상처를 입고 물러섰지만 단신으로 팽가연과 비연사도를 상대했다.

정적이 흘렀다.

모두, 팽가 무인들뿐만 아니라 호가와 맹삼력까지도 경탄 섞인 눈으로 루주를 쳐다보았다.

—너, 내가 아는 루주 맞냐?

—뭐야? 이게 그렇게 강한 무공이었어? 그런데 회자수에게 당한 거야? 도대체 뭐야?

그들의 눈빛에서도 궁금증과 호기심은 묻어났다.

팽가연은 땅에 떨어진 애도를 주웠다.

도신은 산산조각나서 흩어지고 손잡이만 달랑 남았다.

아버지께서 건곤미허신공을 전수하시면서, '이제 당당한 팽가의 무인이 됐다' 시며 내려주신 보도(寶刀)다.

명도가 철검에 박살 났다.

아니, 하북팽가의 무공이 기녀들의 등골이나 빼먹는 놈에게 박살 났다.

주르륵!

팽가연의 두 눈에서 눈물이 흘러내렸다. 자신도 모르게 쏟아진 눈물이다.

"물러가. 내가 졌어."

그녀는 부들부들 떨리는 손으로 애도의 손잡이를 움켜쥔 채 등을 돌렸다.

2

팽가일로가 술잔을 떨어뜨렸다. 너무 놀라서 말도 못하고 입만 쩍 벌렸다.

떼구루루 굴러간 술잔이 발밑에 나뒹군다.

"저, 저것!"

팽가오로는 자신도 모르게 한쪽 무릎을 세우며 엉거주춤하게 일어섰다.

너무 엄청난 경악에 할 말들을 잃어버렸다.

"먹힌 건가……."

"잡혔어."

팽가이로가 먼저 말했고, 삼로가 받았다.

그들은 팽가연의 무공을 잘 알고 있다. 비연사도의 무공 또한 손바닥 들여다보듯이 안다.

이번 싸움에서 팽가연이 질 것이라고 생각한 사람은 없다.

루주는 비연사도 중에 한 명을 내보내도 능히 척살할 수 있는 약골로 평가되었다.

그런데 팽가연이 졌다. 그녀만 진 것이 아니다. 비연사도가 합세한 상황에서도 밀렸다.

저놈들은 누군가!

검치의 무공을 괴상한 형태로 바꿔 쓰는 놈, 천산파의 삭공(索功)을 칠절편으로 펼치는 놈, 천축의 불기(佛氣)인 불기화령혼을 밥 먹듯이 시술하는 놈.

예상보다 훨씬 강한 놈들이다. 숨은 고인? 고수라고 해도 무방한 놈들이다.

그러나 그 정도로는 팽가오로를 놀라게 하지 못한다.

그들이 놀란 것은 팽가연이 졌다는 사실 때문이다.

팽가연의 보법이 무기력하게 무너졌다. 극성으로 펼쳤는데도 따라잡혔다.

물론 무공을 씀에 있어서 보법이 전부는 아니다. 공격을 보완하는 일정한 역할을 해주는 선에서 그친다. 어떤 공부는 보법 위주로 짜이기도 하지만 팽가 무공 중에는 그런 경우가 없다.

보법이 깨졌다고 팽가 무공이 무너지는 것은 아니다.

문제는 미허신보를 따라잡은 보법이다.

팽가오로는 루주의 보법을 읽지 못했다. 어떤 수법으로 어떻게 따라붙었는지 모른다.

아주 자연스러웠다. 팽가연이 물러서기도 전에 검을 쳐내고 있었다. 비연사도가 체면을 무시하고 적시(適時)에 가세하지 않았다면 정말로 큰일 치를 뻔했다.

너무 멀리 떨어져서 구경했나? 가까이 가서 구경할 걸 그랬나?

"저런 무공으로 왜 그 모양이 됐지?"

팽가오로가 고개를 갸웃거리며 말했다.

회자수와의 싸움을 생각한 것 같다.

사실 그 싸움이 루주의 무공을 평가하는 좋은 사례가 되었다.

만약 팽가연이 그 싸움을 맡았다면 서른 명이 아니라 백 명 모두 도륙되는 수난을 면치 못했을 게다.

루주는 서른 명을 죽였으나, 자신 역시 살길이 엿보이지 않는 치명상을 입었다.

누가 봐도 팽가연의 승리가 확실하지 않은가.

"일이… 괴상하게 꼬였군."

팽가일로가 중얼거렸다.

*　　　*　　　*

귀살왕은 검을 들고 바위와 마주 섰다.

지나가는 바람이 검 든 어깨를 쓰다듬고 지나간다. 이마에서 흘러내리는 구슬땀이 또르륵 굴러 떨어진다.

귀살왕은 꼼짝도 하지 않고 바위만 쳐다봤다.

쉑! 쩡!

어느 한순간, 검이 떨어졌다.

바위에서 노란 불똥이 튀었다. 그리고 매끈하게 베어졌다.

그는 바위를 벤 후에도 한참 동안 움직이지 않았다. 붉게 충혈된 눈으로 동경(銅鏡)처럼 매끈한 바위 면을 쳐다봤다.

"어떠냐?"

묻는 음성에 힘이 실리지 않았다.

몰라서 물은 게 아니다. 알면서도 혹시나 하는 심정에서 물어본 것뿐이다.

"……."

암사는 대답하지 못했다.

귀살왕의 검은 빠르고 강하다. 검 대 검이 부딪치면 검은 물론이고 상대의 몸까지 베어버린다.

살수 중에서 정면대결을 마다하지 않는 진정한 고수다.

그런데 안 된다. 저 정도의 검세(劍勢)로는 검치의 검공을 막아내지 못한다.

팽가연의 칼이 산산조각났다.

그녀의 유엽도는 팽가의 보도일 뿐만 아니라 보도에 깃든 진기 역시 막강했을 게다.

쉽게 자를 수 있는 칼이 아니다. 하물며 루주는 자르는 것도 아니라 산산조각냈다.

비연사도의 금배대도는 등이 곧은 직도(直刀)다.

칼날보다 칼등의 두께가 세 배는 더 굵다. 그래서 절단하는 데 탁월한 효능이 있다.

루주는 금배대도도 모래알로 만들어 버렸다.

검과 검이 부딪칠 경우, 귀살왕은 병기를 잃는다.

한참 만에 귀살왕이 말했다.

"그놈 신법… 봤냐?"

"못 봤습니다."

암사가 혀를 내두르며 말했다.

오늘 본 루주는 어제의 루주가 아니다. 어제까지만 해도 쉽게 죽일 수 있는 자였지만, 오늘은 온갖 심혈을 기울여도 암살이 가능할지 자신할 수 없는 고수가 되었다.

그에게 무슨 일이 있었던 건가? 아니면 자신들이 애초부터 잘못 판단했던 건가.

"후후후! 곧 죽어도 검치의 제지리는 건가."

"진정 강한 놈입니다."

암사가 냉정하게 말했다.

귀살왕이 그를 데리고 온 것은 이런 안목 때문이다.

암사는 귀동에서 가장 냉정하다. 그래서인지 안목도 가장 정확하다. 지금과 같은 경우에는 얄미울 정도로 냉혹하다.

"강하다고? 후후후! 우린 살수다. 청부를 받았으면 끝장을 내야지. 죽이겠다고 약속한 놈은 죽인다. 정면 승부는 불가(不可). 그럼 암습이다. 준비해!"

"알겠습니다. 최선을 다해서 준비하겠습니다."

"서둘지 마라. 서둘면 망친다."

암사는 두 손을 모아 읍을 한 후 등을 돌려 사라졌다.

"이까짓… 이까짓 게 뭐라고!"

귀살왕은 가모에게서 받은 친필 서한을 꺼냈다.

암사는 최선을 다해서 준비한다고 했지만, 청부가 성공할 가능성은 매우 낮다.

루주는 혼자가 아니다. 그중 불기화령혼을 쓰는 놈은 청성 파의 무공을 쓴다.

다른 사람들이 알아봤는지 모르겠지만 그는 알아봤다.

다시 말하면 천지일기공을 쓰는 놈이 있는 한 은밀히 접근한다는 것은 불가능하다. 천지일기공에서 파생된 천시지청술은 소림사(少林寺)의 육신통(六神通)만큼이나 뛰어나다.

이번 청부는 힘들다.

그렇다고 방법이 없는 것은 아니다. 이런 정도에 포기했다면 귀살왕이라는 이름을 얻지 못했다.

그는 가모의 친필 서한을 품에 찔러 넣었다.

이번 청부에 성공하면 대가를 단단히 받아낼 생각이다. 죽은 놈의 생명 값까지 포함해서.

*　　　*　　　*

회자수들, 그들은 얼어붙었다.

"저, 저건 말도 안 돼!"

"팽 소저만 해도 그런데 비연사도까지. 어휴!"

힘든 줄 알면서 달려왔지만 막상 정통 무가의 절기가 나가떨어지는 모습을 보니 영 검을 들 기분이 나지 않는다.

그들은 잔혈부의 눈치만 살폈다.

잔혈부는 침묵했다. 잠이 들어버린 듯 눈을 감은 채 고개를 푹 떨궜다. 잠든 것일까? 아니다.

'안 된다.'

냉정한 판단이다.

상급 회자수를 모두 끌고 왔지만, 루주 일행에 비하면 피라미에 불과하다.

그래도 한 가닥 기대를 걸어볼 만한 것은 있다.

놈은 회자수 서른 명에게 난자당한 전례가 있다. 일대일의 싸움에는 능하지만, 지녔던 검이 모두 소진된 후에는 상당히 어려움을 겪는다.

여러 명이 우르르 덤벼들면 승산이 있을 수도 있다.

실제로 지금 싸움에서도 그런 점이 증명되었다.

그는 팽가연을 이겼다. 그 점은 부인하지 않는다. 누구도 부인할 수 없다. 하지만 비연사도가 가세하자 단번에 전세가 역전되었다. 맹삼력이 끼어들지 않았다면 죽었다.

여기서 판단할 게 있다.

평소 비연사도는 팽가연의 적수가 아니다.

그녀들이 합공을 펼쳐도 팽가연을 잡지 못한다. 그만큼 무공 격차가 크다.

루주에게는 무공이 중요하지 않다. 인원으로 밀어붙이면 승산이 있다. 서른 명 정도 죽어나가면 뼈를 자를 수 있다.

잔혈부는 씨익 웃으면서 눈을 떴다. 그리고 말했다.

"저놈… 물이다. 공격해."

물!

선천적으로 힘이 강한 장사에게 쓰는 말이다.

한두 명이 시비를 걸면 어김없이 나가떨어진다. 강하다는 자가 붙어도 마찬가지다. 하지만 수십 명이 달려들면 한 대, 두 대 맞다가 결국은 무너진다.

강하지만 계속 두들기면 부서지는 인간, 그런 게 물이다.

회자수들의 얼굴에 화색이 돌았다.

루주는 서른 명에게 난자당했다. 그러니 며칠 사이에 기연(奇緣)이라도 만나지 않은 이상은 그때의 전례가 되풀이될 게다.

"호호호!"

"어디… 팽 소저가 놓친 놈을 우리가 잡아볼까?"

"정말 우리가 잡으면 어떻게 되는 거야?"

"어떻게 되긴, 평소 잘났다고 고개 빳빳이 세우고 다니는 계집이 꼬리 마는 거지."

"흐흐흐! 그 꼴 한번 보고 싶다."

회자수들은 루주를 이미 잡은 듯이 이야기했다.

"저놈들 뭐야? 싸울 생각인가?"

"그런 것 같지?"

맹삼력이 칠절편을 양손에 움켜쥐며 말했다.

그런 맹삼력을 호가가 핀잔했다.

"넌 뒤로 빠져. 안 되잖아."

"넌 되냐!"

"안 되긴 나도 마찬가지다만, 너보다는 낫지 싶다. 휘익!"

호가는 입에 손가락을 넣고 휘파람을 불었다.

멀리 떨어져 있던 흑풍이 휘파람 소리를 듣고 쏜살같이 달려왔다.

그때, 한쪽 구석에서 운공을 취하던 루주가 눈을 뜨고 일어서며 말했다.

"둘 다 빠져라. 불기화령혼 덕분에 내공이 이 할은 증진한 것 같다. 이번에는 나 혼자 하지."

"그렇지! 내공이 증진했지!"

호가가 반색하며 말했다.

그들에게도 조금 전에 루주가 보여준 움직임은 생소했다.

굼벵이가 하루아침에 메뚜기라도 된 듯했다.

검에 주입한 진기도 강하고, 움직임도 빠르다.

영원히 풀릴 것 같지 않던 금제(禁制)가 조금 풀렸다.

"아! 그러고 보니 나도!"

맹삼력이 갑자기 생각난 듯 자신의 몸을 살펴봤다.

금제, 너무 강력한 금제라서 풀릴 것이라고 생각해 본 적이 없다. 그런 일은 죽었다가 되살아나도 결코 일어날 수 없을 것이라고 생각했다.

그런데 조금 풀렸다.

아니, 아니, 조금이라고 말할 수 없다. 언뜻 살펴봐도 거의 이 할 가까이 회복되었다.

츠으으읏!

맹삼력은 회자수가 싸움을 걸기 위해 다가서는 것도 아랑곳하지 않고 제자리에 털썩 주저앉아 운기조식을 펼쳤다.

찰나 만에 얼굴색이 변했다.

붉었다가 하얘지고, 핏기 잃어 창백하게 변한 얼굴에 붉은 혈색이 감돌기를 반복했다.

"그럼 그렇지! 하하! 하하하!"

호가는 즐거움을 참지 못하고 대소(大笑)를 터뜨렸다.

검치의 금제술은 불치(不治)다.

지금까지 풀어볼 생각도 하지 않았지만, 풀 수 있는 사람이 있을 것이라고도 믿지 않는다.

검치의 무공은 의심이라는 말을 허용치 않는다.

그런데 풀렸다. 금제가 조금이라도 풀렸다. 하하하!

웃고, 웃고, 또 웃어도 계속 웃음이 솟구친다. 배꼽이 떨어져 나가도록 웃고 싶다.

"정말 풀렸다. 정말로… 풀렸어."

맹삼력이 눈을 뜨며 중얼거렸다.

어쩐지 아까는 무의식중에 펼쳐서 깨닫지 못했지만, 지금 다시 생각해 보니 구마삭이 너무 능숙하게 펼쳐졌다.

그는 비연사도를 상대할 공부가 없다.

싸움이 초식으로만 이루어지는 것이라면 단숨에 물리칠 수 있다. 하지만 힘을 제대로 싣지 못한다. 그런 상태에서는 전 초식을 풀어낼 수 없다.

그런데 너무나 쉽게 물리쳤다.

만약 예전의 그였다면 물리치기는커녕 되레 당했을 게다.

'가만!'

내공을 다소 되찾은 건 기쁘지만, 현실을 알고 나자 의문이 치솟기 시작한다.

루주는 자신보다 훨씬 강하다. 셋 중에 검치의 무공을 온전히 받아들인 사람은 루주뿐이다. 그리고 금제당했던 내공을 거의 이 할이나 풀어냈다.

그렇다면 팽가연을 물리친 게 이해된다. 비연사도의 협공을 막아낸 것도 납득된다.

검이 깨진 것은 어쩔 수 없다.

언젠가는 깨지지 않을 날이 있겠지만 솔직히 그런 날을 기대하기는 어렵다. 검치에게 금제를 당하기 전에도 깨져 버렸는데, 그보다 훨씬 못한 상태에서 어찌 멀쩡하겠나.

천하에 다시없는 보검이라도 얻으면 모를까, 그전에는 항시 일인이검(一人二劍)을 써야 한다.

의문은 흠화의 일격을 받아내지 못했다는 것이다. 아니, 의문을 생각하자면 그전으로 거슬러 올라가야 한다.

루주가 팽가연의 미허신보를 따라잡았을 때, 그때 왜 베지 않았나? 팽가연이 건곤십이각을 펼치자, 가슴을 맞지 않으려고 뒤로 물러섰다. 왜 그랬나? 베어가던 검으로 다리를 베어버리면 되는데 왜 물러섰나?

루주는 다시 공격했다. 그때도 죽일 수 있었다. 루주의 검은 살인검, 맞으면 즉사할 수밖에 없는 검이니 부상만 입히는 것은 불가능하고, 틀림없이 죽였다.

죽일 수 있는 상대를 죽이지 않고 급박(急迫)만 했다.

결론은 하나뿐이다.

'죽일 생각이 없었어!'

맹삼력은 루주를 다시 봤다.

루주가 검을 챙겨 들고 나섰을 때, 그는 진기가 회복한 걸 모르고 있었다. 그런 상태에서 상대를 죽이지 않겠다고 생각한 것은 자신의 목숨을 내놓았다는 뜻이 된다. 모르긴 해도 십중 칠팔은 꽤 큰 중상을 입었을 게다.

도대체 루주의 머릿속에는 뭐가 들어 있는 것인지. 왜 이런 행동을 하는지.

어쨌든 이제는 이놈저놈 귀찮은 놈에게 시달리지 않아도 되니 한결 마음이 편하다.

맹삼력이 가부좌(跏趺坐)를 풀고 일어섰다.

"하하! 이렇게 기분이 좋은데 가만있을 수 있나. 나도 같이 하자. 참! 호가 너, 이제 엉기지 마라. 한 번 더 엉기면 엉덩이부터 차줄 테니까 섭섭하다 하지 말고."

"뭐, 뭣! 저, 저 인간이! 뭐 저런 놈이 다 있어!"

호가가 입을 쩍 벌리면서 손가락질을 했다.

쉐엑! 픽!

검이 육신을 파고든다. 그리고 몸을 가르면서 수수깡처럼 부서져 나간다. 회자수가 죽는 동안, 루주의 다른 손은 회자수가 떨군 검을 빼앗았다.

일인이검이 아니라 일인일검이다.

회자수의 무공이 빈약한 탓에 병기를 부딪치지 않고도 검을 쓸 수 있다. 그러나 살이 되었든 병기가 되었든 어떤 물체에 부딪친 충격은 손에 든 검을 산산조각냈다.

몸에는 한 올의 진기도 남기지 않는다. 온몸의 진기를 모두 검에 쏟아붓는다. 터지기 일보 직전인 상태에서 충돌을 일으키니 깨져 나가는 건 당연하다.

진기를 조금만 짐줌시키면 안 되는 것일까?

안 될 리 없다. 진기를 십분 밀어 넣을 수 있는 사람은 구분이나 팔분도 넣을 수 있다. 그러면 검이 깨지지 않는다.

루주가 그러지 않는 것이다.

그런 식으로는 검치의 검을 영원히 재현해 낼 수 없기 때문에 죽음을 무릅쓰고 검을 쓰는 것이다.

일전(一戰), 일전이 그에게는 수련이다.

루주는 상처를 입기 전에 비해서 훨씬 수월하게 싸웠다. 맹삼력의 보호를 받지 않고도 회자수를 쉽게 요리했다.

그런 점은 맹삼력도 마찬가지다.

아직 완전하지는 않지만 아쉬운 대로 구마삭이 풀려 나왔다.

쒜엑! 촤라락!

칠절편이 회자수의 목을 휘감았다 풀린다. 그러면 어김없이 회자수의 목이 돌아간다.

일흔 명, 그들 중 서른 명이 눈 깜짝할 순간에 쓰러졌다.

회자수들이 사색이 되어 물러났다.

루주는 물이 아니었다. 진정한 강자였다.

전에는 몸에 탈이 나서 난자를 당했는지 몰라도 지금은 아니다. 멀쩡하다.

"가라."

루주는 싸움에 흥미를 잃었다.

회자수가 싸우려고 하지 않는다. 그들이 자랑하던 독기도 공포에 물들어서 퍼져 나오지 않는다. 다가가면 물러서고, 공격하면 도망친다. 뒤로는 가지 못하고 옆으로만 도망간다.

이런 자들을 몰살시켜서 뭐하겠는가.

"가라."

"이, 이놈……."

"가. 가지 않을 것 같으면 빨리 끝내고."

회자수들이 주춤주춤 물러서더니 후다닥 도주했다.

"후후! 후후후!"

잔혈부는 웃었다.

재미있는 놈과 만났다. 아주 강한 놈이고, 이해하기 힘든 놈이고, 적이 아니었으면 싶은 놈이다.

그러니 재미있다.

그는 도망쳐 온 회자수들에게는 눈길도 주지 않았다.

놈이 정말로 강하다면 일흔 명의 회자수 정도는 단숨에 도륙될 것이라는 점을 예상하고 보냈던 터이다.

이런 놈들과 뒤섞여서 팽가의 구린내나 맡고 살 생각은 없다.

"후후후! 후후후후!"

그는 웃으면서 몸을 일으켰다.

갈 곳이 있다. 언젠가 한 번 가보려고 했는데 이제는 정말 가야 할 때가 된 모양이다.

'루주, 다음에 보자.'

"후후! 하하! 하하하하!"

3

'이… 노옴!'

가모는 주먹을 꽉 움켜쥐었다.

놈은 제 아비를 닮아서 능구렁이다. 뱃속에 여우를 아홉 마리쯤 품고 다닌다.

검치의 제자?

천하에 근본도 없는 놈이 어떻게 검치의 제자가 되었단 말인가. 하기는 검치란 위인 자체가 정상적이라는 말과는 거리가 먼 사람이니 그럴 수도 있겠다.

그녀는 손으로 머리를 짚으며 마음을 가라앉혔다.

루주가 검치의 제자라면, 정말 그렇다면, 검치에게서 모든 것을 물려받았다면 그를 대적할 사람은 없다.

우선 그가 정말 검치의 제자인지, 절기를 어느 정도나 전수받았는지 살펴야 한다.

그녀는 가슴이 뛰었다.

루주가 검치의 제자라는 사실이 그녀를 흥분 속으로 밀어넣었다.

검치…… 그를 어찌 잊겠는가.

'우선 놈이 어느 정도나 알고 있는지 파악해야겠고… 정말 검치의 제자라면…… 그들이 필요하겠어.'

그녀는 아랫입술을 잘근 깨물었다.

귀동과의 거래는 아직도 유효하다.

귀동은 폐문(閉門)과 청부 이행 둘 중 하나를 선택해야 한다. 여기서 폐문이라 함은 귀살왕이라는 별호가 무림에서 사라지는 것을 뜻한다.

귀살왕은 두 번 다시 청부업을 하지 못한다.

중원과 멀리 떨어진 이역이라면 모를까 중원 땅에는 발을 딛지 못하리라.

귀살왕이 그런 선택을 할 리 없다.

이제는 그와 귀동의 모든 것을 걸고 오직 루주를 죽이는 일에 전념해야 한다.

그쪽은 내버려 두어도 잘 돌아간다.

'그렇다면……'

그렇다. 이제는 팽가가 전면에 나서야 한다.

루주는 검치의 제자다. 검치의 무공으로 팽가연을 이겼다. 무공으로 무공을 짓눌렀다. 다시 말해서 루주는 무림인으로 취급해서 정리해야 한다는 뜻이다.

하북팽가가 무림으로 들어온 검치의 제자를 상대해야 한다. 루주가 저지른 모든 행동 또한 무인의 입장에서 재정립해야 한다. 기루 루주가 마차에 수작을 부린 것이 아니라 무인이 개인적인 악감(惡感)으로 팽가 가모를 해친 것이다.

모든 상황이 놈에게 불리하다.

다른 수를 쓰지 않아도, 가만히 지켜보기만 해도 모든 이의 칼날이 놈을 향한다.

놈의 진공(眞功)을 파악할 수 있는 좋은 기회다.

'무책(無策)이 상책(上策)일 때도 있는 법이야.'

팽가오도는 송화암을 물샐틈없이 경비했다.

가모 곁에는 팽효문이 머물고 있기 때문에 그들은 주로 외곽 경비에 주력했다.

복중 태아를 잃고 난 후, 가모를 주시하는 눈길이 많아졌다.

가모로서는 참으로 억울한 노릇이다. 분노를 터뜨려도 모자랄 판에 마음 좋은 웃음을 흘려야 한다.

가모는 묵묵히 인고(忍苦)를 견뎌낸다.

송화암에 들어와서는 하루 종일 부처님께 절만 올린다.

절하고, 절하고, 절하고……. 누구를 위한 기원인지는 모르지만 일심(一心)으로 기원한다.

그런 분이 모함까지 받아서는 곤란하다.

그런 분을 의심의 눈초리 앞에 내놓을 수 없다.

그래서 팽효문과 팽가오도는 더욱더 치밀하게 경계를 선다. 자신들이 십분 믿을 수 있는 사람만 통과시킨다. 조금이라도 의심을 살 만한 사람은 절대 발길도 들여놓지 못하게 한다.

"전서를 보내야지?"

"그래, 보내."

"금검문 쪽으로도 사람을 보낸 것 같던데."

"도대체가 마음에 안 들어. 신경에 거슬리는 점이 있으면 단도직입적으로 물어보든지. 가모님이 남이야? 은밀히 뒤에서 신상을 캐는 건 무슨 짓이야?"

"그놈들도 가모님을 생각해서 그러는 거야."

"나도 아는데… 그래도 이건 아니지."

팽가오도는 신경을 늦추지 않은 채 잡담을 주고받았다.

하루에 두 번씩 전서구를 날린다.

하북팽가의 안주인이 바깥에 있으니 당연한 경과 보고이지만, 이번에는 더욱 신중하다.

팽가오도는 전서구를 띄웠다.

세심루 지하. 그들은 전서를 시간 순서대로 쭉 늘어놓았다.

팽효뢰가 만취해서 마차에 실려 왔을 때부터 팽가연이 패할 때까지의 사실들이 열거되고, 그동안에 오고간 전서들이 사실 밑에 놓여졌다.

전서는 많지만 거의 대부분 한 군데로 집중되었다.

가모 주변에서 일어나는 일!

한데 가모 주변에서는 아무 일도 벌어지지 않았다. 가모는 송화암에 틀어박혀서 절만 올린다. 금검문에서도 별다른 이상 징후가 발견되지 않았다.

묵은 은원은 어떤가? 없다.

원래가 성모(聖母)라고 불리는 분이다. 은혜는 베풀지언정 원한 같은 걸 살 분이 아니다. 그럼에도 혹시나 하는 심정에서 뒤져 봤는데 역시 없다. 깨끗하다.

사실 이 부분은 조사할 필요가 없다.

하북팽가 같은 대가문의 안주인이 되기 위해서는 몇 가지 시험을 거쳐야 한다.

그중 하나가 과거의 은원이다.

처녀 시절에 가모가 맺은 은원은 결혼하는 순간부터 하북팽가의 은원이 된다.

가모의 과거를 이 잡듯이 뒤지는 것은 당연하다.

가모는 깨끗했다. 무림에 나서지도 않고 오로지 문파 안에서 무공 수련만 쌓았다.

그야말로 순백(純白)처럼 깨끗한 과거다.

그런 분이 새삼스럽게 묵은 은원 같은 게 있을 리 없다.

하지만 루주가 하북팽가에 원한을 가진 것도 사실이다.

팽효뢰부터 시작된 원한 풀이, 분풀이는 가모의 습격에 이르러 정점을 친다.

그다음은 물러섬이다.

그들이 판단하기에는 분명히 그렇다.

분풀이라는 것이 사람을 죽이는 정도가 아니라 그저 약간 상처만 입히는 선에서 그친다.

무림의 원한치고는 대단히 약하다.

그래서 한때는 원한이 아닌 다른 쪽으로도 생각해 봤다. 검치의 제자가 무공을 시험하는 장소로 하북팽가를 선택한 것은 아닌지도 심각하게 생각했다.

결과는 아니다.

그러던 중 팽가연 사건이 터졌다.

그들은 모든 사건을 원점에서 다시 살펴볼 필요성을 느꼈다.

뭔가가 빠졌다. 놈이 왜 이런 짓을 하는지 동기(動機)가 빠져 있다. 그리고 그것을 알지 못하는 한, 앞으로 어떤 일이 벌어질지 몰라도 질질 끌려가는 수밖에 없다.

"처음부터 보자. 재현!"

유엽도를 든 자가 앞으로 나왔다. 반대쪽에서는 쌍검을 등에 메고, 양손에도 검 한 자루씩을 든 자가 나섰다.

쓰윽!

유엽도가 먼저 떨쳐진다.

빠른 속도나 강력한 힘은 필요없다. 진기를 주입할 필요도 없다. 어린아이들이 전쟁놀이를 하듯이 아주 느린 동작으로 싸움 모습을 재현해 내면 된다.

까앙!

유엽도와 장검이 살짝 부딪쳤다.

"양쪽 병기 파괴."

두 사람이 도와 검을 놓았다.

검 든 사내는 다른 검을 들고 빈손이 되어버린 자를 쫓았다.

"그만!"

검 든 사내가 막 검을 쳐내려고 할 때, 지켜보던 자들 중에서 한 명이 소리쳐서 제지했다.

"방금 그 부분… 다시 한 번 해봐! 아니, 양쪽 병기가 파괴되는 순간부터 다시 해봐."

두 사람은 다시 재현했다.

"그만! 거기! 거기 다시 한 번!"

지켜보던 자들의 눈에 기광이 번뜩였다.

그들은 무공을 수련하지 않았다. 그렇기에 진기가 표출해 내는 강함을 절절이 느끼지 못한다.

그렇다고 무공을 살펴보는 눈까지 없는 건 아니다.

그들은 팽가 무학을 심오할 정도로 탐구했다. 몸으로 펼치 지는 못하지만 머릿속에서는 초식의 흐름이 도도하게 흐른다.

미허신보가 깨지고, 루주가 따라잡는 순간 비연사도가 개입 하기 직전, 그곳에 틈이 있다.

"말도 안 돼!"

"미허신보가 완전히 깨졌어."

"저 순간에 검속(劍速)이 죽었어. 멈칫거림! 루주 같은 자가 왜 망설였지?"

"살려준 거지. 가연이를 죽이고 싶지 않았던 거야."

"남녀 사이?"

"그렇게 볼 순 없지 않을까? 목숨이 간당간당하는 입장에서 여자에게 한눈파는 놈은 아닌 것 같은데."

"그럼 다른 의미가 있다는 뜻이군."

"가연이가 위험해지면 비연사도가 개입할 것이고……. 거 기까지 읽은 놈이 흠화의 일격을 피하지 못했다?"

"그것도 알 수 없는 노릇."

"그렇지? 피할 수 있었는데 상처를 입은 거라면?"

"도대체 놈의 목적이 뭐야!"

이번 상황은 혼란만 더 가중시켰다.

루주를 읽지 못하겠다. 그가 왜 이런 행동을 하는지 도무지 이해할 수 없다.

"루주를 읽어야 되는데… 그를 읽기에는 자료가 너무 없어. 천천히, 천천히 그놈 과거부터 캐내야겠어."

단서는 있다.

놈은 북경제일 기루인 천요루를 만들어냈다.

그만한 기루를 만들려면 북경에서도 손꼽는 부자여야 한다. 다른 것은 생각하지 않고 건물 자체만 놓고 봐도 수천 금이 들어가는 대누각이다.

어린아이가 흙으로 집 짓듯이 오늘 지었다가 내일 허물어 버릴 그런 곳이 아니다.

놈은 그런 기루를 태워 버렸다.

웬만한 사람들은 그만한 기루 하나 장만하는 것을 평생의 원으로 삼는다. 그런 곳에서 점소이로 일하는 것조차 부러워하는 사람들이 많다.

그의 재산이 무진장(無盡藏)이라면 모를까 쉽게 눈감고 돌아설 수 있는 손실이 아니다.

그런데 그는 그렇게 했다.

그의 재산은 어느 정도나 되는 것일까? 숨겨진 것이 많을까? 아니면 전 재산을 쏟아부은 것인가.

지금까지는 후자로 생각했다.

천요루가 불타 버림으로써 알거지가 되었다고 판단했다.

그게 아닐지도 모른다. 뜻밖에도 숨겨진 재산이 더 있을지도, 천요루쯤은 아무렇지도 않게 태워 버릴 수 있는 막강한 재력(財力)을 지녔는지도 모른다.

어느 쪽도 무시하지 못한다.

지금은 아무것도 단정 짓지 못한다. 그가 황상(皇上)의 자제라고 해도 믿어야 할 판이다. 모든 것을 백지 상태로 돌려놓고 차근차근히 새로운 정보들을 수집해야 한다.

그가 그만한 재산이 있다면, 중원 어디선가 벌어들인 것이라면…… 그만한 부자는 흔치 않을 것이고, 알아낼 방도는 얼마든지 있다. 시간이 걸릴 뿐이지.

"대부호 중 최근에 재산을 정리한 사람."

"여자 장사, 술장사는 누구나 하는 게 아니지. 그런 쪽으로 범위를 좁히는 것도 좋지 않을까?"

"검치의 제자라면 무공을 쓰지 않고 지내기는 힘들었을 거야. 내장이 어죽이 되어 죽은 시신은 없는지 두루 살펴보는 것도 좋을 것 같은데."

그들은 루주에 대한 조사 범위를 구체적으로 정리해 나갔다.

세심루 지하에서 젊은 두뇌들이 차근차근 계단을 밟아나갈 때, 누각에서도 긴급회의가 열렸다.

팽가오로가 정중앙에 자리했고, 팽가연과 비연사도가 맞은편에 앉았다. 또 팽효문을 비롯해서 청년이 십여 명 정도 배석했다. 가주는 참석하지 않았다.

"그래서 제가 미허신보를 펼쳤는데 바로 따라붙었어요. 어떻게 붙었는지 전혀 보지 못했어요."

팽가연이 차분하게 가라앉은 음성으로 말했다.

팽가연이 패했다는 사실은 비밀이 아니다. 팽가촌 사람이라면 모두 안다.

그것은 수치가 아니다. 죄도 아니다.

무인으로서 비무에 패하는 것은 병가지상사(兵家之常事)다. 결전에서 패하여 목숨을 잃는 경우도 흔하다.

이게 본인의 잘못일 수는 없다.

가문을 욕되게 했다는 측면에서 접근할 수도 있겠지만, 하북팽가는 그런 접근조차도 하지 않는다.

모두가 친인척이다.

누가 누구를 질책한다는 것은 누워서 침 뱉는 격이다.

하지만 패배의 원인을 분석하는 작업만큼은 늦출 수 없다. 그 과정만은 엄밀히, 세세하게 살펴야 한다.

세심루의 회합은 팽가연의 패배를 되돌이켜 보는, 참오(懺悟)를 위해서 마련되었다.

팽가연은 자신이 겪은 바를 떨리는 음성으로 말했다.

도와 검이 마주칠 때 손아귀에 전해지던 충격은 어땠는지, 뒤로 물러설 때 오감으로 느낀 것은 무엇이었는지, 루주의 검이 얼마나 빠르고 강했는지…….

몇 마디 설명이면 자신이 직접 싸운 것처럼 느낄 수 있는 사람들이기에 설명하기는 쉬웠다.

"가연이는 보지 못했다. 그럼 너는?"

팽가일로가 팽효기를 쳐다봤다.

"저도 못 봤습니다."

"어떻게 그럴 수 있나?"

"찰나의 접촉이라……. 하지만 미허신보가 느리다는 생각은 들었습니다."

그렇다. 느리다. 느렸다.

루주는 팽가연을 죽일 수 있었다. 그 점은 싸움을 멀리서 지켜본 팽가오로도 인정하는 바다. 싸움을 직접 한 팽가연이나 비연사도 역시 그 점은 부인하지 않는다.

어떻게 말하든, 변명을 하든 안 하든 사실은 사실이다.

"그때… 가연이와 루주 사이의 거리는 일보(一步). 일보 안에서는 루주가 더 빠르다는 말이군."

그 말에 몇 사람이 눈을 감았다.

그들은 자신이 펼칠 수 있는 최고 속도로 미허신보를 펼쳤다. 눈을 감고 상상 속에서 앞으로, 혹은 뒤로 물러섰다.

쒜엑!

순식간에 십여 보가 움직여진다.

한데 그런 움직임은 다 필요없다. 정작 필요한 것은 루주의 검을 피할 수 있는 딱 일보뿐이다.

그 일보에서 루주에게 당한다.

'더 이상 빠를 수 없어.'

극상의 내공을 지닌 사람이나, 눈을 감고 무공을 그려보는 그들이나 단 일 보에서 큰 차이를 보일 수는 없다. 그만한 거리라면 보법의 차이보다는 누가 먼저 움직였느냐 하는 실질적인 행동이 더 큰 차이를 불러온다.

가주와 팽가연이 도를 뽑은 상태에서 일보 거리를 두고 서로를 겨눈 상태에서 동시에 움직였다고 가정해 보자.

누가 누구를 먼저 칠까?

가주가 먼저 칠 것은 분명하다. 하면 팽가연은 아무것도 치지 못하고 허공만 때릴까? 아니다. 그녀 역시 뒤늦기는 하지만 가주의 어딘가는 때릴 것이다.

동귀어진(同歸於盡)이 예상된다.

이런 사실을 확대 해석하면 가주조차도 루주의 상대가 안 된다는 뜻이 된다.

물론 보법만 가지고 전체를 논할 수는 없다. 그런 식으로 말한다면 팽가 무인들은 모두 동수(同手)가 되어야 한다. 하지만 실질적으로는 그렇지 않지 않은가.

싸움은 단순한 수리 계산이 아니다.

하지만 일보 거리에서 미허신보가 무용화(無用化)되었다는 사실만은 간과할 수 없다. 미허신보보다 훨씬 빠른 움직임이 존재한다면 누구에게나 위협이 될 수 있기 때문이다.

비연사도도 루주와 싸웠다. 그의 검을 파괴시켰다. 하지만 그녀들의 접전은 큰 의미가 없다. 그 싸움 역시 루주가 양보한 싸움으로 생각되기 때문이다.

그래도 그녀들 또한 입을 열었다.

"제가 검을 막았는데……."

효령이 싸움의 느낌을 말하기 시작했다.

"회자수도 무너졌다……."

"……."

깊은 침묵이 흘렀다.

"이상한 자야. 회자수 서른 명을 어쩌지 못해서 난도질당했던 자가 상처를 회복한 후에는 변신이라도 한 듯 펄펄 날뛰고 있어. 허허! 검치의 제자……."

팽가일로가 곤란한 듯 말했다.

루주는 단숨에 짓밟아 버릴 수 있는 잡초였다.

자신들이 짓밟기에도 너무 미미한 존재, 그래서 주위의 눈을 의식하여 차마 짓밟을 수 없는 존재. 그런 존재가 발밑에서 살살 불씨를 피우기 시작하더니, 이제는 뜨거운 모닥불이 되어 몸을 태운다.

팽가연의 패배는 소문나지 않을 수 없다.

당시 많은 사람들이 싸움을 지켜봤다. 그중 가장 염려되는 자들은 회자수들이다. 그들의 과장된 무용담(武勇談)을 듣고 있자면 무림 역사를 혼자 쓴 것 같은 착각마저 든다.

그런 자들이 입방아를 찧기 시작하면 며칠이 지나지 않아서 북경 전체가 알 게 될 것이고, 십여 일 안짝으로 해서 전 무림이 알게 될 게다.

싸움 내용은 단순하다.

팽가연이 검치의 제자에게 졌다.

하지만 소문은 그렇게 나지 않는다. 하북팽가가 천요루 루주에게 모욕당했다는 식으로 번질 게다.

팽청치가 팽가촌을 굽어보며 말했다.

"루주는 제가 정리하지요. 일단 경험 삼아서 효기에게 기회를 줄 생각입니다. 연후, 결과에 상관없이 제가 끝내죠. 훅! 루주는 먼지처럼 사라질 겁니다."

사로가 손바닥을 펴고 먼지를 불었다.

혈파검보다는 미허신보를 따라잡은 몸놀림, 종류를 알아볼수 없는 미지의 신법이 더 큰 문제다.

이것은 분명히 루주를 치는 데 걸림돌이 될 수 있다. 하지만 문제가 안 된다고 본다. 팽가연에게 들었고, 팽효기에게 들었고, 비연사도에게 들어보았지만 아직은 설익은 과일이다.

팽효기에는 아주 큰 공부가 될 게다.

질 것이라고는 생각하지 않지만 설혹 지더라도 한순간의 모욕보다 더 큰 것을 얻을 게다.

검치의 무공을 접한다는 것, 무인에게는 아주 큰 영광이다.

"자네는 회자수를 정리해 줘야겠네. 없으면 불편한 자들이니 완전히 정리하는 건 그렇고……."

오로에게 한 말이다.

오로가 즉시 답했다,

"그러잖아도 새로 상서가 된 놈, 하는 짓이 영 마음에 들지 않았는데 잘됐군요. 말귀를 잘 알아듣는 놈이 있는지 살펴보고 처리하겠습니다."

"그렇게 결정하고……. 이제 골치는 그만 좀 아팠으면 좋겠
어."

팽가일로가 머리를 만지며 말했다.

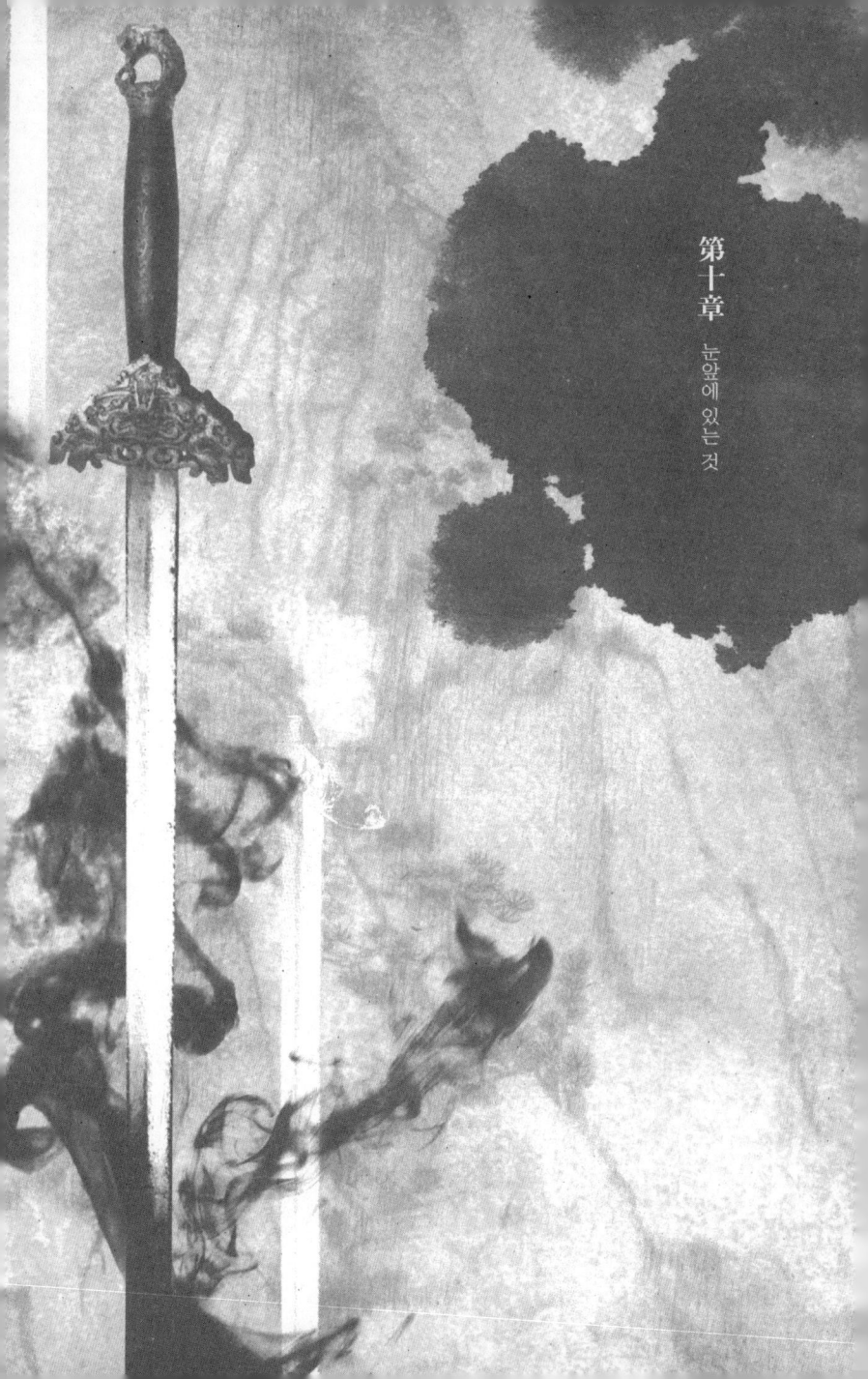

第十章 눈앞에 있는 것

1

쿵쾅! 쿵쾅! 우당탕탕!

"야! 빨리 해!"

"이 자식들, 굼벵이 고기를 삶아 먹었나! 빨리 빨리 못 움직여! 그러고도 날 저물면 돈 달라고 할 것 아냐!"

여기저기서 고함 소리가 울렸다.

사람들은 땀을 뻘뻘 흘리면서 불에 타버린 잔재들을 치웠다.

"아휴! 이거 뭐 완전히 타버려서 건질 게 있어야지. 이거 모두 치워 버려야겠는데요?"

"치워 버려."

"진작 그렇게 좀 말씀하시지. 아, 뭐 건질 거 없나 하고 괜히 시간만 축냈잖아요."

"주둥이 그만 놀리고 빨리 일이나 해!"

험상궂은 사내들이 인상을 썼고, 막노동으로 잔뼈가 굵은 사람들은 능숙하게 잔재를 걷어냈다.

천요루 복구공사가 한창 진행 중이다.

"이거 싹 걷어내는 데 한 달, 새로 짓는 데 두 달. 가을쯤이면 영업을 시작할 수 있을 겁니다."

"가을이라…… 후후후! 가을……."

홍독사는 누런 이를 드러내면서 씩 웃었다.

천요루가 생기기 전에도 주색 장사는 상당히 번성했다. 인적이 끊긴 곳, 외곽 구석진 곳이라도 홍등(紅燈)만 걸어놓으면 손님들이 들끓었다.

거기서 주색 사업이 더 발전할 수 있다고 생각한 사람은 없다.

시간이 돈을 만들어주는 곳, 돈을 가마니로 긁어모으는 곳, 날마다 황금알을 낳아주는 거위.

천요루는 기존의 주색 사업을 완전히 탈바꿈시켜 놓았다.

술과 여자면 충분하던 곳에 춤과 노래가 섞였다. 그전에도 가무(歌舞)가 없었던 것은 아니지만 천요루의 가무는 취기를 잊게 만들 정도로 뛰어났다.

보통 기루 주인들은 기녀들을 구분한다.

뛰어난 기녀, 보통, 보통 이하, 이렇게 세 부류로 구분하는 것이 일반적이다.

천요루주도 기녀를 구분했다. 하지만 그는 미모만으로 구분하지 않았다. 기녀의 재질과 재능, 그리고 품성까지도 고려해서 세심하게 분류했다.

또한 루주는 손님도 구분해서 받았다.

천요루라는 고급 기루에서 술을 마실 수 있을 만한 자격이 있는 자만 받아들였다.

한 푼이라도 더 긁어모으는 게 낫지 이 무슨 배부른 소리냐고 할지 모르겠다. 하지만 그런 노력들이 천요루를 북경제일 기루로 만들어놓았다.

그러나 가장 크게 발전한 것은 뭐니 뭐니 해도 밤의 기술, 방중술(房中術)이다.

천요루 기녀들의 방중술은 여타의 기루와는 차원이 다르다.

어떻게 해서 천요루 기녀들이 그토록 탁월한 방중술을 익혔는지는 아직도 의문이다. 분명한 것은 천요루에 발을 디딜 때만 해도 그저 그런 평범한 기녀였다는 점이다.

천요루주가 무슨 수작을 부린 것 같은데…….

어쨌든 천요루에서 밤을 지낸 사람들은 아직도 그날의 추억을 잊지 못하고 있다.

그들은 천요루가 아쉬운 마음에 천요루를 찾는다. 그리고 불타 버린 흔적을 보고는 남몰래 한숨지으며 돌아선다.

요즘 들어서는 다른 현상도 보인다.

어디서 천요루가 재건된다는 소문을 들었는지 기내에 들떠서 찾아오는 발길이 늘었다.

"빨리 다시 영업했으면 좋겠는데."

"괜히 건물만 번지르르한 거 아냐. 기녀들이 좋아야 하는데."

홍독사는 그들이 무엇을 원하는지 안다. 그도 한평생 이런 생활을 해왔고, 천요루가 번성하는 모습을 옆에서 지켜봐 왔기 때문에 어떻게 해야 할지를 안다.

천요루만 세워지면 그때부터 돈을 긁어모을 게다.

하루에 은자 이삼백 냥은 우스운, 그야말로 중원제일의 거부로 탈바꿈할 수도 있다.

어찌 웃음이 나오지 않겠나.

"흐흐흐! 흐흐흐흐!"

홍독사가 반갑지 않은 손님을 맞이한 것은 해가 서산에 걸릴 무렵이다.

일꾼들은 모두 돌아갔다.

수하들도 술 한잔 걸치기 위해서 삼삼오오 떼를 지어 사라졌다. 다른 때 같으면 그도 끼었으련만, 요즘은 천요루를 재건하는 맛에 푹 빠져서 술도 잊었다.

사람들이 떠난 자리를 홀로 거니는 맛이 아주 좋다. 치워져야 할 것과 새로 지어질 것이 한데 섞여 있는 모습도 좋다. 모든 게 희망적이다.

그런 그의 앞에 두 번 다시 만나고 싶지 않은 얼굴이 나타났다.

"잘 있었나?"

"빌어먹을! 어쩐지 일이 술술 풀린다 했지."

홍독사는 인상부터 찡그렸다.

호가, 놈에게 얻어맞은 놈이 한둘이 아니다. 그와 직접 맞닥뜨린 적은 없지만, 옛 기억을 되살려 보면 정나미가 뚝 떨어질 만큼 지독한 놈이다.

"왜 똥 씹은 표정이야?"

"뭐야? 이거 내놓으라는 거야?"

"아니, 아니. 가져."

"뭐?"

"소문 들어서 알잖아. 원래부터 원주인에게 돌려줄 생각이었는데… 이게 불타 버려서. 쯧!"

"조건은 뭔데?"

"허! 이 사람 정말……. 사람 호의를 무시해도 유분수지, 정말 준다니까 그러네. 내가 잘못 왔나? 왜 이리 푸대접이야? 루주께서 선물 좀 주라고 해서 왔는데… 그냥 가?"

"염병! 선물은 무슨……."

홍독사는 떨떠름한 표정으로 목재더미에 주저앉았다.

호가가 돌아왔다. 다른 식으로 생각하면 천요루주 또한 북경 땅을 밟았다고 볼 수 있다.

그들이 무엇 때문에 왔는지는 생각해 볼 것도 없다.

기껏 재건의 꿈에 들떠 있는데, 마침 회자수늘도 아삭 났다는 소리를 들었고, 모든 게 자신을 위해서 착착 진행된다고 생각했는데 일장춘몽(一場春夢)이었나.

홍독사는 미련하지 않다. 머리가 너무 잘 돌아간다.

꿈은 끝났다.

홍독사의 어깨에서 기운이 빠지고 있을 때, 호가가 말했다.

"저기 보여? 저기."

그가 후원이었던 듯싶은 곳을 가리켰다.

"거기 왜?"

"저기 은자가 묻혀 있거든."

"뭐, 뭣!"

"생각해 봐. 천요루에서 하루에 벌어들인 은자가 얼마겠어. 그 많은 돈을 어떻게 지고 가나? 목숨도 위태로운 판에 은자까지 짊어지고 갈 수는 없지."

'꿀꺽!'

홍독사는 자신도 모르게 마른침을 삼켰다.

호가가 온 목적을 대략 짐작할 수 있을 것 같다. 자신에게서 천요루를 빼앗으려는 건 아니다. 일종의 협상을 하려고 온 게다.

꿈은 지속된다.

"내가 저기 묻힌 은자를 캐내면……."

"몰래. 아무도 모르게 은밀히."

"흐흐흐! 그거야 여부가 있나."

"반반 하지."

"반반? 정말이오?"

홍독사는 믿을 수 없다는 표정을 지었다.

"이곳을 재건하려면 한두 푼 드는 게 아닐 게고… 보아하니 북경 부자들한테 뜯어낸 것 같은데, 그거로는 힘이 부치지. 반반 할 테니까 잘 간수해 뒀다가 달라고 할 때 줘."

"달라고 할 때 말이오?"

홍독사는 다시 웃었다.

그 말은 잘하면 전액 모두 자신의 것이 될 수도 있다는 뜻이다. 물론 전액을 꿀꺽 삼켜도 탈이 없을지 이모저모 잘 살펴야 하겠지만 말이다.

안 되는 사람은 뒤로 넘어져도 코가 깨진다는 말이 있다. 그 반대로 되는 사람은 하늘을 쳐다봐도 동전을 줍는다.

홍독사에게는 경사가 겹쳤다.

무너진 천요루 땅속에 은자가 묻혀 있다. 그동안 천요루가 벌었던 모든 은자가 고스란히 그의 손에 쥐어졌다.

그것만 해도 하늘을 날아갈 듯한데 웃돈까지 주어졌다.

호가가 건네준 기녀 명단.

천요루의 오늘을 만든 상급 기녀들이 어디 있는지 알게 되었다.

이미 다른 기루에서 일하고 있을 줄 알았는데, 아직까지 휴식을 취하고 있다니 이 얼마나 즐거운 노릇인가.

그러잖아도 기녀들이 고민이었다.

천요루라는 건물은 언제든지 만들 수 있지만, 천요루의 명성을 유지시키는 건 결국 사람이다. 기녀들이 제 몫을 못해주면 패가망신(敗家亡身)하는 건 시간문제다.

그런 점을 알고 있기에 기녀를 사들이는 데 최선의 노력을 기울이려고 했다. 세상에서 가장 예쁜 기녀들만, 억만금을 처들여서라도 좋은 기녀들을 사려고 했다.

그런데 그럴 필요가 없어졌다.

다른 때 같으면 땅에서 캐낸 은자를 챙겨서 줄행랑을 놓았을 게다.

은자가 쌀독으로 하나 가득이다.

그게 얼만지는 헤아려 보지도 않았다. 너무 엄청난 거액이라서 입만 쩍 벌어진다.

솔직히 그만한 돈이면 한평생 호의호식하면서 편히 지낼 수 있다. 괜히 골치 아프게 기루니 뭐니 세울 것 없다. 하고 싶은 짓 마음껏 하면서 즐길 수 있다.

하지만 아는가. 그게 바로 천요루가 일 년도 안 돼서 거둬들인 수입이라는 걸.

천요루를 이삼 년만 운영하면 천하제일 갑부가 된다.

천하를 마음껏 주무를 수 있는 거부가 된다.

더군다나 지금은 골치 아플 필요도 없다. 그때의 기녀들이 고스란히 손에 들어왔으니 누각만 지으면 된다.

좋은 일이 겹치고 겹친다.

"그것들, 당장 데려와! 아니, 아니, 모셔와! 하하하! 하하하하!"

파락호들이 허름한 저택을 에워쌌다.

인벽(人壁)이라는 말이 어울릴 정도로 저택 주변에 사람 울타리를 쳐버렸다.

천요루를 재건하기까지는 약 서너 달이 소요된다.

그동안 기녀들을 놀리는 것이 아깝지만, 상품 가치를 떨어뜨릴 수는 없다. 최대한 아끼고 아꼈다가 최고의 누각에서 한꺼번에 확 풀어버리는 거다.

"바깥에 얼굴도 비치지 못하게 해!"

홍독사의 엄명이 떨어졌다.

호가는 하루 동안 저택을 지켜봤다.

낮 시간, 그리고 밤 시간……. 그야말로 물샐틈없는 경비를 적의 입장에서 쳐다봤다.

"흠! 제법인데."

홍독사의 발 빠른 조처가 마음에 든다.

저들은 파락호다. 약한 사람에게는 강하고, 강한 사람에게는 약한 인간쓰레기들이다. 그런 자들이기 때문에 조직(組織)을 맹신하고, 의지한다.

조직이라는 울타리로 엮여 있으면 강자에게도 주먹 한 번은 휘두른다. 혼자서는 절대 하지 못할 행동이다. 하지만 우르르 몰려 있으면 이성이 마비된다.

파락호들의 운집(雲集)은 나름대로 효과가 있다.

기녀들은 파락호의 보호 속에 편히 지낼 것이다.

사실 그녀들은 별다른 보호가 필요없다. 온실 같은 곳보다는 거친 들판에 적응된 여자들이다. 특별히 누군가에게 표적이 되지 않는 한 보호 같은 것은 필요없다.

그렇다. 표적! 표적이 있다.

호가는 월아를 기녀들 속에 숨겨놓았다.

루주에게도 고향으로 돌아간다고 이야기해 놓았고, 맹삼력에게도 그렇게 속였다.

그러나 그렇게 할 수 없다.

그녀를 고향으로 돌려보낸다는 건 죽음 속으로 밀어 넣는 것이나 다름없다.

모두들 그런 점을 알고 있다. 그녀도 안다.

중원 천하 어디로 숨든지 간에 그녀로 인해서 창피를 단단히 산 팽효뢰의 추적을 피할 수 없다.

언젠가는 그가 찾아올 것이고, 큰 고욕을 당하리라.

그녀는 모든 것을 알고도 루주의 뜻에 따랐다. 유혹하라니 했고, 때리니 맞았다. 그리고 목숨까지 내놓은 채 아무 보호도 없이 먼 길을 떠났다.

호가는 그녀를 그렇게 가도록 내버려 둘 수 없었다.

그녀가 기녀들 틈에 섞여 있다.

등하불명(燈下不明)이라고 했던가? 그녀를 찾아 나선 팽효뢰도 그녀가 발밑에 있으리라고는 생각하지 못할 게다.

"한동안은 안심해도 되겠군. 에휴! 도대체 무슨 일에 끼어든 건지."

그가 한숨을 내쉬며 몸을 일으켰다.

혼자서 살아가는 자는 대조직의 거대한 힘을 알지 못한다.

뛰어난 스승 밑에서 무공을 사사하면 뛰어난 무인이 될 수 있다. 그럴 수 있는 가능성이 농후하다. 또한 대문파에 입문하여 차근차근 계단을 밟아 올라가도 고수가 될 수 있는 길이 넓게 열려 있다.

두 경우 모두 고수가 된다는 점에서는 이의가 없다.

하지만 후자는 전자가 갖지 못한 장점을 더 배운다.

조직이 일궈내는 힘이다. 거대한 조직이 어떤 일을 할 수 있는지 눈으로 보고 몸으로 체득해 왔기 때문에 같은 사실을 접하고도 대응하는 방식이 달라진다.

그와 같은 맥락에서 팽효뢰는 서둘지 않았다.

물고기를 잡으려면 물살을 건드리지 말아야 한다. 조용히 침묵하고 기다리는 것이 최선이다.

지켜본다. 끈기를 갖고 지켜본다.

이것 외에 더 좋은 방법은 없다.

물고기가 스스로 기어나올 수 있게끔 미끼를 던지는 것도 좋다. 하지만 미끼가 지켜보는 것을 넘어서지는 못한다.

그는 미끼를 던졌다.

월아를 찾으러 간다.

천만에! 그녀를 찾기 위해서 저 아래 남쪽 지방까지 여행할 생각은 없다. 또한 그녀가 고향으로 갔다고 믿지도 않는다.

미끼만 던져 놓고 지켜본다.

그는 천요루주를 지켜봤는데, 뜻밖에도 호가가 걸려들었다.

홍독사를 이용해서 돌려 쳤지만, 허름한 저택에 둘러친 경계망은 그의 작품이나 다름없다.

그는 움직이지 말았어야 한다.

홍독사를 만날 일도 없고, 은자가 있는 곳을 말해줄 필요도 없고, 기녀 명단 같은 것은 더더욱 줄 이유가 없다.

천요루의 재건에 저금을 올려놓으려는 것인가?

그래도 좋고 아니어도 좋다. 그런 점에는 관심없다. 그가 원하는 것은 월아가 저곳에 있다는 점이다.

'월아……'

팽효뢰는 미간을 찌푸리며 허름한 저택을 내려다보았다.

마음이 두 갈래로 갈라진다.

하나는 그녀를 단숨에 베어버리고 싶은 마음이다.

그녀가 원망스러워서 베려는 것은 아니다. 기녀인 줄 알고 찾아갔고, 술을 마셨다. 거기까지는 분명 자의(自意)다. 그다음은 기억에 없지만, 술을 마실 때까지만 해도 그녀가 좋았다.

지금도 좋다.

순수한 감정으로 대할 수는 없지만, 그렇다고 특별하게 나쁜 감정이 드는 것도 아니다.

그럼에도 그녀를 베고자 하는 것은 앞으로 그녀가 겪을 고초가 염려스러워서다.

그녀는 필히 죽는다.

이번 일에서 루주는 굵은 나무줄기다. 나무가 베어지면 그와 함께 일을 벌였던 잔가지들도 쳐내게 된다.

기왕 죽을 바에는 자신의 손으로 깨끗하게 정리해 주고 싶다.

다른 하나는 살려주고 싶은 마음이다.

그녀는 죽을 만큼 나쁜 짓을 한 것 같지 않다. 자신에게 약을 먹이기는 했지만, 이 모든 게 루주란 놈의 장난질이 아니던가. 루주에게 얽혀 있는 입장에서 시키는 대로 할 수밖에 더 있겠나.

그녀는 선택의 여지가 없었으리라.

그럼에도 불구하고 모든 사람을 똑같은 기준으로 처단하는 건 너무하다 싶다.

이쪽이든 저쪽이든…… 쳇!

'제길! 보고 싶군.'

팽효뢰는 암울한 눈으로 창공을 바라봤다.

자신은 하북팽가의 적손(嫡孫)이다.

가만히 있어도 중매가 들끓는다. 가문이든, 배경이든, 인물이든 원하는 대로 고를 수 있다. 꼭 혼인을 전제로 해서 만날 필요도 없다. 팽가의 자손으로 이런 말을 해서는 안 되지만, 하룻밤 유흥거리를 찾고자 해도 얼마든지 찾는다. 자신이 찾을 필요도 없다. 그럴 의사만 비치면 뭇 여인들이 옷고름을 풀면서 달려든다.

팽가 사람들은 눈이 높다.

웬만큼 뛰어나다, 잘났다, 똑똑하다, 이름났다 하는 사람은
성에 차지 않는다.

그도 그랬다. 미인이라는 여자들이 꽤나 극성을 부렸지만
눈길도 주지 않았다.

그런 그가… 자신이…… 한낱 기녀에게…… 그것도 암계까
지 꾸며서 개망신을 안겨준 창기(娼妓), 노류장화(路柳墻花)에게
마음이 흔들린다.

만나기만 하면 단숨에 베어버릴 생각으로 팽가촌을 나섰다.
하지만 정작 그녀가 있는 곳을 알게 되자 두 발이 굳어버린다.
뛰어들어 가는 것조차 망설여진다.

그녀를 만나면 뭐라고 할까?

왜 그랬냐는 물음은 의미없다. 그녀는 보나마나 빨리 죽이
기나 하라고 말할 게다. 남녀의 정분(情分) 같은 것은 말할 계
제도 아니다. 처음 만나서 딱 그날 하루 술을 마신 것뿐인데
무슨 정이 오고 갔겠는가.

만나도 남남이나 마찬가지다.

얼굴이나 기억할까?

그는 움직이지 않았다.

'아직은 움직일 시기가 아냐.'

2

또르륵! 또르륵! 또르륵!

검편(劍片) 한 조각이 손등 위에서 춤을 춘다.

공기구멍이나 응집된 부분을 찾아볼 수 없는 검날에 누런 기운이 배어 있는 특이한 검편이다.

"그거 뭐야?"

맹삼력이 처음 보는 물건에 호기심을 드러냈다.

"주워 온 거."

"주워 와? 어디서?"

"……"

"얼마 전에 죽인 자?"

루주는 고개를 끄덕였다.

"아! 그 살수……. 그놈 꽤 날카롭던데. 살수하고 원수진 일은 없을 것이고, 아는 놈도 아닐 것이고, 팽가에서 청부를 넣었다는 건 말도 안 되고……."

"훗!"

루주는 피식 웃었다.

맹삼력의 말마따나 아는 것이라고는 살수라는 것밖에 없다.

아니, 아는 게 더 있다. 누구에게도 말할 수 없지만, 분명히 아는 게 있다.

그는 어머니가 자식을 죽일 목적으로 고용한 살수다.

천하에 다시없는 요부가 십분 믿을 수 있다고 판단해서 청부를 넣었다.

그들은 무시할 수 없다. 무시해서는 안 된다.

루주는 검편을 맹삼력에게 던져 주었다.

"대장간에 가서 무슨 쇠인지 알아봐 줘. 평범한 놈은 아니니까 뭐라도 나올 거야."

"알았다. 가는 김에 술도 몇 병 사올까 하는데, 마시고 싶은 거나 먹고 싶은 거 있어?"

"오량액(五粮液)이요. 구하실 수 있으면 사천산(四川産)으로요. 루주께서 가장 좋아하시는 거예요."

옆에 없는 듯 앉아 있던 주설언이 말했다.

맹삼력이 그녀를 흘깃 쳐다보면서 말했다.

"내가 없으면 이놈 푸대접이 말이 아닐 텐데, 견딜 수 있겠어?"

"그렇게 모진 분 아니에요."

"허! 이놈을 잘 모르네. 나도 모르겠다. 알아서 하든 말든 내 상관할 바 아니다."

맹삼력이 푸념조로 말하며 일어섰다.

휘이… 잉!

겨울도 아닌데 찬바람이 분다.

주설언은 무언가 말을 하려고 몇 번이나 몸을 꿈지럭거렸다. 그러나 아무 말도 하지 못했다.

루주는 목석이 되었다.

그는 나무를 다듬어 목검을 만든다.

아무 말 없이, 묵묵히 이 세상에 오직 목검과 한 사내만 존재한다. 그 외에는 존재하지 않는다. 하늘도 땅도 사라지고 없다. 목검을 다듬는 사내만 남는다.

'아름다워.'

루주의 저런 모습, 종종 본다.

루주는 어떤 일을 하든 쉽게 몰입하는 특성이 있다. 아마도 천성적으로 타고난 성격인 것 같다.

한 가지 일에 몰입하는 모습은 참으로 아름답다.

그게 누구이든, 무슨 일을 하든, 책을 읽든 바느질을 하든 올곧이 온 정신을 한 곳에 파묻은 모습은 진정 아름답다.

루주는 아름다운 모습이 많다.

루주의 눈물도 아름답다. 루주가 남몰래 눈물을 흘린다는 사실은 아마 아무도 모르리라. 그건 그와 한시도 떨어지지 않는 호가나 맹삼력조차 모를 게다.

그는 달빛이 시릴 때 운다.

달을 쳐다보면서 눈물 한 방울이 또르르 흘린다.

딱 한 방울……. 더 울지 않는다. 흐느끼지도 않는다. 그래서 눈물 같지 않다. 슬픔 같은 것도 느껴지지 않는다. 잘못 보지 않았나 착각이 들기도 한다.

그러나 착각은 아니다.

루주는 그런 눈물을 여러 번 흘렸다. 습관인지, 진짜 아픔이 있는지 모르겠다. 마음이 아파도 아픈 표정을 짓지 않는 사람이라서 알 수가 없다.

그런데 어느 순간부터 그런 모습을 보면 가슴이 칼에 베인 듯 아려온다.

그래서 그가 울면 그녀도 운다.

그가 눈물 한 방울 떨구면 그녀도 한 줄기 눈물을 흘린다.

이것은 그녀만이 알고 있는 루주의 비밀이다. 그래서 더욱 소중하게 간직한다.

또 다른 아름다움도 있다.

루주는 결코 차가운 사람이 아니다. 아주 모질고 냉정한 듯 보이지만 그렇지 않다.

루주는 재물에 욕심이 없다.

천요루에서 벌어들인 은자는 세 사람이 균등하게 분배한다.

루주는 자기 몫을 건드리지 않는다. 단 한 푼도 손대지 않고 전액 되돌린다.

그의 몫은 기녀들에게 건네진다.

조금 더 좋은 옷, 맛있는 음식, 향취가 물씬 풍기는 미주(美酒), 얼굴에 바르는 분(粉), 하다못해 덮고 자는 이불까지도 최상으로 공급한다.

남들은 돈을 그렇게 쓸 데가 없냐고 할지도 모른다. 또 어떤 이는 기루를 운영하는 루주가 기녀들에게 잘해주는 게 뭐가 그리 대단하냐고 할 수도 있다.

맞다. 하지만 루주는 상상 이상으로 잘해주었다. 천요루 수익의 삼 할이 다시 재분배된다. 그것도 돈이 아닌 물질로 제공된다. 풍요로움이 넘쳐흐른다.

루주는 기녀들을 사랑한다.

사랑이라는 말을 가볍게 쓴 게 아니다. 다른 뜻으로 쓴 것도 아니다. 모두가 생각하는 남녀 간의 사랑, 그런 의미로 루주는 기녀들을 사랑한다.

어느 날, 루주가 아무 기녀와 잠자리를 해도 하등 이상하지 않을 정도로 깊이 사랑한다. 그 많은 기녀들에게 한결같이 깊은 사랑을 쏟아붓는다.

기녀들은 그가 베푸는 물질의 풍요로움을 당연한 듯 받아들인다. 루주가 자신들을 사랑하고 있다. 사랑하는 연인(戀人)이다. 그러나 연인의 보살핌을 받는 건 당연하지 않은가.

그렇다. 루주는 그저 단순한 주인이 아니다. 루주이기 이전에 연인이다.

그럼 루주는 바람둥이인가.

아니다. 루주의 사랑은 육체적인 관계로 발전하지 않는다. 급속히 가까워졌다 싶다가도 결정적인 순간에는 늘 일정한 거리를 두고 물러선다.

루주의 이런 점이 그를 이해할 수 없는 사람으로 만든다.

그래서 일부 기녀는 그의 이런 호의를 뜯어먹어도 될 자의 선심쯤으로 가볍게 흘려버리기도 한다. 아예 공공연하게 루주의 돈은 '눈먼 돈'이라고 말하면서, 그런 돈은 뜯어먹을 수 있을 때 많이 뜯어먹어야 한다고 한다.

루주는 그런 소리에도 아랑곳하지 않고 깊은 사랑을 준다.

그가 잠자리를 같이하는 사람은 그녀뿐이다.

여기 또 한 가지 비밀이 있다.

루주는 보통 사내들보다 두 배, 아니, 세 배는 강하다. 너무 강해서 정사를 치른 날이면 어김없이 파김치가 되고 만다. 아침 식사도 거른 채 침상에 누워 있었던 적도 있다.

루주는 정염을 풀어낼 상대로 그녀를 선택했다.

사랑이 깊어서 취한 것이 아니라 욕구를 풀어낼 도구로 몸을 빌린 것에 지나지 않는다.

기분이 나쁠 수도 있다. 하지만 나쁘지 않다. 그녀를 대하는 루주의 마음 또한 진실이다. 루주는 그녀를 사랑하고 있다. 진심으로 그녀를 아낀다.

루주가 어떤 마음으로 여인들을 대하는지는 아무도 모른다.

어떻게 수많은 여인들에게 한결같이 깊은 사랑을 쏟아부을 수 있는지, 그런 정성은 어떻게 나오는지, 왜 한 여인에게 정착하지 못하는지, 특별히 더 사랑하는 여인은 없는지 모든 게 불가사의다.

그래서 그녀는 자신만 생각하기로 했다.

루주의 마음을 받아들이고, 자신의 마음이 이끄는 대로 행동한다. 자신의 마음이 루주를 원한다면 그를 따르고, 도저히 같이 있을 수 없는 사람이라는 판단이 들면 그때 떠난다.

지금은 떠나고 싶지 않다.

그와 같이 있으면 위험하다는 것을 알지만 그래도 같이 있고 싶다. 솔직히 말하면 같이 죽었으면 좋겠다. 죽으면 그를 잃을까 봐 전전긍긍하는 마음은 없어질 테니까.

그녀는 대화를 나누는 대신 묵묵히 지켜보는 쪽을 택했다.

사각! 사각!

손이 움직일 때마다 뭉툭하던 나무가 점점 한 자루 검이 되어갔다.

루주는 목검 열 자루를 만들었다.

왜 열 자루인지는 모르지만, 천요루에도 검 열 자루가 들어 있는 검합(劍盒)이 있었다.

주설언은 가죽 요대(腰帶)를 내밀었다.

허리에 매는 요대와 등과 가슴을 휘도는 가슴 띠가 결합된 특이한 요대다. 뿐만 아니라 요대에는 검을 꽂을 수 있도록 가죽 고리가 매달려 있었다.

"검집까지 생각해서 만들었는데……."

루주는 요대를 받아서 이리저리 살폈다.

"직접 만든 거야?"

같이 있은 지는 오래됐지만 직접 말을 건네온 것은 정말 오랜만이다.

"네. 검합을 들고 다니는 것보다 나을 것 같아서."

"검합을 봤나?"

"검을 열 자루씩이나 보관하는 사람은 드무니까요."

"그렇군."

루주는 목검을 가죽 요대에 꽂기 시작했다.

왼쪽에 두 개, 오른 쪽에 두 개, 등에 여섯 자루를 꽂았다.

"딱 좋군. 잘 쓰도록 하지."

"오랜만에 목욕물 데울까요?"

음탕한 말이 아니다. 언제나 하루해가 저물 무렵이면 늘 묻곤 하던 말이다.

루주는 하루에 목욕을 두 번 한다.

아침에 하는 목욕은 하루 일과의 시작이고, 초저녁에 하는 목욕은 기루 영업의 시작이다.

루주가 고개를 저었다.

"아니. 이제 그런 일… 부탁하고 싶지 않다."

조금은 냉랭한 말이다.

주설언은 말이 지닌 의미에 가슴이 아팠다.

"피도 닦아야 하고 냄새도 나요. 그래서야 누가 천요루 루주라고 하겠어요? 목욕물 데울게요."

그녀는 일어섰다.

루주는 그녀를 쳐다보지 않았다. 그렇다고 만류하지도 않았다.

촤르륵!

물살이 어깨로 떨어진다.

주설언은 바가지에 물을 떠서 바위같이 단단한 사내의 어깨에 슬며시 흘렸다.

루주의 몸은 온통 상처투성이다.

루주의 겉모습에 익숙한 사람들은 그의 몸에 어떤 상처가 새겨져 있는지 짐작조차 하지 못한다. 속살도 얼굴처럼 말끔할 것이라고 생각한다.

그녀도 그랬다.

두 손으로 등을 안았을 때, 두꺼비를 만지는 듯 우둘투둘해서 깜짝 놀랐다. 마치 거친 송판을 손으로 쓸어내리는 기분이랄까? 사람 등을 만지는 것 같지 않았다.

루주의 온몸이 그렇다.

지금은 익숙해져서 오히려 매끄러운 살결이 이상하게 여겨진다.

거친 살결이 좋다. 갈라지고, 골이 파이고, 툭 튀어나온 온갖 상처가 다정하게 느껴진다.

루주는 근래에 또 상처를 입었다.

회자수들에게 짓이겨지다시피 당한 건 별거 아니다. 이미 있었던 상처를 다시 한 번 갈라놓은 것에 불과하다.

그녀는 루주의 몸을 정성껏 닦아주었다.

"언제까지 기다릴 수 있을 것 같아."

루주가 문득 한 말이다.

주설언은 말뜻을 이해하지 못하고 잠시 어리둥절했다.

생각을 했다. 언제까지… 기다릴 수……. 더 이상 생각할 게 무엇인가!

"어, 언제까지라도……."

그녀의 심장은 불이라도 붙은 듯 뜨거워졌다. 질주하는 말의 심장처럼 마구 뛰었다.

"기다려."

"네, 기다릴게요."

이번에는 즉시 대답했다.

루주의 말을 되새겨 볼 필요가 없다. 그 뜻이 무엇인지 즉각적으로 와 닿았다.

이제 그녀의 마음은 세상을 얻은 듯 부풀어 올랐다.

행복했다. 드디어 원하는 것을 얻었다. 천요루주로서의 그를 사랑했던 게 아니다. 한 사내로서 그를 사랑했다. 그리고 드디어 그에게서 인정을 받았다.

그러나 그녀는 곧 기다리라는 말에 다른 뜻이 숨어 있다는 것을 깨달았다.

"저, 저……."

그녀가 급히 거부하려고 할 때,

"나는 혈혈단신이다. 일가붙이가 없어. 널 어디로 보낼까 고민했는데, 마땅히 보낼 곳이 없어. 누구라도 돌보아줄 사람이 있으면 좋겠는데, 아무도 없어."

루주가 담담하게 말했다.

주설언은 숨을 죽인 채 그의 말을 들었다.

그가 자신에 대해서 입을 연 것은 이게 처음이다. 세상 모든 사람들이 그의 이름도, 나이도 모르는 판인데 주위에 누가 있는지 어떻게 알겠는가.

'그랬구나.'

"그래서 암자를 생각했지."

"싫어요."

"탁자에 서신을 놔뒀어. 전표(錢票)와 가 있을 곳 약도를 넣어놨으니까 가 있어. 오래 걸리지는 않을 거야."

"저도 같이……."

"……."

루주는 침묵으로 거부했다.

그리고 그녀 역시 이번 침묵은 거역할 수 없다는 것을 짐작했다.

그가 싸우는 모습을 봤다. 그의 적이 누구인지 짐작한다. 하북 무인이라면 모두가 머리를 깊이 조아리는 팽가, 그들과 피를 흘리면서 싸운다.

어떻게 해서 일이 이 지경까지 이르렀는지는 알다가도 모를 일이지만, 지금의 상황은 매우 복잡하다.

자신처럼 파리 한 마리 죽이지 못하는 사람은 거추장스러운 짐만 된다.

"오래 걸리지 않으신다고 했는데… 얼마나 걸리실 것 같아요?"

"……."

"돌아오기는 하실 거죠?"

"일 년 정도 예상하고 있다. 그 안에 돌아가지 못하면 영원히 갈 수 없겠지."

"싫어요, 그런 말."

"그리고……."

루주가 몸을 일으켰다.

굴강한 나신이 드러났다. 나신을 타고 따뜻한 목욕물이 촤르륵 흘러내렸다.

"이 바닥에서는 말이야, 쉽게 만나도 쉽게 헤어지는 거야. 그러니 다음부터는 마음을 주더라도 절반은 남겨둬라. 다 줘봤자 너만 상처 입어."

밤이 지나고 새벽이 다가온다.

루주는 침상에서 어린애처럼 잠들어 있다.

그녀는 잠들지 못했다. 루주가 남긴 서신을 앞에 놓고 밤새도록 지켜보았다.

서신 속에는 이별이 기다린다.

다시 볼 수 있을까? 이대로 헤어져서 두 번 다시 못 만나는 건 아닐까?

희망도 들어 있다.

루주가 말한 대로 일 년 안에 그가 찾아온다면, 그때부터는 기쁨만 가득할 게다. 루주란 사람 자체가 편히 살 사람은 아니니 또 어떤 풍운을 몰고 올지 모르지만, 그의 여자가 될 수 있을까 하는 고민 따위는 하지 않을 게다.

서신에 무엇이 들어 있든 그녀가 선택할 수 있는 건 없다.

그녀는 밤을 꼬박 밝히면서 그녀 자신이 선택할 수 있는 요소를 찾았다. 무엇이라도 할 수 있다면, 뭐라도 할 수 있는 게 있다면, 이 서신을 열기 싫었다.

그런데 없다.

세상에 태어나서 배운 것이라고는 춤과 노래밖에 없다. 또한 가지, 사내의 영혼을 빨아들이는 방법도 배웠다.

일어나서 옷끈을 풀었다.

사르르.

매미 날개처럼 얇은 잠옷이 발밑으로 미끄러졌다. 그리고 백옥(白玉)같은 살결이 드러났다.

사박! 사박!

그녀는 눈을 밟듯이 포근하게 걸어갔다. 임을 향해 다가가는 발걸음은 늘 행복하다.

침상으로 다가가서 얇은 이불을 걷어 올리고 몸을 뉘였다. 얼굴을 그의 가슴에 얹고, 손은 허리를 껴안았다.

그가 깨어났다. 그녀의 허리를 휘어 감았다.

"안 잤어?"

"잤어요."

"넌 거짓말도 잘 못해."

"나… 아기 갖고 싶어요."

"……."

"거짓말 같아요?"

"아니,"

"괜찮죠?"

그녀가 위로 올라섰다. 그리고 입술을 맞대왔다.

3

"무슨 쇠인지 알아보겠어?"

"글쎄… 모르겠는데. 세상에 이런 쇠도 있었나?"

쇳덩이와 함께 평생을 살아온 대장장이들이 검편 한 조각을 알아보지 못했다.

검편에는 누르스름한 분(粉)이 섞여 있다.

아주 특이한 쇠다.

굳이 대장장이가 아니더라도 어떤 쇠인지 한 번만 들으면 영원히 잊어버리지 않을 게다.

그런데 알아보는 사람이 없다.

아예 들어본 적도 없다는 뜻이다.

"이런 쇠가 없다면, 정련하는 과정에서 뭐가 섞였나?"

"불순물이 섞이면 이렇게 고를 수가 없지. 이건 섞인 게 아니라 원래 성질이 이런 거야."

"이거 보통 특이한 쇠가 아닌데……. 아, 이런 쇠를 모른다는 게 말이 돼?"

"염병! 모르니까 모른다고 하지 알면서도 모른다고 할까. 어디 줘봐. 녹여보면 알겠지."

"그건 안 되지. 녹이면 다른 데 알아보지도 못하잖아."

"그럼 가! 괜히 일하는데 방해하지 말고!"

"이거 중원 물건이 아닐 가능성도 있겠네?"

"그럴 가능성이 높지."

북경에서 내로라하는 대장간을 다섯 군데나 들렀지만 모두 같은 소리뿐이다.

'쇠를 알아보는 사람이 없다면……'

맹삼력은 부지런히 발길을 옮겼다.

"이게 부러졌나?"

자칭 북경제일의 검장(劍匠)이라고 자부하던 유노사(劉老師)는 단번에 검편을 알아봤다.

"알아보겠소?"

"허! 이것도 부러지는군. 도대체 뭘 쳤기에 이렇게 조각났나? 이봐, 뭐와 부딪친 거야?"

"제길! 뭔지나 말해준 다음에 물어보쇼!"

"허! 그놈 성질하고는. 이놈아, 이건 마검(魔劍) 중에서도 마검인 마혼(魔魂)이란 놈이야! 귀살왕이라는 놈이 살천루에 있을 때 워낙 일을 잘해서 루주가 주었지."

맹삼력의 눈빛이 반짝였다.

귀살왕이라면 그도 안다.

살천루에서 떨어져 나와 귀동이라는 살수 집단을 따로 차렸다.

살전무가 귀살왕의 공로를 인정하고 용인해 준 덕분에 견제도 받지 않고 성장했다.

그곳인가!

맹삼력이 코를 후비며 말했다.

"그것참 이상하네. 마검 중의 마검이라면서 왜 주인이 자주 바뀌는 거야? 살천루주에게서 귀살왕, 귀살왕이 또 도인 놈에게."

"도인 놈?"

"그런 게 있소."

"허허! 귀살왕이 마검을 건넨 게로군. 그리고 그자가 죽었고……. 쯧! 살검(煞劍)의 운명이라니."

"그건 또 무슨 소리요? 살검의 운명이라니?"

"왜 흔히 하는 말이 있잖나. 마검은 요악(妖惡)해서 결국은 검주(劍主)를 죽인다고. 이놈이 그래. 마기가 워낙 지독하고 날카로워서 검이 검을 잘라낸다는 명성을 얻었지만, 그만큼 주인을 죽일 가능성은 높아진 거지."

"살검이기에 수하에게 건넸다? 참 보기 좋은 관계네."

"살수놈들이 그렇지, 뭐."

"아무리 그래도 그런 마검이면 건네기 아까울 텐데."

"이제 말해보게. 이놈이 어떻게 부러진 거야?"

"모르겠소. 길에서 주운 것이라."

맹삼력은 퉁명스럽게 말했다.

마검 마혼에는 사연이 담겨 있다. 유노사가 말한 것 말고 또 다른 사연이 있다. 그렇기에 천하에 다시없는 마검을 미련없이 수하에게 건넨 것이다.

맹삼력은 유노사에게 더 건질 것이 없다는 생각이 들자 몸을 일으켰다.

"그러나저러나 세상 소식도 좀 듣고 사슈. 천요루가 불타 버렸다는 소리도 못 들었소? 제길! 사람이 불행을 당했으면 위로부터 하는 게 도리지."

"그랬냐? 천요루가 불탔어? 흐흐흐!"

유노사가 누런 이를 드러내며 히죽 웃었다.

귀동!

귀동은 단 세 사람만 주의하면 된다.

귀살왕이 첫째요, 음검(淫劍)이 둘째요, 암사가 셋째다.

나머지는 신경 쓸 것 없다. 어중이떠중이들이 칼만 들고 모여 있을 뿐이다.

루주가 죽인 도인은 음검이다.

'귀살왕, 암사… 요거 만만치 않은데.'

맹삼력은 미간을 찌푸렸다.

귀살왕은 살천루 오대살수 중 한 명이었다.

손에 피 마를 날이 없었다던 죽음의 안내자가 바로 그다. 사람을 죽일 때마다 오른손 모지(母指)를 잘라냈으며, 그것을 말려서 백팔염주(百八念珠)를 만든 위인이다.

하지만 그런 잔인무도함은 중요하지 않다. 정말로 중요한 것은 사람이 살해당하는 모습을 지켜보거나 엿본 사람이 단 한 명도 없다는 것이다.

살천루 오대살수 중에서도 살행 장면이 노출되지 않은 유일

한 인물이 귀살왕이다.

암사는 귀살왕의 진전을 모두 이어받았다.

그는 귀살왕의 뒤를 이어서 십팔염주(十八念珠)를 만들었으며, 삼십육염주를 지나 오십사염주를 향해 다가가고 있다.

그 역시 살행 장면이 은밀하기로 소문나 있다.

어떻게 죽는지는 죽는 자도 모른다. 청부 살해는 죽은 후에나 알게 된다.

음검이 마흔을 믿고 표면에서 날뛰었다면, 남은 두 사람은 지하에서 은밀히 움직이는 유형이다.

'이제는 잠을 잘 때도 눈을 뜨고 있어야겠네. 하! 이게 도대체 무슨 일이야! 팽가에 회자수까지는 이해하겠는데, 귀동까지 나서? 팽가가 살수를 고용했을 리는 없고…… 빌어먹을 새끼! 자초지종을 말하지 않으면 모가지를 그냥!'

맹삼력은 닭 모가지 비틀 듯 손아귀에 힘을 주었다.

사각! 사각! 사각!

적막한 산속에 나무 깎는 소리만 잔잔하게 울렸다.

맹삼력은 짙은 고요함에 불안감을 느끼고 주위를 둘러봤다.

없다. 주설언이 보이지 않는다.

"기어이 보냈냐?"

그는 퉁명스럽게 말하며 루주 곁에 앉았다.

루주는 목검을 깎아서 생전 처음 보는 기이한 요대 속에 찔러 넣고 있었다.

"그건 뭐야?"

"설언이가 만들어주고 가더군."

"가? 입은 삐틀어졌어도 말은 바로 해라. 걔가 가고 싶어서 갔냐, 네가 보냈지?"

"일 년 안에 찾아간다고 했다."

"뭐!"

맹삼력이 믿을 수 없다는 듯 눈을 부릅뜨며 되물었다. 하나 그것도 잠시, 그는 곧 호탕하게 웃었다.

"하하하! 하하하하! 좋아, 좋아! 그래, 그래야 사람이지. 솔직히 네놈한테는 과한 여자지, 뭘. 안 그래?"

"나도 꽤 쓸 만한데, 너무 편파적인 거 아냐?"

루주가 막 깎은 목검을 들고 일어섰다.

등에 여섯 자루, 좌우에 두 자루씩 꽂아서 검으로 온몸을 둘러친 우스꽝스러운 모습이다.

하지만 맹삼력은 웃지 않았다.

"십… 검인가?"

그는 비로소 열 개의 검에 주목했다.

루주는 항시 많은 검을 지니고 다녔다. 한 사람과 싸울 때 최소한 두 자루가 필요하기 때문에 서너 자루를 가지고 다니는 것은 기본에 속했다.

이번에도 목검이 꽤 많다고 생각했다.

우스꽝스러운 요대를 둘러맸고, 거기에 목검을 산뜩 찔러 넣었지만 그 숫자가 열 개라고는 생각하지 않았다.

한데 루주가 목검을 들고 일어서자, 비로소 열 개의 검이 눈에 들어온다.

스읏!

루주가 검 한 자루를 들어 올렸다.

상대는 앞에 세워진 허벅지 굵기의 나무 기둥이다.

맹삼력은 숨도 쉬지 않고 지켜봤다.

십검(十劍)!

그것이면 충분하다. 여타의 절공(絶功)들처럼 거창한 이름을 가질 필요가 없다. 또 그런 이름을 가질 만큼 복잡한 초식이 있는 것도 아니다.

십검이 한자리에 있다.

존재(存在)가 있다. 열 개의 존재가, 같은 시간에, 한자리에 모여 있다.

그것이면 된다.

쉑! 따따따딱!

바람 소리는 하나였다. 하지만 타격 소리는 강풍이 대나무숲을 휩쓴 것 같다.

'실패.'

맹삼력의 얼굴에 실망감이 피어났다.

역시 쉽지 않은 수련이다. 그래도 혹시나 하고 지켜봤지만 여전히 존재하지 못한다.

루주는 십검 근처에도 가지 못했다. 열 개는 고사하고 단 두 개의 검도 같은 시간에 한자리에 존재시키지 못했다.

따따따딱!

네 번의 격타음. 검을 네 개까지 썼고, 그 후는 본인 스스로 포기해 버렸다.

"후읍!"

루주는 손잡이만 남은 목검을 버리고 큰 숨을 들이켰다.

상대인 나무 기둥은 멀쩡하다. 아니, 멀쩡하지 않다. 목검 네 자루가 틀어박혀 있다. 정확하게 기둥 중심까지 베어 들어간 다음 마치 찔러 넣은 것처럼 멈췄다.

"그 정도면 종남(終南)의 태을분광검(太乙分光劍)은 잡을 수 있을 것 같은데?"

맹삼력이 희망을 주는 의미에서 말했다.

태을분광검은 빛을 쪼갠다는 검법이다. 종남파의 대표적인 무공이며, 중원 삼대쾌검 중 하나다.

쾌검의 달인들도 태을분광검과 비교하는 것은 자제하는 편이다.

루주에게는 극칭찬인 셈이다.

그런데도 루주는 웃음기를 띠지 않았다.

그는 다시 자리에 앉았고, 굵직한 나무를 깎기 시작했다.

"검편, 알아봤다. 귀동이야."

목검을 깎던 손이 우뚝 멈춰졌다. 그리고 루주가 고개를 돌려 그를 쳐다봤다

"정말 귀동이야?"

"틀림없어. 그 검, 마검이란다. 마혼이라는 이름도 있어. 들

어보기는 했지?"

순간, 착각일까? 맹삼력은 루주가 웃는다고 생각했다. 웃는 것 같았다. 입술을 살짝 비틀면서 잔인한 살소(殺笑)를 흘린 것처럼 생각되었다.

그런데 다시 쳐다보니 무심하다.

루주는 고개를 돌렸을 뿐만 아니라 별일 아니라는 듯이 목검을 깎기 시작했다.

맹삼력이 팔베개를 하고 드러누웠다.

"호가라도 빨리 와야 하는데. 똥개라도 옆에 있으면 한결 낫잖아. 이제는 잠도 편히 자지 못하게 생겼으니……. 야! 왜 팽가를 건드렸는지 말 안 할래! 이유나 알자, 이유나!"

사각! 사각! 사각!

루주는 침묵했다.

귀동…… 필살의 의지가 읽힌다.

하북에서 성행 중인 살수 집단은 십여 개가 넘는다.

그중에서 귀동은 단연 으뜸이다. 귀살왕과 음검, 암사가 청부의 절반 이상을 처리하고 있지만, 그런 점이 문제될 리 없다. 청부만 잘 처리해 주면 으뜸인 게다.

지금까지 귀동은 실패한 전례가 없다.

그들은 값싸게 움직이지 않는다. 웬만한 사람은 청부를 넣고 싶어도 돈이 없어서 넣지 못한다.

그 여자는 신분 노출의 위험을 무릅썼다.

하북팽가 사람들이 청부 사실을 알아내더라도 무마시킬 자신이 있는 겐가?

그럴 수 있다. 그 여자라면 충분히 그럴 수 있다. 오죽 약은 머리라야 말이지.

아니면 그만한 위험을 무릅쓰고라도 청부를 넣을 만큼 혹덩이를 떼어내고 싶은 마음이 간절할 수도 있다.

귀동의 귀살왕과 암사가 다가온다.

루주는 힘껏 칼질을 했다.

사각! 사각! 사각!

'얼마든지 와!'

아니, 아니, 아니다!

목검을 다듬던 손길이 뚝 멈췄다. 파르르 경련까지 일었다.

"설언!"

"뭣!"

맹삼력도 미처 그 생각까지는 못하고 있다가 깜짝 놀라서 벌떡 일어났다. 루주가 주설언의 이름을 입에 올린 후에야 자신들의 적이 귀동임을 생각한 것이다.

쒜엑!

루주는 어느새 산 아래를 향해 치달려 내려가는 중이었다.

무공을 모르는 주설언은 손대지 않고도 코를 풀 수 있는 아주 좋은 공격 대상이다.

저들은 주설언을 주목했을 게다. 그녀와 루주의 관계도 파악해 놓았을 것이다..

천요루의 다른 기녀들이 모두 제 갈 길을 찾아서 흩어졌는데, 그녀만 옆에 남았다. 그 사실 하나만으로도 그녀의 중요성을 감지하기에는 충분하다.

죽이지는 않는다.

주설언 같은 여자를 죽이는 것은 아무 보탬이 되지 않는다. 그렇지만 그녀를 납치하는 것은 아주 큰 도움이 된다. 루주가 그녀의 안위를 등한시한다면 몰라도 최소한 루주를 자신들이 원하는 장소로 불러내는 역할 정도는 할 수 있다.

쒜엑! 쒜에엑!

루주와 맹삼력은 앞서거니 뒤서거니 신형을 쏘아냈다.

루주는 왼쪽을 훑으면서 나아간다. 그래서 맹삼력은 모든 신경을 오른쪽에 집중시켰다.

"가만!"

맹삼력이 무엇인가를 발견하고 달려갔다.

쒜엑!

칼바람 소리가 울리며 루주가 바로 쫓아왔다.

"뭐야?"

루주가 물음을 던졌지만, 대답은 들을 필요가 없었다.

맹삼력이 땅에서 주운 것을 들어 보였다.

구불구불하게 온갖 선이 그려져 있는 약도 한 장.

"일 당한 것 같다."

루주는 대답 대신 주위를 훑어봤다.

다른 단서는 없나? 흘린 피는 없나? 치명적인 공격을 당한 것은 아닌지.

그런 것 같지는 않다.

조금 떨어진 곳에서 약도와 전표를 넣었던 서신 봉투가 꾸깃꾸깃 구겨진 채 발견되었다. 하지만 핏자국이나 저항한 흔적은 발견되지 않았다.

귀동이 그녀를 납치하려고 했다면 저항할 틈도 없었을 게다. 무엇인가 덮쳐 온다고 생각하는 순간 의식을 잃었을 것이다. 아니면 그런 생각조차 못한 채 쓰러졌을 수도 있고.

"약도만 줬어?"

"전표."

"그럼 그렇지. 빈손으로 보냈을 리 없지."

맹삼력이 중얼거리면서 주위를 살폈다. 하나 어느 구석에서도 전표는 발견되지 않았다.

"귀동이라고 봐야겠다."

"흠!"

루주는 포기하지 않고 주위를 살폈다.

호가가 있다면 약간의 단서라도 발견해 냈을 게다. 그의 천지일기공은 시력을 두 배 이상 밝혀주는 효능이 있다. 그들이 찾지 못하는 발자국 같은 것을 쉽게 찾아낸다.

"개똥도 약에 쓰려면 없다더니만."

맹삼력이 없는 호가를 원망했다.

"그만하자."

루주가 수색을 포기했다.

맹삼력도 순순히 동조했다.

보나마나 귀동 짓이다. 그들이 아니면 무림과 아무 은원도 없는 한낱 기녀를 누가 납치하겠는가.

미색에 눈독 들인 파락호라면 납치를 시도하지 않는다. 폭행을 하고 바로 강간으로 들어갔을 게다. 루주를 의식했다고 해서 납치를 시도한다고 해도 비명 소리까지 막을 수는 없다.

순식간에 몸을 날릴 수 있는 자, 여인을 끼고도 날다람쥐같이 빠져나갈 수 있는 자.

틀림없이 귀동이다.

"조만간 연락이 오겠지?"

"오겠지."

"이놈의 새끼들! 정말 이것들, 언제 사람이 되려나. 비겁해도 너무 비겁하잖아!"

맹삼력이 버럭 고함을 질렀다.

'그래, 그래!'

루주는 혼자서 고개를 끄덕였다.

살수가 검을 들었는데 주설언을 혼자 보냈다.

이건 누가 뭐라고 해도 자신 잘못이다. 그녀에게 해가 미칠 것이라는 점을 예측했어야 한다.

그녀의 정(情)이 부담스러웠다.

지금이 아니면 떠나보낼 수 없을 것 같아서 무조건 떠나보냈다.

그녀는 기녀가 아닌가. 험한 세상에서 살아남은 잡초 중의 잡초가 아닌가. 이만한 시련은 혼자서 버텨내야 하지 않은가. 이리저리 가는 곳마다 따라다닐 수는 없지 않은가.

이것 역시 자신의 본위로 생각했다.

그녀는 한없이 약하고 여린 여자다. 그런 여자를 아무 대책도 없이 세상에 불쑥 내놓았다.

기녀? 기녀 맞다. 기루에 팔려왔으니 기녀다. 하지만 그녀가 배운 것은 춤과 노래밖에 없다. 험한 세상에 내둘리지 않고 후원 한쪽에서 화초처럼 길들여졌다.

그녀는 기녀이나 기녀가 아니다.

그녀를 억지로 기녀라고 생각한 것은 오직 자신이 편하기 위한 수단이다. 언제든 필요치 않게 될 때, 마음 편히 떠나고 싶은 마음에서 기녀라고 우겨댄 게다.

무조건 자신이 잘못했다.

또 잘못한 인간이 있다.

살수들을 탓하고 싶지는 않다. 그놈들은 태생이 그런 놈들이다. 그 짓이 그놈들이 하는 짓이다.

그놈들을 누가 고용했나? 그 여자!

그 여자가 이런 자들을 고용했다. 살인을 위해서라면 수단방법을 가리지 않는 치졸한 자들, 딱 그 여자와 같은 족속들이다.

시궁창 냄새가 난다.

성모의 겉모습을 하고 있다고 해서, 향기로운 분을 발랐다고 해서, 하북팽가의 가모라는 위치에 올라섰다고 해서 냄새나는 몸뚱이가 향기로운 몸뚱이로 변할 수는 없다.

더러운 여자!

그녀의 몸뚱이에서 썩는 냄새가 난다. 하나 육신보다 더 더러운 것은 정신이다.

머릿속이 얼마나 썩었는지 그녀가 보는 것은 모두 오염된다. 그녀의 손길이 닿는 것도 오염투성이다. 그러니까 이런 짓거리를 서슴지 않고 하는 게 아니겠는가.

죽인다. 깨끗하게 죽인다.

그 여자가 더러운 짓을 벌였지만, 자신이 깨끗하게 정리해준다. 그 여자의 배를 빌려서 세상에 나왔다. 하지만 절대로 같은 부류가 아니라는 점을 알려주련다.

쒜엑! 따악!

검을 쳐냈다.

십검을 목표로 했지만 이검밖에 쓰지 못했다. 세 번째 검까지 뽑았다면 이검의 존재조차도 이루지 못했을 게다.

이것은 숨겨진 비기다.

팽가연과 싸우면서도 펼치지 않았던 그만의 절공이다. 아무도, 무림 역사상 그 누구도 펼쳐 보인 적이 없는 절공이다.

어디 막아봐라!

쉑! 딱!

칼바람 소리 한 번, 격타음 한 번, 나무 기둥에는 검날 두 개가 틀어박혔다.

루주의 눈이 분노로 활활 타올랐다.

第十一章

악마와 손잡고

1

'십검!'

팽청치는 눈을 부릅떴다.

목검이 박혀 있는 나무 기둥!

모르는 사람은 무심히 지나치겠지만 아는 사람은 절로 발걸음이 멈춰진다.

죽음의 절대 검, 십검!

바로 검신(劍神)이었던 검치의 절학이다. 그가 펼쳐 낸 절대 삼검(絶大三劍) 중 하나다.

검치의 검학은 혈파검(血破劍)에 기본을 둔다.

어떤 검에 격중당하든 오장육부가 가닥가닥 끊어지는 비운을 면치 못한다.

혈파검을 바탕으로 세 가지 검초를 펼쳐 낸다.

그중 하나가 십검이다.

십검을 견식한 사람은 없다. 다만 당시 마중검(魔中劍)이라고 불리던 검마(劍魔)가 단 일 초 만에 격살당한 사건으로 십검의 무서움을 짐작할 뿐이다.

—일 초, 일 초도 막지 못했다. 어떻게 검을 쓰는지도… 보지 못했다. 알 수 없는 존재들… 알아도 막지 못할 존재들……. 하하하! 내 몸에 십검이 박혀 있구나.

마중검 검마가 마지막으로 남긴 말이다.

검마의 몸을 꿰뚫은 열 자루 검은 그림으로 그려졌다. 그리고 널리 퍼져 나갔다. 그 당시, 무림에 적을 둔 무인치고 십검이 꽂힌 검마의 그림을 보지 않은 자가 없을 게다.

팽청치도 그 그림을 봤다.

도저히 인간의 능력으로는 펼칠 수 없는 그림이 그려져 있었다.

검마는 '단 일 초' 라고 했다. 일 초에 십검을 펼쳤는데, 그 각도가 참으로 기묘했다. 십방(十方)에서 동시에 찔러야만 생길 수 있는 각도였다.

한 사람이 펼친 공부가 아니었다.

팽청치는 웃었다. 사기도 이만한 사기가 어디 있냐며 두 번 다시 거들떠보지 않았다.

그런데 그 흔적이 또 나타났다.

나무 기둥에 박혀 있는 목검들은 분명히 십검의 흔적이다. 옛날에 봤던 그림처럼 정교하지 않고, 각도도 많이 비틀어져 있고, 예리함도 훨씬 떨어져 보이지만 십검이 맞다.

'검치의 제자가 맞았더냐. 십검이… 실존하는 검법이었더냐!'

손끝이 파르르 떨려왔다.

그는 나무 기둥을 맴돌면서 목검이 꽂힌 자리를 면밀히 살폈다.

크게 눈여겨볼 부분이 없다. 내공이 어느 수준에만 이르면 누구나 펼칠 수 있는 평범한 검들이다. 다만 혈파검을 써서 나무를 친 점이 특이하다.

또한 그림에서 본 십검의 흔적이 엿보이지 않는다.

십검의 형태를 따르기는 했는데, 기껏해야 이검 정도밖에 되지 않는다.

'입문(入門)은 벗어났고……'

절정에 이른 검이 아니다. 입문 수준은 벗어났지만 성취도가 매우 낮다. 거의 제멋대로 배운 수준이다.

"효기야, 봤느냐?"

"보긴 봤습니다만……"

팽효기가 나무 기둥을 흘깃 쓸어보며 말했다.

"십검이라는 거다."

"십검… 그런 것도 있었습니까?"

"검치의 절공이지."

"……!"

순간, 팽효기의 눈길이 달라졌다. 무시하던 눈빛이었으나 어느새 기광을 담았다.

검치라는 말이 그렇게 만들었다. 검치라는 말에는 가벼운 손속조차도 눈여겨보게 만드는 힘이 있다.

그는 나무 기둥을 꼼꼼히 살폈다. 기둥에 박힌 목검도 살폈다.

"혈파검이군요."

"……."

팽청치는 말을 하지 않았다.

"치올리고, 내리찍고… 치올리고, 내리찍고… 이것도 치올리고 내리찍고……. 흠! 저, 아무리 살펴봐도 제 눈에는 이검(二劍)밖에 보이지 않습니다만……."

팽효기가 말끝을 흐렸다.

"만약 그 이검이 동시에 터진다면 어찌 막겠느냐?"

"하하! 흡!"

팽효기는 자신도 모르게 웃음을 터뜨리다가 실수를 깨닫고 급히 입을 닫았다.

팽청치는 웃지 않았다. 팽효기의 실수를 나무라지도 않았다. 여전히 진지한 얼굴로 대답을 기다렸다.

"농이 아니셨습니까?"

"일 초다."

"음……."

팽효기는 말도 안 된다는 듯 다시 나무 기둥을 살폈다.

아래에서 위로 쳐올린 검, 위에서 아래로 내리찍은 검!

이 두 검이 일 초에 터질 수는 없다. 좌측에 하나, 우측에 하나가 새겨져 있다면 쌍검을 썼다고 할 수 있으리라. 하지만 기둥에 새겨진 것은 분명히 같은 방향이다.

일 초라……. 한 사람이 어떻게 이런 초식을 펼친단 말인가.

"무조건 피해야겠군요."

"피할 수 없다면?"

"망월일휘(望月一輝)를 쓰겠습니다."

"속도를 잡을 수 있겠느냐?"

"이걸 보면 떨어지는 각도가 예리하지 않습니다. 올려치는 각도 또한 속도에만 치중하고 있습니다. 많이 미숙한 검……잡을 수 있을 것 같습니다."

팽청치가 고개를 끄덕였다.

팽효기의 판단은 정확하다. 철혈적성도로 충분히 감당할 수 있다. 설혹 일 초에 이검을 동시에 떨쳐 냈다고 해도 말이다. 지금은 그것도 불가능하게 생각되지만.

"귀살왕이 루주를 노리고 있다. 음검이 죽었으니 직접 나설 수밖에 없겠지. 어떻게 하겠느냐? 그가 손을 쓸 때까지 기다린다고 해도 만류하지는 않겠다."

"제가 합니까?"

팽청치는 고개를 끄덕였다.

그가 허리에 찬 도를 툭 건드리며 말했다.

"지금 하겠습니다."

루주는 서둘지 않는다.

큰일을 벌인 사람치고는 너무 태평하다. 팽가연과 일전을 치르기까지 했으면서도 유유히 돌아다니면서 바람이나 �� ㅟㄴ다.

'비밀이 많은 놈.'

팽효기는 루주 앞으로 걸어갔다.

그를 치기까지 결심하는 게 어렵지, 결심을 굳히고 나면 그 다음은 일사천리다.

루주가 숨지 않기 때문에 쉽게 찾을 수 있다. 루주가 싸움을 피하지 않기 때문에 승부도 쉽다. 그와 뜻을 같이하는 자들이 있지만 일대일의 싸움에는 절대 개입하지 않기 때문에 편하다.

참 싸우기 쉬운 자다.

더군다나 지금은 그림자처럼 따라다니던 놈들이 보이지 않는다.

마부, 점소이. 있으면 신경 쓰이는 놈들인데, 다행히 없다. 단둘이 싸우기에는 딱 좋다.

창!

팽효기는 십여 걸음 떨어진 곳에서부터 도를 뽑았다.

철혈적성도는 어떤 도로도 펼칠 수 있다. 유엽도로 펼치는 맛이 있고, 직도(直刀)로 펼치는 맛도 있다. 언월도(偃月刀) 같은 장병(長兵)으로 펼치는 것도 가능하다.

　그는 도신 한가운데가 뚝 부러진 것처럼 구부러진 곡도(曲刀)를 선택했다.

　루주는 혈파검을 쓴다.

　보나마나 이번에도 혈파검을 쓸 것이고, 천하의 명도도 수수깡처럼 부러진다.

　그런 점까지 감안해서 곡도를 세 자루나 준비했다.

　루주가 검이 많다고 비웃었는데, 그를 상대하려니 자신 역시 많이 준비할 수밖에 없다.

　루주가 그를 쳐다봤다.

　누구인지는 짐작할 게다. 팽효기라는 이름은 몰라도 하북팽가의 무인은 알아본다.

　스웃!

　루주가 그를 향해 몸을 돌렸다.

　희한한 놈이다. 전신에 온통 목검을 쑤셔 박고 있다. 그리 보기 좋은 모양새가 아닌데, 제 딴에는 노력한다고 했는지 가죽 요대까지 준비했다.

　등에 여섯 개, 좌우에 두 개씩.

　"당신들, 참 어지간하군."

　루주가 비웃는 투로 말했다.

　"어차피 이렇게 될 건 알았을 텐데?"

　팽효기가 곡도를 들어 올렸다.

　"치졸해. 좀 떳떳해질 수 없나?"

"인정하지. 하지만 너 역시 그 말을 쓸 자격은 없는 것 같은데. 우릴 먼저 건드린 건 너니까 말이야. 네 섣부른 장난 때문에 가모가 아이를 잃었다. 마부와 시비가 죽었다. 가문에서는 널 용서했지만 개인적으로 사감(私憾)을 가진 자가 적지 않을 터. 후후! 어느 정도 생각은 했잖아?"

루주는 고개를 끄덕였다. 그리고 말했다.

"비무는 아닐 테고."

"승부를 보지."

"승부……. 후후! 참 불공평해. 넌 승부를 말하고 있지만 난 널 죽일 수 없어. 죽일 수 있어도 죽이지 못해. 이게 무슨 승부인가. 벌집을 건드리라고 선동하는 건가."

"그게 두려운가?"

팽효기가 웃었다.

이게 있는 자와 없는 자의 차이다.

있는 자들은 다른 문파를 두려워하지 않는다. 문파 전체를 상대하는 일이라고 해도 과감하게 밀어붙인다. 그리고 그게 자신의 용기라고 생각한다.

"오늘이 마지막이다. 내일부터는 이런 식으로 싸우지 못하겠지. 너, 운 좋은 줄 알아. 내일 왔으면 살려 보내지 않았을 텐데. 후후! 내일부터는 팽가도 긴장해야 될걸."

"뭐? 하하! 하하하하!"

팽효기는 어처구니가 없어서 웃었다.

감히 자신에게 이리 말하는 인간도 있구나.

이게 모두 팽가연이 패배한 탓이다. 그녀가 패했기에 팽가 무공을 우습게 보는 게다. 아니, 아니다. 검치의 제자라면 이 만한 배짱은 있어야 할 게다.

스윽!

곡도를 밀어냄과 동시에 미허신보를 밟았다.

미허신보는 깨졌다. 자신이 직접 지켜봤기 때문에 얻는 것 보다는 잃는 게 많다.

팟!

루주가 순식간에 눈앞에서 사라졌다.

'따라잡혔어!'

이것 역시 생각했던 바다. 미허신보를 펼치는 순간부터 이런 일이 벌어질 줄 예측했다.

그는 어기신풍(御氣神風)을 펼쳐서 쏜살같이 앞으로 질주했다.

속도에서 미허신보가 따라잡혔다고 볼 수 없다. 놈이 요상한 사술(邪術)을 쓰는 것 같다. 그렇지 않고서야 목표를 놓치지 않는 신안(神眼)이 사람 형태를 잃어버리겠는가.

무인이라면 누구나, 어느 문파나 안공(眼功)을 수련한다.

무인이라는 자가 예기치 못한 상황이라고 해서 표적을 잃어버린다면 곤란하다. 그런 행동은 차라리 검 앞에 목을 들이미는 것과 다를 바 없다.

어떠한 상황에서도 표적을 잃어버리면 안 된다.

그렇기에 안공 수련은 기본 중에서도 가장 기본적인 공부다.

팽가도 혹독하게 안공을 수련한다.

한쪽 눈에 칼이 틀어박혀도 다른 눈은 여전히 상대를 노려보고 있을 만큼 단련되었다.

한데 미허신보를 펼침과 동시에 표적을 잃어버린다.

그럴 수가 있을까? 아무리 생각해 봐도 어처구니없다. 팽가연의 싸움을 몇 번이고 복원해 봤고, 실제로 움직여 보기도 했지만 도저히 일어날 수 없는 일이 일어났다.

놈은 사라지지 않았다.

상하좌우(上下左右), 이 중 어딘가에는 틀림없이 있다.

그래서 보법을 펼쳐 루주를 유인한 다음 쾌속하게 신법을 펼친다. 하북팽가에서 가장 빠른 신법, 일체의 변식을 배제하고 오로지 빠름에만 치중한 신법으로 전장에서 물러난다.

팽효기는 어기신풍으로 신형을 퉁겨냄과 동시에 곡도를 머리 위로 빙 휘돌려서 회두만천(回頭滿天)을 펼쳤다.

파앗! 팟!

무언가가 등줄기를 스치며 지나갔다. 머리 위로 휘돌린 회두만천에도 약간의 입질이 걸린 듯하다.

'빠르다!'

팽효기는 뒤로 돌아섰다.

등줄기에 싸늘한 한기가 맴돈다. 소름 끼치는 긴장감이 머리끝에서 발끝까지 관통한다.

놈의 목검이 등을 훑고 지나갔다. 어기신풍이 조금만 늦었다면 당했다.

놈은 혈파검을 쓴다.

진검을 쓰나 목검을 쓰나 결과는 마찬가지다. 회자수들과 싸우면서 뜯어낸 팔다리를 휘두른 것도 같은 맥락이다. 손에 무엇을 들었든 치명적인 흉기가 된다.

아쉽게 느껴지기는 회두만천도 마찬가지다. 간발의 차이로 놈을 베지 못했다. 어기신풍을 조금만 늦췄다면 놈을 베었을 텐데…… 그럼 뭔가? 놈을 치기 전에 등이 먼저 가격당했을 테니 동귀어진(同歸於盡)인가?

스읏!

루주가 목검 한 자루를 더 꺼내 쌍검을 들었다.

팽효기도 곡도 한 자루를 더 꺼내 들었다.

희한하게도 놈과 싸우다 보면 병기 숫자 놀음이 된다. 놈에게 휘말리면 안 된다고 생각하지만, 놈의 방식이 아니면 싸울 수 없다. 아니, 방법은 있다. 놈의 빠름만, 놈의 사술만 파악해 내면 그다음은 아주 간단하다.

그런데 모순되게도 놈의 사술을 파악하려면 직접 병기를 들고 싸우는 수밖에 없다.

'어기신풍으로 일격은 피할 수 있어!'

곡도를 든 손에 자신감이 넘쳐흘렀다. 하지만 그는 곧 자신의 실태(失態)를 깨달았다.

'이 무슨 주태인가!'

그는 루주를 상대로 생각해 본 적이 없다.

곡도를 준비하고, 그와 마주 설 때까지만 해도 그는 검치의 제자라는 인식보다는 기루 루주라는 인식이 강했다.

팽가연은 운이 나빠서 졌다.

하북팽가의 무공이 한낱 기루나 운영하던 놈에게 질 수는 없다. 질 리 없다. 져서도 안 된다.

루주는 적수가 아니다. 죽일 자에 지나지 않는다.

그런데 이제는 어떤가? 일초, 일초에 사력을 다하고 있지 않은가. 조금이라도 희망이 생기면 힘이 불끈 솟고, 위기가 느껴지면 소름이 돋는다.

머릿속으로는 부인하면서도 마음으로는 어느새 그를 적수로 받아들이고 있다.

'후읍!'

짧고 큰 숨을 들이켰다.

깊이 단전으로 빨아들이는 숨이 아니라 가슴을 이용한 호흡이다.

이런 호흡은 육신에 긴장감을 불러온다. 온몸의 신경을 팽팽하게 곤두세워 준다. 더불어서 위기나 위험 요소도 재빨리 감지하게 만들어준다.

가슴으로 숨을 쉬면 겁이 많아진다.

'겁 많은 놈'이라는 소리는 가슴 호흡을 한다는 소리이기도 하다. 하나 이런 호흡이 때로는 필요하다. 아니, 많이 필요하다. 겁이 많아진다는 것은 죽음의 위험을 본능적으로 감지한다는 뜻이다.

맹수가 한없이 사나울 것 같은가? 맹수를 지켜보라. 약간만 위험해도 소스라치게 놀란다. 곰이든 호랑이든 사자든 모든 맹수가 똑같은 반응을 보인다.

호랑이는 나뭇가지 튀는 소리에 놀라서 달아나기도 한다.

소리에 놀라서 달아난 게 아니다. 소리 속에 깃들어 있는 죽음의 기운을 감지했기 때문이다.

온몸을 일깨운 후 비로소 진기를 휘돌려 마음을 죽인다.

스으읏!

팽효기는 지극히 조용한 마음으로 곡도를 들었다.

"좋군."

루주가 그의 상태를 단번에 알아봤다.

팽효기는 대답하지 않았다. 말을 할 필요성도 느끼지 못했다. 그저 곡도를 들고 다음 움직임을 기다렸다.

철혈적성도(鐵血摘星刀)!

모르는 사람은 철혈도(鐵血刀)가 별을 따낸다는 식으로 해석한다.

그런 해석을 굳이 부인하지는 않는다. 그런 정도의 빠름도, 사나움도, 힘도 있다.

그러나 아니다. 철혈적성도의 진정한 의미는 상상 속에서 그림을 그려보아야 이해할 수 있다.

─철혈의 사내, 도와 혼연일체(渾然一體)가 되어 움직이니
 별들이 칼끝에 걸린다.

지상에서는 한 사내가 도와 함께 춤을 춘다.

초식은 상관없다. 힘이나 빠름도 상관없다. 세간의 무인들이 말하는 공격 요소 모두가 상관없다.

주변과 어울리는 도법, 자연(自然)과 하나가 된 도법.

그때, 하늘에 떠 있는 별들이 빛을 발한다. 도끝에 별이 걸린다. 별을 베는 게 아니다. 별들도 포함시켜서 한 폭의 아름다운 그림을 그린다.

도는 채가 되고 별은 악기가 되어 음률을 흘려낸다.

속세의 티끌이 감지되지 않는, 지극히 아름다운 한 폭의 그림이 그려진다면 철혈적성도가 완성된 게다.

팽효기는 철혈적성도를 펼쳐 내고 있었다.

쒜엑!

그가 그려낸 자연 속에 부자연스러운 흐름이 생긴다. 사나운 목검 한 자루가 그림 한편을 찢으면서 달려든다.

보인다. 그의 검이 보인다.

그림 안에서, 사방을 자신의 영역으로 흡수하는 영력(靈力) 앞에서 루주의 목검은 이물질, 방해꾼일 뿐이다.

쉑!

곡도가 목검을 마주쳤다.

깡! 파파팟!

쇳소리가 울린다. 그리고 혈파검이 일으킨 검력이 목검과 곡도를 모래알처럼 흩어버렸다. 그런데,

쉑! 쒜엑! 까앙! 파파팟!

처음과 거의 같은 소리, 같은 울림이 흩어진 모래알 사이에서 또 한 번 울렸다.

파앗!

두 사람은 서로를 스치며 지나쳤다.

두 사람 모두 빈손이다.

곡도 두 자루가 부서져 나갔고, 루주가 들고 있던 쌍검도 자루만 남긴 채 사라졌다.

"철혈적성도, 명불허전(名不虛傳)이군."

루주가 쌍검을 꺼내 들면서 말했다.

두 사람은 동수(同手)다.

이쪽저쪽 모두 부숴 버리는 혈파검의 검력은 병기에 깃든 패력(覇力)을 무용지물로 만들었다.

비교할 가치가 사라진 것이다.

남은 것은 속도뿐이다. 이 부분에서 두 사람은 동수다. 누구도 우위를 점하지 못했다.

팽효기도 남은 곡도 두 자루를 꺼내 들었다.

2

싸움은 일심(一心)을 요구한다.

마음이 분산되면 필패로 이어지기 때문에 오직 상대에게만 온 신경을 집중시켜야 한다.

사실 싸우는 도중에는 다른 생각을 할 틈이 없다.

칼이 덮쳐 오는데 멍하니 딴생각을 하는 자가 있겠는가. 부지런히 몸을 놀려야 하는데 무슨 생각을 한단 말인가.

싸움은 자의든 타의든 일심을 강요한다.

그래서 암사는 싸움을 노린다.

무인을 노리는 데는 싸움만큼 좋은 기회도 없다. 그건 일부러 만들려고 해도 만들 수 없는 최적의 기회다.

'하늘이 돕는군.'

그는 예상치 못한 싸움에 가슴이 뛰었다.

팽가연이 패했을 때부터 하북팽가가 가만히 있지 않을 것이라고 예상은 했지만, 이렇게 빨리 움직일 줄은 몰랐다.

더군다나 루주와 싸우고 있는 팽효기는 하북팽가에서도 손꼽히는 고수다.

말하기 좋아하는 사람들은 하북팽가의 무공이 효(曉) 자(字) 돌림에 와서 꽃을 피웠다고 말한다. 실제로 그런 말이 당연하게 들릴 만큼 효 자 항렬 중에는 빼어난 고수가 많다.

팽효기도 그중 한 명이다.

그는 십 년 이래에 철혈적성도를 조사(祖師)의 수준까지 끌어올릴 수 있을 것이라고 평가받는 고수다.

그런 자가 루주와 맞붙었다.

이건 일석이조(一石二鳥)다.

팽효기가 루주를 죽여주면 청부는 자연스럽게 해소된다. 자신들이 직접 죽인 게 아니지만 청부가 성립됐다고 본다. 천지자연의 조화로 죽는 것 또한 청부에 포함되기 때문이다.

팽효기가 지더라도 나쁘지 않다.

첫 번째 격돌로 미루어봤을 때, 그는 지더라도 곱게 질 것 같지 않다.

두 사람의 싸움은 단순한 비무가 아니다. 목숨을 걸고 싸운다. 그런 만큼 지는 쪽은 당연히 죽는다. 그리고 죽더라도 칼질 한 번은 하고 죽는다.

팽효기는 그럴 만한 역량이 있다.

자, 이제 선택만 하면 된다.

싸움이 끝날 때까지 기다렸다가 결과를 보고 손을 쓸 것인가, 아니면 싸움의 순간을 노릴 것인가.

암사는 후자를 선택했다.

싸움의 결과를 지켜보는 것은 위험 부담이 크다.

팽효기가 이기면 다행이지만 지면 좋은 기회를 놓치게 된다. 한칼을 먹인 후에 죽었다고 해도 공격할 수 없는 건 마찬가지다. 그때에는 루주가 상처 입은 맹수로 돌변하기 때문이다. 다가서기가 어려울 만큼 사나워져서 빈틈을 찾기 힘들 게다.

아무래도 싸움의 순간을 노리는 게 훨씬 낫다.

스윽!

그는 손을 들어서 바람의 방향을 살폈다.

'동풍(東風)······.'

정확하게는 동풍에서 약간 밑으로 처진 동동남풍(東東南風)이다.

그는 바람을 정면에 두기 위해서 멀리 돌아갔다.

귀살왕이 청부 살해 현장을 들키지 않은 이유가 어디에 있는지 아는가? 아주 간단한 것에 있다. 사람을 해칠 때 누구라도 조심해야 할 부분들을 철두철미하게 지켰기 때문이다.

동물은 바람을 등지고 걷지 않는다. 바람이 냄새를 실어가기 때문이다.

살수도 바람을 등지지 않는다.

독을 살포하기 위해서, 또 화살 같은 암기를 날리기 위해서는 바람을 등지는 쪽이 훨씬 낫다.

하지만 귀살왕은 그런 이점을 포기했다.

바람을 이용한 살수보다는 정통적인 살법을 택했다.

사람이 동물처럼 후각이 예민한 것도 아닌데 그럴 필요가 있냐고 하지만 틀린 말이다.

사람은 의외로 많은 냄새를 풍긴다.

뒷간에 갔다 나온 사람은 당장 지독한 구린내를 풍긴다. 뒷간 냄새가 몸에 배었다. 기름진 음식을 먹어도 마찬가지다. 기름 냄새가 옷에 밴다.

술도 그렇고, 모닥불을 쬐다가 일어서도 그렇고, 의외로 많은 냄새를 달고 산다.

살행에 나설 때는 그만한 부분들은 미리 점검을 하지만, 일이란 모르는 거다.

만사를 조심한다.

바람의 덕을 보면 살행이 조금 쉬워질 뿐이지만, 살행의 기본이 잘못되면 목숨을 잃는다.

암사는 귀살왕의 살법을 고스란히 이어받았다.

스스스슷!

바람을 정면으로 받으면서 손과 발이 없는 뱀처럼 몸만을 이용해서 기어갔다.

십 장, 팔 장, 육 장……

드디어 숨소리도 들을 수 있을 만큼 바짝 다가섰다.

"참 불공평하지 않나. 우리 둘이 부딪치면 곱게 끝나지 않을 거라는 건 둘 다 아는데, 그냥 돌아가지."

"이미 한 말이지 않나."

"넌 필사의 도를 쓰지만, 난 구생(求生)의 검을 써야 하니 하는 말이다."

"싱거운 이야기는 그만하지."

머리 위에서 팽효기와 루주가 말을 주고받았다.

이어서 두 사람은 병기를 들어 올렸다.

일촉즉발(一觸卽發)! 긴장감이 공기를 얼렸다.

두 사람은 서로를 노려봤다. 어느 한 사람, 손가락만 까딱거려도 공격이 시작된다.

암사는 피리같이 생긴 대롱을 꺼내 입에 물었다.

독침(毒針)!

그가 선택한 암습 방법이다.

노리는 부위는 루주의 하반신.

공격이 시작된 후에는 신법을 따라잡지 못한다. 그래서 공

격이 시작되기 전, 긴장감이 극도로 치밀어 올랐을 때, 두 발이
땅에 바짝 달라붙어 있을 때, 그때 하반신을 노린다.

상반신을 노리면 본능이 작용한다. 급습을 알아차리고 피할
가능성이 높다.

땅 밑을 쓸어가는 암습은 거의 눈치채지 못한다. 허벅지를
노리면 절반이 눈치채고, 보다 밑에 있는 정강이를 노리면 일
이 할 정도밖에 알아채지 못한다.

천천히…… 조준을 하고…… 훅!

손가락으로 바위를 툭 건드린 것 같은 미미하기 이를 데 없
는 소리가 울렸다.

'크큭!'

암사는 웃었다.

꾹!

모기가 왼쪽 정강이를 깨문다.

'웃!'

루주는 미간을 찌푸렸다.

모기가 문다고 생각했는데, 짜르르한 울림이 혈관을 타고
솟구친다. 그리고 곧 왼쪽 다리에서 감각이 사라져 간다.

'암습!'

생각해 보나마나 팽가의 수작은 아니다.

지금과 같은 경우, 어느 문파 같으면 떼로 몰려들었을 게다.

팽가는 패배를 두려워하지 않는다. 지는 한이 있어도 정면

대결을 고집한다. 그래서 팽가연이 패했음에도 불구하고 팽효기가 단신으로 쳐온 것이다.

그렇다면 살수, 귀동이다.

'암사!'

귀동에서 독침을 날릴 정도로 가까이 다가올 수 있는 사람은 두 사람뿐이다.

그중에서 이번에는 암사다.

귀살왕은 주설언을 데리고 있을 터이고, 암사가 연락을 가져왔을 게다. 단순히 전갈만 전하고 돌아가려고 했는데, 아주 좋은 기회를 잡았다. 그래서 서슴없이 암습을 가했다.

생각이 딱 맞아떨어진다.

청부를 받은 이상 이래저래 수단, 방법 가리지 않고 죽이기만 하면 된다. 인질을 이용하여 원하는 장소로 끌어들이든 독침을 쏘든 죽이기만 하면 된다.

그 수에 당했다.

루주는 생각할 것도 없다는 듯 목검 두 자루를 모두 놓아버렸다.

탁탁!

목검이 땅에 떨어졌다.

팽효기는 당연히 무슨 뜻이냐는 표정을 지었다. 약간은 곤혹스러운 듯, 또 약간은 경계의 눈빛을 띠고 루주를 쏘아봤다.

루주가 말했다.

"우리 승부… 일다경(一茶頃)만 미뤘으면 좋겠는데."

"후후! 이건 또 무슨 수작……."

"미뤄주는 걸로 알겠다."

루주는 팽효기의 대답을 듣지 않았다. 그가 응하지 않는다고 해도 어쩔 수 없는 노릇이다. 벌써 왼쪽 발에 감각이 없는 것을 보면 상당히 강한 독에 당한 것 같다.

팟!

그는 무릎을 살짝 구부렸다가 용수철처럼 퉁겨냈다. 동시에 등에 멘 목검 중에서 두 자루를 뽑아냈다.

팽효기가 움찔거렸다.

루주에 맞서서 공격을 해야 할지 아니면 그가 말한 대로 기다려 줄지 아주 잠깐 망설였다. 하지만 그는 곧 결정했다. 미허신보를 펼쳐서 재빨리 뒤로 물러섰다. 혹여 공격을 당하더라도 방비할 수 있게끔 전권(戰圈)에서 물러난 것이다.

다른 때, 다른 장소였다면 있을 수 없는 일이다.

루주는 적이지만 믿을 수 있다는 신뢰감을 준다.

싸움 자체는 믿을 수 없다. 놈은 정당하지 않다. 온갖 사술로 사람 눈을 현혹시킨다. 하지만 그 외에는 우직할 정도로 정면 돌파를 고집한다.

그때, 허공으로 솟구친 루주가 방향을 획 틀었다.

'웃!'

암사는 깜짝 놀랐다.

루주는 이해 불가능한 행동을 보여주고 있다.

독침에 발라진 독은 칠보사(七步蛇)에서 채집한 맹독으로 격중되면 일곱 걸음 안에 즉사한다.

그러면 일곱 걸음을 걸을 동안의 시간이 주어진 것인가?

아니다. 본인이 제일 잘 알겠지만 격중된 부위부터 마비되기 시작해서 촌각 만에 전신으로 번져 간다.

루주의 왼 다리는 나무토막이나 다름없다.

오른쪽 다리에 의지해서 신형을 띄웠지만, 허공에 몸을 두는 순간 오른 다리마저 마비되었을 게다.

저런 몸으로는 움직일 수 없다.

지금까지 움직인 자가 없었다. 마비된 부위를 붙잡고 쩔쩔매다가 피를 토하고 쓰러졌다.

놈이 독침에 당하고도 신형을 띄운 최초의 인간이다.

'그래 봤자 넌 죽었어!'

암사는 망설이지 않고 신형을 쏘아냈다.

팽효기가 옆에 있지만 신경 쓸 필요가 없다. 그의 적을 죽여 준다는데 오히려 고마워해야 할 일이지 않나.

적이 시간을 달란다고 정말로 시간을 주는 미친놈이 어디 있나. 한참 싸우는 도중에. 팽효기 그놈이 공격만 했어도 자신이 손을 쓸 이유는 없었을 텐데.

쒜엑!

목검이 천지를 가를 듯 내려쳐진다.

미친놈! 변식(變式)도 일체 없고, 속도도 느리고, 힘노 빠져 보이는 검, 그것도 나무로 만든 목검을 두려워할 사람이 어디 있다고 이따위 검을 쓰는가.

그는 거침없이 마주쳐 갔다.

루주가 검치의 제자라는 건 알지만 지금 그는 칠보사의 독에 중독된 상태다. 그가 전개하는 검이 팽효기를 상대할 때에 비해서 훨씬 산만하다.

이 정도는 무서워하지 않는다.

쉐에에엑!

검배(劍背)로 목검을 들어 올리며, 이어서 가슴을 베어갔다. 그때,

파팟! 파파파파팍!

괴이한 소리와 함께 그의 검이 산산조각나기 시작했다. 쇠로 만든 청강장검이 모래알처럼 흩어져 간다.

"이!"

암사는 너무 놀라서 입을 쩍 벌렸다.

그토록 힘이 없는 검, 독에 중독된 검으로도 혈파검을 전개할 수 있는 것인가.

그 순간, 루주의 신형이 눈앞에서 감쪽같이 사라졌다. 그리고 거대한 힘이, 팔두마차가 깔아뭉개는 것 같은 막대한 힘이 옆구리를 강타했다.

"컥!"

암사는 비명을 쏟아내며 나뒹굴었다.

"컥! 컥컥! 컥……!"

암사는 비몽사몽간에 피만 쏟아냈다. 자신이 지금 어떤 처

지인지, 산 건지 죽은 건지 아무 생각도 없었다. 그냥 견딜 수 없어서 피를 토해내고 있을 뿐이다.

툭!

목에 목검이 대어졌다.

암사는 그것도 의식하지 못했다. 누가 자신을 위협하든 말든 그저 죽을 것 같은 고통에서 벗어나기만 바랐다.

"컥! 컥! 컥……!"

그는 한참을 죽을 듯이 컥컥거리다가 숨을 고르기 시작했다.

입에서는 침과 피가 질질 흘러내린다. 코에서도 콧물과 핏물이 함께 쏟아진다.

그는 이마에서 굵은 땀을 비 오듯 쏟아낸 후에야 간신히 정신을 수습했다. 목에 닿아 있는 목검이 의식된 것도 그때다. 자신이 당했고, 아직 죽지 않았다는 사실도 비로소 인식되었다.

"해… 약…… 없다."

암사는 툴툴 웃으면서 말했다.

그의 검을 부숴 버린 건 혈파검이었지만, 육신을 가격한 건 혈파검이 아니었다.

지금까지 루주가 펼쳐 낸 검과는 사뭇 다르다.

루주는 적을 살려주지 않는다. 하물며 암습을 가한 자를 살려준다는 건 있을 수 없다.

루주가 왜 이런 검을 썼겠나? 해약(解藥)을 얻고자 함이 아닌가. 후후! 있어도 주지 않는다.

한데, 루주가 엉뚱한 소리를 했다.

"여자… 어디 있나?"

'여자? 이게 무슨 소리?'

암사는 재빨리 머리를 굴렸다. 이자가 왜 자신에게 여자를 물어볼까? 여자라면 그 여자! 천요루의 기녀! 그녀에게 탈이 생겼나? 왜? 어쩌다가?

또 다른 생각도 들었다.

'기회닷!'

루주는 독에 중독되었는데도 해약에는 관심이 없다. 대신 여자를 물어왔다. 이 말은 자신의 안위보다도 여자를 더 끔찍이 위한다는 뜻이다.

그는 음충맞게 웃으며 말했다.

"흐흐흐! 말할 기회가 없어서 말하지 않았는데, 내가 당한 고통이 고스란히 그녀에게 전해질 것이다! 네가 날 치면 그녀도 맞는다. 네가 날 죽이면 그녀도 죽는다. 흐흐흐!"

암사는 승부는 끝났다는 듯이 몸을 일으키려고 했다. 그때,

"그런가. 그럼 죽여야겠군."

루주의 냉담한 음성이 들려왔다. 그리고 그의 머리 위에서 바람 가르는 소리가 울렸다.

빠악!

목검이 그의 머리를 묵사발로 만들었다.

그를 죽이는 데 굳이 혈파검을 쓸 필요는 없었다. 힘껏 내려

친 목검에 머리뼈가 절반이나 부서져 나갔다.

머리를 반이나 잃은 육신이 풀썩 꼬꾸라졌다.

기루를 운영하려면 인심술(人心術)에 뛰어나야 한다.

술장사, 여자 장사는 이것저것 부수적인 요건이 많지만 결국은 사람 장사다.

사람을 편안하게 해주어야 장사가 잘된다.

세상 사람들은 '술장사를 한다, 기루를 운영한다' 하면 포악한 얼굴부터 떠올린다.

폭력, 갈취, 독심(毒心), 무정(無情) 등등 좋지 않은 것은 모두 생각한다.

그중에서 가장 크게 생각하는 것이 바로 바가지다.

다른 것은 자신들과 직접적인 상관이 없지만 바가지는 바로 피해로 다가오기 때문이다.

술장사하는 놈치고 바가지 씌우지 않는 놈 없다.

이게 현실이다. 하지만 정말 큰 장사를 하려면 바가지 같은 것은 생각도 하지 말아야 한다. 오히려 하나라도 더 줄 때, 아낌없이 베풀 때 들어오는 것도 많다.

사람을 팔고 사는 사람 장사가 아니라 사람의 마음을 움직여야 하는 진짜 사람 장사다.

그는 인심술에 능하다. 표정만 보고도, 말하는 어투만 듣고 노 참과 서삿을 구분할 수 있다.

암사는 거짓을 말했다.

'여자'를 물었을 때, 그의 눈에 의문이 스쳐 갔다.

지극히 짧은 시간에 번뜩였다가 사라진 눈빛이다. 하지만 그에게는 참으로 불행한 일이지만, 그의 목숨을 쥐고 있는 사람이 바로 그런 눈빛을 읽는 데 능한 사람이다.

지금까지 귀동이 주설언을 납치한 줄 알았는데……. 그녀는 어디로 사라진 것인가. 현장에 남겨진 것은 분명히 납치의 흔적인데, 누가 데려간 것인가.

귀살왕이 암사 모르게 단독으로 납치한 것일까?

그녀를 납치한 목적이 자신이라면 조만간 마각을 드러낼 게다.

다른 쪽도 생각해야 한다. 그녀에게는 전표가 있었다. 일생을 편히 쉴 만한 거액을 지녔다. 또한 그녀는 예쁘다. 하북제일미녀인 팽가연과 비교해도 손색이 없다.

그런 점을 노린 파락호, 회자수일 수도 있다.

그 부분은 맹삼력이 주력해서 파악하는 중이니…….

"끄응!"

그는 극심한 독기에 현기증이 치밀었다. 두 다리는 이미 마비된 것 같고, 팔도 찌릿찌릿 저려온다. 하지만 아직 상대가 남았다. 이런 상태로 싸울 수 있을지 모르지만 목검을 들었다.

"중독?"

"괜찮다."

괜찮지 않다. 루주는 제대로 서 있지도 못하고 만취한 사람처럼 비틀거린다. 얼굴도 붉은 물감을 뿌려놓은 것처럼 시뻘 겋게 달아올라 있다.

팽효기는 암사가 나타나고, 루주와 격전을 벌이는 순간에 뭐가 어떻게 된 일인지 눈치챘다.

암사가 죽었다. 루주는 중독 현상이 뚜렷하다.

그는 잠시 망설였다.

루주를 죽이기에는 이보다 더 좋은 기회가 없을 것이다.

하북팽가의 결정은 단호하다. 반드시 죽이라는 것이다. 거 기에 루주의 상태를 고려하라는 말은 포함되지 않았다. 반드 시 정면 대결만 하라는 말도 없다. 무조건 죽이기만 하면 된 다.

팽효기는 곡도를 축 늘어뜨렸다.

독에 중독된 자를 치는 건 재미없지 않은가. 검치의 무공을 맛이나마 보여줄 수 있는 자인데, 이대로 보내기에는 아쉬움 이 너무 많이 남지 않나.

"하나만 묻자. 내일이면 거침없이 살검을 썼을 거라고 했는 데, 무슨 뜻이냐?"

"소… 문."

루주는 이제 말도 제대로 하지 못했다.

"소문?"

"검치… 의 제자……. 무림… 출현…… 소문…….."

"그렇군."

팽효기는 알았다는 듯 고개를 끄덕였다.

루주는 기루 주인에서 무인으로 탈바꿈하고 있다. 그래서 팽가에서 걸어온 싸움을 정식 싸움으로 바꿀 셈이다.

그런 상황이라면 죽음이 문제되지 않는다.

무인과 무인의 겨룸에서 생사(生死)가 일어나는 건 당연한 것. 그런 일을 복수의 꼬투리로 삼을 수는 없다.

'내일이면 죽은 목숨? 후후후!'

팽효기는 곡도를 거뒀다.

이쪽에서 마음껏 칠 테니 너희도 자신있으면 와라.

그 배짱이 마음에 든다. 그리고 루주와는 반드시 승패를 결정하고 싶다. 루주와 자신의 싸움이 아니라 철혈적성도와 십검의 싸움을 원한다.

"네 말대로 내일 싸우자."

루주는 팽효기가 말을 꺼내기가 무섭게 풀썩 꼬꾸라졌다.

그는 서 있을 힘도 없었던 게다. 싸워야 한다는 의지만으로 버텼던 것이다.

팽효기는 그에게 가서 상태를 살폈다.

얼굴을 보고, 목을 보고, 가슴과 팔을 살폈다. 그리고 하체로 가서 바지를 걷어 올렸다.

"음!"

침음이 절로 새어 나왔다.

정강이의 살이 시커멓게 죽어 있다. 침을 맞은 곳에서는 고름까지 잡혔다.

"이런 상태로 싸우려고 했다니, 날 아주 우습게 봤군."

팽효기는 소도를 꺼내 상처를 쟀다. 그리고 팽가의 비전(秘傳) 해독산(解毒散)을 뿌렸다.

치이이익!

기이한 소리와 함께 상처에서 하얀 연기가 피어올랐다.

3

쿵!

몸이 거칠게 내동댕이쳐졌다.

'악!'

비명이 절로 터졌다. 하지만 입 밖으로 소리가 되어 흘러나오지는 않았다. 마치 목에 무엇인가 걸린 것처럼 소리가 탁 걸리더니 다시 안으로 잦아들었다.

'저, 여보세요!'

주설언은 사람을 찾았다.

자신에게 왜 이러는지 알 수가 없었다. 누구에게 원한을 산 일도 없는데…… . 돈이 필요하다면 줄 테니 그만 풀어달라고 애원이라도 하고 싶었다.

한데 음성이 새어 나오지 않는다.

그리고 보니 몸도 움직일 수 없다. 손가락조차 움직여지지 않는다. 온몸이 마비된 듯 꼼짝도 하지 않는다.

그녀는 침착해지려고 노력했나.

호랑이에게 물려가도 정신만 차리면 산다고 하지 않던가.

정신 차려야 한다. 지금 자신에게 닥친 일은 발버둥 친다고 헤어날 수 있는 게 아니다.

말이 나오지 않는 건 아혈(啞穴)을 제압당했기 때문이다. 몸이 움직여지지 않는 건 마혈(麻穴)을 제압당해서다.

무인에게 혈도가 제압당했다.

그녀는 잠시 어째서 이런 일이 벌어졌는지, 이런 일을 벌인 자가 누구인지 살폈다.

무인과의 다툼이라면 생각 가는 데가 있다.

루주는 하북팽가와 다퉜다. 가주의 금지옥엽(金枝玉葉)과 싸우기까지 했다. 그전에 팽가 가모에게 엄청난 실수를 저질렀다.

다른 곳과의 다툼도 있다.

회자수를 많이 죽였다. 두 번에 걸쳐서 피가 강이 되어 흐를 정도로 처참하게 싸웠다.

살수는 어떤가? 그쪽 세계는 잘 모르지만 일단 점찍은 자는 절대로 살려두는 법이 없다고 한다.

생각해 보니 원한 산 곳이 많다.

납치? 가능한 일이다. 자신을 인질 삼아서 루주를 죽음의 자리로 불러낼 심산이다.

그렇게 만들 수는 없다.

'차라리 죽기라도…… 아냐. 그건 해결책이 안 돼.'

그녀는 다시 생각했다.

루주는 자신이 납치된 사실을 알고 있을까? 모를 수도 있고 알 수도 있지만 알고 있을 가능성이 높다. 몰랐어도 문제가 안 된다. 이쪽에서 연락을 보내면 똑같은 결과가 된다.

옷가지, 비녀, 전표. 자신을 증명할 만한 물건은 많다.

루주를 오지 못하게 하려고 자진(自盡)을 해도 필요없다. 아무 물건이나 보내면 루주는 온다.

탈출도 소용없다. 같은 결과가 일어난다.

이곳을 벗어나서 이들보다 빨리 루주를 만나야 한다. 아니면 아무 흔적도 남기지 않고 감쪽같이 사라져야 한다.

전자는 가능성이 없다.

저들은 무인이다. 자신 같은 사람은 콧김만으로도 죽일 수 있는 괴물들이다.

그나마 후자가 가능성있다.

'불!'

기름을 온몸에 끼얹고 불을 지르면……. 그렇게라도 해야 한다. 그 사람을 다시 못 만나는 게 미칠 것 같지만 그 사람이 해를 입는 것보다 나을 것 같다. 더군다나 자신 때문에 그 사람이 해를 입는다면 살아도 산 게 아닐 것 같다.

'그래!'

그녀는 결심을 굳혔다. 그러자 오히려 마음이 차분해졌다.

덜컹!

문 열리는 소리가 들렸다.

사박! 사박! 사박!

사뿐사뿐 땅 밟는 소리가 아름답게 들려온다. 부드러운 비단이 지면을 끄는 소리도 귀를 간질인다.

주설언은 걸어오는 소리만으로 상대의 신분을 짐작해 냈다.

'손에 물 한 방울 안 묻히는 여자.'

그녀는 냄새도 맡았다.

걸어오는 여인은 아주 귀한 장미향을 풍긴다.

은은하면서 향이 오래가는 것이 장미 즙을 짜서 정련한 천연 향인 것 같다.

북경에서도 이런 향을 쓰는 사람은 손꼽을 정도다.

그녀는 가슴이 서늘해졌다.

'힘들어.'

진한 절망감이 밀려온다. 이런 사람에게 잡혔다면 빠져나갈 공산은 거의 없다. 막연히 죽음을 떠올렸지만 이제는 정말로 심각하게 생각해야 할 순간이 도래했다.

"일으켜라!"

아름답지만 위엄 서린 음성이 들렸다.

누군가가 다가와 그녀를 일으켜 세웠다.

'이자!'

그녀는 등줄기에 한기가 흘렀다.

문이 열리고 걸어 들어온 사람은 한 사람이다. 아무리 무공을 모른다고 해도 그 정도는 직감으로 알 수 있다.

이자, 어깨를 잡아 일으킨 자, 이자는 항상 옆에 있었다. 그림자처럼 찰싹 달라붙어 있었다. 그 긴 시간 동안 숨소리 한

올 흘리지 않고 옆에 있었다.

탁! 탁!

사내가 손가락으로 목 밑과 등 뒤를 찔렀다.

굉장히 아프다. 송곳으로 후벼 파는 듯해서 인상이 저절로 찌푸려진다.

"흑!"

당연히 신음이 새어 나오지 않을 줄 알았는데 소리가 울린다.

"안대도 풀어."

낯선 자의 손길이 뒷머리에 닿았다. 그리고 잠시 후, 눈을 가렸던 안대가 풀렸다.

촛불의 옅은 빛이 눈부시게 들어온다.

주설언은 눈살을 찌푸렸다. 하지만 눈앞에 정말 예쁜 여인이 앉아 있는 것은 놓치지 않고 봤다.

"이름이 뭐냐?"

여인이 도도한 표정으로 물었다.

턱을 위로 치켜들고 눈을 아래로 깔면서 명령조로 말했다. 그런데 그런 말투가 몸에 배어서인지 지극히 자연스럽다. 거만한 표정도 그녀이기에 편안해 보인다.

"당신 뭐야! 왜 사람을 잡아오고 그래!"

주설언은 앙칼지게 말했다.

딸리 밀할 수도 있다. 하지만 쏘아붙였다. 여인의 물음에 온순히 대답하면 이곳에서 벗어나지 못한다. 어떻게든 여인을 격동시켜서 실낱같은 기회라도 만들어야 한다.

아니, 다른 의도도 있다.

가급적이면 보잘것없는 여자가 되어야 한다. 막 쓰다가 버리는 물건이 되어야 한다. 기녀가 원래 그런 존재이지 않은가. 기녀란 즐기고 돌아서는 환락의 도구이지 사랑의 대상이 아니다.

그런 존재로 보여야 한다.

루주가 욕구를 풀기 위해서 데리고 나온 존재? 그 정도로만 인식되면 딱 좋다.

그녀는 독기 오른 표정으로 눈을 사납게 치켜뜨며 고함쳤다.

"아이씨! 재수 더럽게 없는 날이네. 퉤! 그래, 잡아먹으려면 잡아먹고, 찢어 먹으려면 찢어 먹어라. 더러운 년 팔자가 어디 가겠냐! 지랄! 웬일로 목돈이 들어온다 했지."

그녀가 소지하고 있던 전표는 상당히 큰 금액이다. 사내가 기녀에게 흘리기에는 터무니없이 많다.

그것이 마음에 걸려서 한마디 덧붙였다.

여인이 몸을 일으켰다. 그리고 기품이 밴 걸음으로 사박사박 걸어왔다.

"마님, 제발 살려주세요. 살려만 주시면, 목숨만 살려주시면 뭐든 시키는 대로 다 할게요. 마님, 제발!"

주설언은 갑자기 비굴한 표정을 지으면서 여인에게 통사정했다.

문득 기녀라면 이렇게 해야 할 것 같다는 생각이 들었다. 가진 거라고는 아무것도 없는 주제에 너무 뻣뻣하게 나가는 것도 말이 안 되는 것 같았다.

여인이 손을 들어 올렸다. 느릿하게.

주설언의 눈길이 손을 따라 올라갔다.

'때리려고?'

여인의 의도가 짐작되자 자신도 모르게 어금니를 꽉 깨물었다. 아니, 저절로 깨물어졌다.

쫘악!

생각하던 있었던 매가 떨어졌다.

"묻는 말에 대답만 해라. 알겠느냐!"

"네……."

"이름?"

"주… 설언이라고 해요."

"주설언. 호호호! 네년은 기녀가 아니구나. 그렇지?"

주설언은 아차 싶었다.

기녀는 성을 갖지 않는다. 천요루의 모든 기녀들이 기명(妓名)으로 불린다.

'순순히 시인하면 안 돼!'

"아, 아네요. 천요루에서는 설언이라고 불렀는데, 제가 성을 붙여서……. 이제 이 생활 집어치우고 순한 놈 만나서 살려고요. 이린 생활은 지긋지긋해요."

그녀는 기녀들의 말투를 빌려서 말했다. 기녀들이 술을 이기지 못해 토악질을 하면서 하는 소리를 흉내 냈다. 하지만 이미 늦었다. 여인의 입가에 비웃음이 걸렸다.

"그놈은 언제부터 만났느냐?"

그녀가 말한 그놈, 루주다. 루주를 말하면서 아주 강한 적개심을 드러냈다.

"처, 천요루에 팔려왔을 때부터요."

"전표는 뭐지?"

"후, 훔쳤어요. 그동안 시도 때도 없이 그 짓을 해줬는데 그만한 대가는 받아야죠. 정말이에요. 믿어주세요."

"휴우!"

여인이 느닷없이 깊은 한숨을 내쉬었다.

무슨 의미인가? 어떤 뜻에서 내뱉는 한숨인가?

"어쩔 수 없어. 호호! 어쩔 수 없어. 그 아비에 그 자식……. 정말 어쩔 수 없는 족속들이야."

여인은 주설언을 노려보았다.

여인의 눈이 광기로 번들거렸다. 몸 전체가 표독스러움으로 똘똘 뭉쳤다. 기분 여하에 따라서 무슨 짓이라도 할 것 같은 생각이 들어서 눈을 마주칠 수 없다.

다행히 여인은 아무 짓도 하지 않았다. 아무 소리도, 아무 행동도 하지 않고 되돌아 나갔다.

그녀에게 약간의 자유가 주어졌다.

말을 할 수 있고, 몸을 움직일 수 있고, 눈을 가렸던 안대도 풀렸다. 촛불 하나에 불과하지만 빛도 있다.

주위를 쓸어보았다.

나무로 만든 집인데, 흙냄새가 진하게 난다. 빛도 스며들지 않는다. 촛불이 없으면 칠흑 같은 어둠이 덮칠 게다.

'지하야.'

정확하지는 않다. 그런 느낌이 왔을 뿐이다.

그녀가 원하던 자진이나 탈출은 불가능하다. 온몸을 불태워버릴 수도, 감쪽같이 도주할 길도 없다.

이곳에서 그녀가 할 수 있는 건 아무것도 없다.

무기력함이 몰려왔다. 후회도 들었다. 이럴 줄 알았으면 무공을 배우는 건데. 맹삼력에게라도 호신 공부를 배워두는 건데. 하기는 그런 정도로는 아무 도움도 되지 않겠지?

그녀는 귀신처럼, 생명이 없는 목석처럼 숨도 쉬지 않고 존재하는 사람을 찾았다.

그는 보이지 않았다. 하지만 분명히 곁에 있다. 눈에 보이지 않는다고 없는 게 아니다. 흔히들 하는 식으로 도박을 건다면 옆에 있다는 쪽에 은자를 걸리라.

'어떻게든 빠져나가야 해!'

지극히 평범해서 특이한 점이 엿보이지 않는 자들, 그들은 가벼운 마음으로 잡담을 늘어놓았다.

발밑에는 주실언이 앉아 있다.

그녀가 고개를 들어서 천장을 쳐다봐도 그들을 발견하지는 못할 게다. 그들의 잠술(潛術)은 무인도 발견하기 힘들 정도로 고절하다. 일반인인 주설언이 발견할 리 없다. 더군다나 촛불이 닿지 않은 어둠 속이니 안력을 돋운다 한들 어둠밖에 보이지 않는다.

음성도 들리지 않는다.

그들은 말을 할 때 미음전성(微音顫聲)을 쓴다. 박쥐처럼 미미하게 떨리는 음성이 파동(波動)이 되어서 전해진다. 미음전성에 단련된 청각이 아니면 들을 수 없는 소리다.

"마혈이 잡혀 있나? 왜 꼼짝도 하지 않아?"

"풀어줬어."

"알아. 움직이지 않으니 하는 말이야."

갇힌 자들이 제일 먼저 하는 일은 자신이 어디에 있는지 파악하는 것이다. 벽을 더듬어보고, 문을 살펴보고, 도주할 구석이 있는지 없는지 살펴보는 게 제일 먼저 하는 일이다.

여자는 그런 상식을 깬다.

몸에 자유를 주었는데, 꼼짝도 하지 않고 앉아만 있다.

그녀가 한 일이라고는 주위를 둘러본 것이 전부다. 탈출 같은 건 생각할 가치도 없다는 듯 아주 편하게 앉아 있다.

"바보 아니면 영악한 여자군."

"후자야. 살펴봤자 어쩔 수 없다고 판단한 거지. 혈(穴)을 제압당한 채 끌려와서 눈을 떴는데… 쓱 보자마자 모든 걸 파악했다면 영악해도 보통 영악한 게 아냐."

"그놈이 선택한 여자니 평범할 리 없지."

"그런데… 십검을 수련한다고 하던데, 맞아?"

"맞아."

"십검이야?"

"아직은. 하지만 십검을 아는 건 확실해."

"십검을 안다. 후후후! 검치가 제대로 가르친 건가?"

"제대로 가르쳤다면 벌써 수련해 냈겠지. 놈은 이제 이검을 쓰는 정도야."

"이검만 해도 무적이지."

"후후후! 일인무적(一人無敵)은 딱 죽기 좋아."

"그래도 그게 어딘데."

"우리와 붙을 날도 있을까?"

"지금 같아서는 있지 않겠어? 팽가에서 처리하기는 틀린 것 같고, 귀살왕도 제 구실을 못하고 있고. 그럼 우리에게 떠맡겨지겠지. 그러고도 남을 분이잖아."

"후후! 일인무적검이라……. 그런 날이 오면 내가 죽어주마. 나 죽는 틈에 네가 검을 박아."

"언제 싸울지도 모르는 일 가지고 선심부터 쓰는 거야?"

"말이라도 그게 좋지, 뭘. 그럼 네가 죽을래?"

"아니, 네가 죽어라. 크크크!"

그들은 웃었다.

*　　　　*　　　　*

세상에 공짜는 없다.

살인 청부에는 반드시 청부금을 줘야 한다.

한 가지 일을 시키면 한 닢을 내놔야 하고, 두 가지 일을 시키면 두 닢을 줘야 한다.

이건 세상에 종말이 와도 변하지 않는 법칙이다.

근 십여 년 동안 땅속에 묻혀 있던 자들을 끄집어냈다.

그놈이 검치의 제자만 아니었어도 그들을 끄집어내는 일은 없었을 게다.

검치의 제자!

이 말 한마디에 이들을 끄집어냈다.

아직은 이른 감이 없지 않아 있다.

귀살왕의 살행도 남아 있고, 팽가의 응전도 지켜볼 필요가 있다. 루주에게는 혹독한 싸움이 되겠지만 그런 싸움을 통해서 놈의 진공이 더욱 뚜렷해질 게다.

이들은 루주를 확인하고 난 다음에 끄집어냈어도 무방했다.

하지만 서둘러서 꺼냈다.

루주가 검치의 제자라는 사실은 확실할 것 같다. 아직 정확하게 확인한 것은 없지만 괜히 그럴 것 같다는 생각이 든다. 제발 그래 줬으면 좋겠는데…….

루주가 검치의 제자라면 그건 단순히 잊고 싶었던 과거가 되살아난 것 이상의 의미를 지닌다.

사실이 그렇다면 아주 흥분된, 재미있는 일이 벌어질 게다.

그래서 끄집어내긴 했는데, 살인귀들을 끄집어낸 대가는 혹독하다. 이들을 부리는 것에 비해서 나중에 지불해야 할 것이 고단할 정도로 많다.

그렇다고 이런 일을 팽가 무인에게 시킬 수는 없지 않은가.

시킨다고 해도 들을 사람들도 아니지만, 성모의 입장에서 도저히 시킬 수 없는 일이다.

이런 일에는 살인귀들이 적합하다.

그들은 루주의 손에서 주설언을 빼왔다. 감쪽같이.

그 정도는 그리 대수롭지 않다. 누구든 그 정도는 할 수 있다. 그러나 납치한 여자를 메고, 팽효문과 팽가오도의 감시망을 뚫고, 송화암까지 들어오는 일은 누구나 할 수 있는 일이 아니다.

이놈들은 든든한 수족이다.

그러나 항시 화약을 가슴에 품고 있다는 사실만은 잊지 말아야 한다. 이놈들의 존재가 세상에 알려지면 상당히 곤란해진다. 아주 곤란해진다.

그럴 때를 대비해서 일정한 선을 그어놓아야 한다.

'청부에 대가가 없을 수는 없지만… 어떤 일이 있어도 너희들과 연관되는 일은 없을 거야.'

그녀는 악마와 손을 잡았다. 하지만 걱정하지는 않는다. 이런 일이 한두 번이었나. 낯을 들고 다니지 못하는 자들을 부리는 데는 이골이 났다.

그녀는 그늘에 대한 생각을 접고 주실인을 떠올렸다.

그녀를 어떻게 활용할지는 순전히 자신 몫이다.

그 부분은 이미 생각을 굳혔다.

주설언은 단순한 기녀가 아니다. 아니, 그녀는 기녀에 적(籍)만 두었다 뿐이지 기녀 생활을 해본 적도 없다.

그녀의 눈에서 공포를 읽었다.

목숨은 아까워하지 않는다. 뺨을 후려갈겼을 때, 아픈 표정을 지었지만 눈동자에는 공포가 어리지 않았다. 그 정도는 얼마든지 맞아줄 수 있다는 뜻이다.

목숨을 잃는 것은 두려워하지 않는다.

주설언은 딱 한 번 공포를 드러냈다. 사내들이 어깨를 잡아서 일으켜 앉힐 때, 여인만이 알 수 있는 종류의 공포감을 드러냈다.

강간에 대한 두려움이다.

낯선 사내의 손길이 닿자 꽃잎이 움츠러들 듯이 어깨와 등이 굽었다. 숨도 가빠지고 가슴도 좁혀졌다.

본능적으로 위기를 느낀 것이다.

그런 종류의 위기는 오직 여자만이 느낀다. 선천적으로 타고난 본능이다.

그러나 기녀는 그런 본능이 둔해진다.

낯선 사내들과 몸을 섞는 일상이 두려움을 무디게 만든다. 기녀에 따라서 다르겠지만 이런 종류의 압박을 오히려 쾌락으로 받아들이는 경우도 있다.

주설언은 아주 예민하게 반응했다.

기녀가 아니라는 뜻이다.

단 사흘만, 아니, 하루만이라도 기녀 생활을 해본 여자라면 그토록 예민하게 반응하지 않는다. 마음에도 없는 사내와 동침해야 하는 괴로움을 겪어봤기 때문이다. 그런 경우, 자신의 마음 같은 건 고려 대상이 아니다. 좋든 싫든 역겨운 상대라도 같이 자야 한다.

기녀의 첫날밤은 지옥이다. 그렇게 하룻밤을 지나면 포기가 찾아온다. 좌절을 넘어서 삶을 찾기 시작한다. 순결이나 정조 같은 관념이 무뎌지고 생존만 남는다.

하루, 이틀, 사흘…… 기녀들은 습관적으로 동침하기 시작한다.

주실언은 그런 과정을 겪지 않았다.

원하지 않는 사람과 동침해 본 기억이 없다. 그렇기에 낯선 사내가 어깨를 잡자 등이 굽은 것이다.

주설언은 두말할 것도 없이 그놈의 여자다.

그녀는 발악한다. 기녀처럼 보이려고 안간힘을 쓴다. 한데 그런 모습이 더더욱 그녀의 마음을 환히 읽을 수 있게 만든다.

주설언은 자신의 납치 사실이 알려지면 루주가 어떻게 반응할지 예측하고 있다. 달려올 것이다. 물불 안 가리고 죽음의 장소라고 할지라도 달려온다.

그녀는 그런 믿음을 확고하게 가지고 있다.

그토록 자신있는 믿음은 어디서 나오는 것일까? 놈이 어떻게 해줬기에 그런 믿음을 사시는가.

좌우지간 재미있게 생겼다.

지금 당장은 그녀가 필요없다. 하지만 일이 여의치 않을 경우, 쓸모가 있을 것 같다.

아니, 지금 당장 쓸모가 있다.

그녀의 실종은 최소한 놈의 심장을 오그라뜨린다. 놈을 쩔쩔매게 한다. 사랑하는 여인을 잃었을 때의 상실감은 매우 크다. 아주 크다. 그런 상실감이 휘몰아칠 게다.

당분간 가둬놓고 지켜본다.

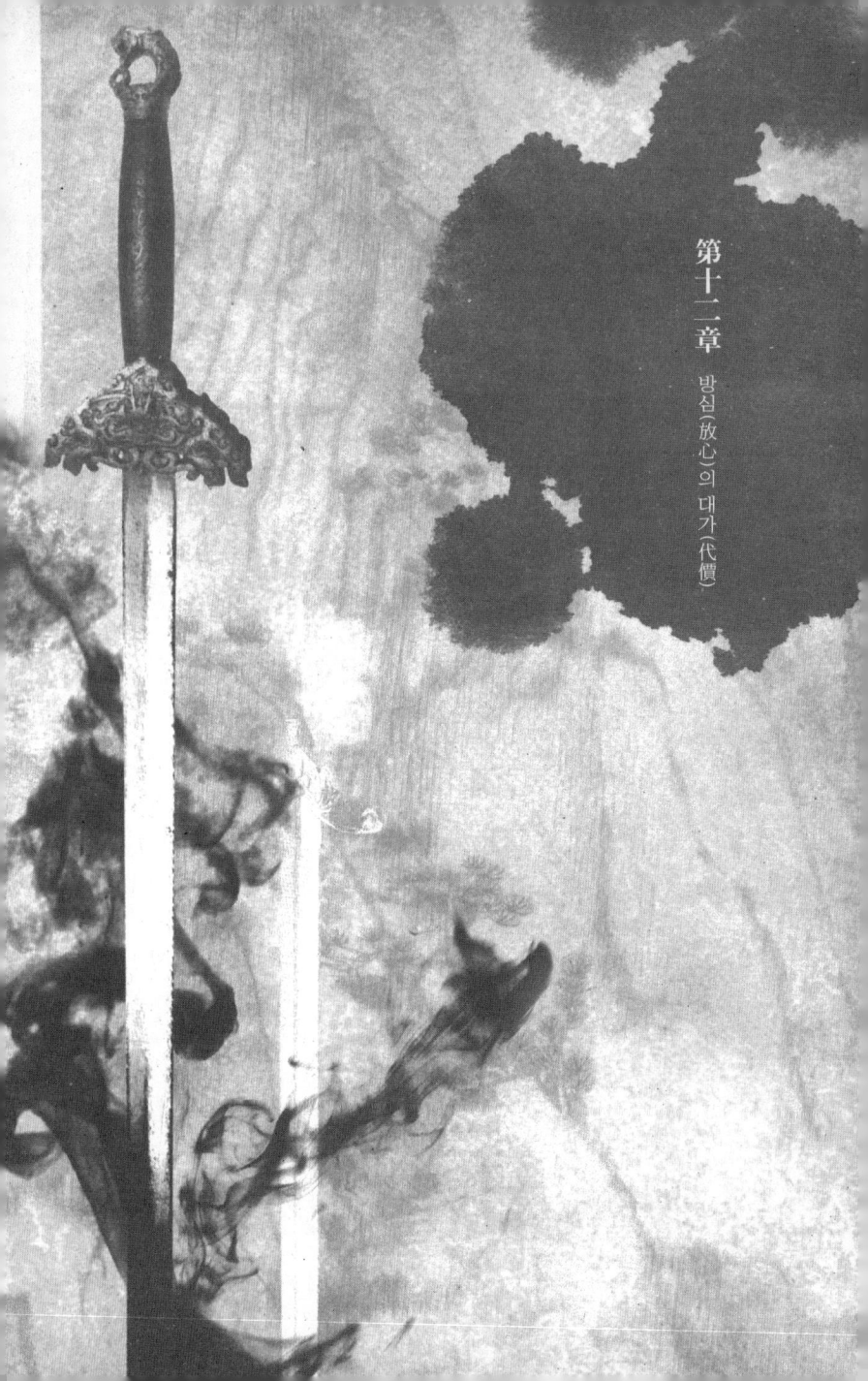

第十二章　방심(放心)의 대가(代價)

1

이틀 동안 한자리에 앉아서 꼼짝도 하지 않았다.

해가 뜨고 진다. 달이 뜨고 진다. 낮과 밤이 바뀐다. 세상이 말없이 움직인다.

그의 눈은 움직이지 않았다.

칼을 위해 수련한 안공(眼功)이 세상을 노려본다. 뚫어지게 한곳만 지켜본다.

이럴 만한 가치가 있나?

이틀이란 긴 시간 동안 움직이지 않고, 잠자지 않고, 밥도 먹지 않은 채 고민했다.

어떻게 할 것인가!

이대로 돌아서면 아무런 일도 벌어지지 않는다. 잘못된 생각, 잘못된 행동······ 모든 것이 일어나지 않는다. 잠시 떠올랐다가 스쳐 지나는 사념(思念)처럼 흔적 없이 사라진다.

움직이면 탈이 난다.

잘못을 저지르기는 쉽다. 미친 척, 술 취한 척 머릿속에 떠올린 생각을 행동에 옮기기만 하면 된다.

그래서 어떻게 하겠다는 것인가!

여기서 또 막힌다. 어떻게 할 생각 같은 건 없다. 그저 이대로 그만둘 수는 없다는 생각뿐이다.

하지만 아쉬움을 달래기에는 잘못이 너무 크다. 어쩌면 살아가는 일생 동안 후회할지 모른다. 또 어쩌면 후회가 너무 커서 미쳐 버릴지도 모른다.

그런 걸 알면서도 돌아서지 못하겠다.

머리는, 이성은 돌아서라고 하는데 마음은, 감정은 가지 말라고 한다. 갈 수 없다고 한다.

'어찌하려고··· 어떻게 하려고······.'

그는 암울해진 눈으로 하늘을 쳐다봤다.

낮은 어느새 밤으로 바뀌어 있었다.

구름 한 점 없는 하늘에 별들이 총총하다. 반짝이는 보석을 박아놓은 듯 아름답다. 달은 어떤가? 축복이라도 해주는 환하게 빛나지 않는가.

'미친 거야, 단단히 미친 거야.'

그는 머리를 내둘렀다.

쉬익!

서늘한 바람이 분다.

서늘하다는 느낌은 사람을 기분 좋게 만든다. 따뜻하지도 않고 차갑지도 않다.

그러나 밤에 부는 바람은 마냥 기분 좋지만은 않다.

"크윽!"

지극히 짧은 비명이 들릴락 말락 흘러나왔다.

"뭐… 크윽!"

바로 곁에 있던 자도 서늘한 바람을 맞이했다. 눈앞에서 번 뜩인 도광(刀光)에 폐가 꿰뚫렸다.

폐는 참으로 묘한 기관이다.

목이 잘린 사람도 비명은 토해낸다. 아픔만큼 비명도 크게 터진다. 하지만 폐는 다르다. 바람 주머니에 구멍이 뚫리는 순 간, 목구멍 밖으로 새어 나와야 할 비명이 모조리 허파로 빠져 나간다.

턱! 턱!

폐에 구멍이 난 두 구의 시신이 거의 동시에 벽 쪽으로 무너 졌다.

그들은 벽에 등을 대고 서 있다. 얼핏 보면 졸림을 참지 못 해서 등이라도 기대고 잠든 것 같다.

쉬익!

그사이, 서늘한 기운은 담장을 타고 넘었다.

'주사위는 던져졌어!'

월아!

그녀가 보인다. 늦은 밤인데도 화장기 짙은 얼굴로 동료 기녀들과 수다 삼매경에 빠져 있다.

그날 이후 늘 생각해 왔던 그 얼굴, 그 모습 그대로다.

'왜!'

월아에게 가장 먼저 하고 싶은 말이다.

그날의 일은 어쩔 수 없었다. 천요루 기녀 중에 누군가는 그런 역할을 했어야 한다. 하필이면 월아가 그 역할을 했을 뿐, 그녀에게는 아무런 잘못도 없다.

그래도 묻고 싶다. 왜 당신이 그런 일을 했냐고, 다른 기녀가 하면 안 되었느냐고.

월아만 이번 일에 끼지 않았으면 아무 부담이 없었을 것 같다.

그녀만 관계하지 않았다면 이토록 커다란 잘못을 저지르지는 않았을 것 같다.

이제 어쩌란 말인가!

'월아!'

그는 눈을 찔끔 감았다.

아직도 선택의 기회는 남아 있다. 이대로 돌아가면 애증의 굴레에서 벗어날 수 있다. 담벼락에 기대 죽은 시신이 문젯거리가 되겠지만, 누가 죽였는지는 짐작조차 하지 못할 게다.

돌아가면 끝난다.

'월아!'

그는 눈을 감은 채 신형을 띄웠다.

휘이이익!

귓가로 허공을 스치는 바람 소리가 들린다.

"어멋!"

"악!"

그가 느닷없이 나타나자 수다를 떨던 기녀들이 놀라서 비명을 질러댔다. 더러는 벌떡 일어나서 뒤로 물러났고, 더러는 손으로 입을 가린 채 악악! 비명만 질렀다.

이제는 선택의 기회가 없다. 죽이 되든 밥이 되든 앞으로 나아가는 길밖에 남지 않았다.

쉐에엑! 쉐엑!

"카악!"

"컥!"

"사람 살려!"

비명 소리, 고함 소리, 칼바람 소리…… 온갖 소리가 난무했다.

눈을 감고 휘두른 칼에 기녀들이 나가떨어졌다.

목, 척추, 심장…… 일격에 즉사할 수 있는 부위만 가격했다.

평생 칼을 품고 살아왔다. 밤에 잠을 자면서도 칼을 가슴에 품고 잔 날이 한두 해가 아니다. 그런 그에게 무공의 기본조차 모르는 기녀를 베는 것은 누워서 식은 죽 먹기보다도 쉽다. 비록 눈을 감고 있지만 말이다.

쒜에엑!

"악!"

짧은 비명을 마지막으로 칼바람이 멈췄다.

월아와 수다를 떨던 기녀들은 모두 죽었다. 단 한 명도 불행을 피하지 못했다.

작심하고 쳐낸 칼이다. 그런 칼에 목숨을 부지한다면 그게 비정상이다.

"월아."

그가 눈을 뜨면서 말했다.

"도, 도, 도, 도련님… 그, 그때는……."

월아가 사색이 되어 부들부들 떨었다. 새파랗게 질린 얼굴에는 공포밖에 보이지 않았다. 그에 대한 사랑이라든가 미안함 같은 것은 눈을 씻고 찾아봐도 없었다.

그게 당연하다. 이미 예상하고 있었던 일이지 않나.

"널 데려가야겠다."

"도, 도련님… 제, 제발 용서를……."

"너 하나를 데려가기 위해서 살계(殺戒)를 연다. 그러니 이들 죽음은 모두 네 탓인 게야."

팽효뢰는 무심하게 말했다.

기녀들이 비명을 질렀으니 이제 곧 파락호들이 들이닥칠 게다.

그들 역시 죽음을 면치 못한다. 자신의 얼굴을 본 자는 모두 죽는다. 자랑스러운 하북팽가의 후인이 애증을 이기지 못하고 살계를 열었다면 그보다 더한 망신이 어디 있겠나.

자신이 망신당하는 건 아랑곳하지 않는다. 자신 때문에 아버님이, 가족들이, 친지들이 상처 입게 만들 수는 없다. 이미 한 번 망신을 줬으면 충분하다.

우당탕탕! 쿵쿵쿵!

회랑(回廊)을 뛰어오는 거친 발걸음 소리가 들렸다.

지난 이틀간 지켜본 결과, 파락호들은 저택 안으로 들어서지 않는다. 담을 따라 사람으로 울타리를 치고 경계만 철저하게 한다. 그러니 저택 안으로 들어서는 것은 이번이 처음일 게다.

그들은 저택의 구조를 모른다.

"선택해라. 저들까지 죽일까?"

월아가 아랫입술을 잘끈 깨물었다.

"저만 데려가시면 돼요?"

"그래."

"좋아요. 따라갈게요."

"약속은 한다만, 중간에 부딪치면 어쩔 수 없겠지."

"알았어요. 어떻게 하면 돼요?"

월아가 동행을 결심했는지 두 팔을 축 늘어뜨렸다.

화르르륵!

붉은 불빛이 살짝 비치는가 싶더니 이내 거센 화마(火魔)로 변해 타올랐다.

"윽!"

비명 소리를 듣고 달려가던 파락호들이 주춤거렸다.

"빌어먹을! 불까지 질렀네."

"어떤 놈이야!"

"어떤 놈이건 자시건 우리보다 뛰어난 놈인 건 맞아. 생각해
봐라. 그렇지 않고서야 어떻게 우리 틈을 뚫고 들어가서 저 지
랄을 하냐? 그러니까 우리가 이렇게 달려가는 건 죽을 자리를
찾아가는 거라 이 말씀이야."

"그렇다고 안 가?"

"가지, 가야지. 하지만 불이 났잖아."

"그렇지! 불이 났지."

회랑을 뛰어가던 파락호들이 슬슬 뒷걸음질까지 쳤다.

"어멋! 불이야!"

"어떡해! 쟤들 어떡해!"

다른 방에서 뛰어나온 기녀들이 불난 방을 쳐다보며 발만
동동 굴렀다.

화마는 거칠게 타올랐다.

물을 길어다 꺼야겠다는 생각조차도 하지 못할 정도로, 활
활 타오르는 게 당연하다 싶을 정도로 거세게 불타올랐다.

자연적으로 발생한 불은 절대 아니다.

시작하자마자 건물 전체를 핥아버린 것으로 봐서는 일부러
기름을 부었다.

"저기는 그렇다 치고, 다른 계집들은 꺼내야 하지 않을까?"

파락호들이 뛰쳐나온 기녀들을 보자 정신을 차린 듯 말했다.

"그걸 말이라고! 야, 여긴 틀렸어! 어서 빨리 밖으로 빠져나가! 그렇지 않으면 너희도 뒈져, 이것들아!"

파락호들이 고함을 지르며 산 여인들을 수습하기 시작했다.

덜덜덜!

참새가 품 안에서 떨고 있다.

술잔을 돌리면서 나긋나긋 미소 짓던 얼굴에 공포가 어렸다. 위협도, 협박도, 죽음의 느낌도, 하다못해 말 한마디 하지 않았는데 사시나무 떨 듯이 덜덜 떨어댄다.

"떨지 마라."

"네, 네."

그녀는 대답을 하면서도 떤다.

사람을 비정하게 죽였다. 몇 명이 죽었는지 파악하지 못하도록 불까지 질렀다.

방 안에서 죽은 사람은 모두 여섯 명이다.

그들 중에는 월아도 포함되어 있다. 시신이 바짝 타서 재만 남을 터이니, 초저녁부터 수다를 떨던 여인 모두가 죽은 것으로 판단할 게다.

이제는 아무도 모르는 곳에서 땅에 묻힌디 흰들 알아주는 사람조차 없게 되었다.

"가자."

팽효뢰는 월아의 허리를 부여잡고 신형을 쏘아냈다.

휘이익!

한 마리 야조가 달빛 아래 번뜩였다.

그를 발견하는 사람은 없었다. 모두들 불붙은 저택을 쳐다보느라 정신없었다.

*　　　*　　　*

파락호가 두 명 죽었다. 인의 장벽을 뚫기 위해서 죽인 거라는 건 누구나 짐작한다.

경계망을 뚫고 들어가서 하필이면 월아가 있는 방을 불살랐다.

불에 타 죽은 여인들은 모두 월아와 수다를 떨던 기녀들뿐이다. 월아와 친했던 기녀들만 싹 골라 죽였다.

"죽은 년이 몇이야?"

"여섯입니다."

"다행이군. 됐어! 살아남은 년들을 다른 데로 옮겨. 그리고 경계 좀 똑바로 서라! 두 놈이나 돼지도록 까마득히 몰랐다는 게 말이 되냐, 말이 돼!"

홍독사는 이만한 게 천만다행이라고 생각한다.

기녀들은 온갖 치정에 휘말린다. 개중에는 이번처럼 살인, 방화로 이어지는 경우도 있다. 이번 일 같은 건 흔하지는 않지만 전혀 없는 경우도 아니다.

홍독사는 그렇게 처리했다.

'최소한의 희생으로 방어막을 뚫었다!'

호가는 이 부분에 주목했다.

죽은 자들은 아주 극쾌한 솜씨에 당했다.

두 명이 거의 동시에 당했다. 베는 칼이 아니고 찌르는 칼인
데, 찔렀다가 빼내고 다시 찌른 칼인데 그런데도 두 명이 한순
간에 무너졌다.

무섭도록 빠른 칼이다.

그 정도의 무공을 지닌 자가 파락호들을 겁낼 이유가 있을
까?

없다. 겁낼 이유도 없거니와 은밀히 움직일 이유도 없다. 당
당하게 걸어왔다면 파락호들 모두 제삿날이다.

놈들은 간밤에 용궁 갔다 온 사실을 알까?

그만한 무공을 지닌 자가 숨어들 듯 파고들었다는 것은 희
생을 최소한으로 하기 위해서다.

사람 죽이는 것을 좋아하지 않는다.

다시 말해서 정파의 인물이다.

어려서부터 그런 교육을 받으면서 자랐기 때문에 극단의 순
간에도 인성(人性)이 곧게 작용했다.

기녀들 빙에 불을 지른 깃도 깊은 맥릭이다.

놈은 기녀들을 어쩔 수 없이 죽였다.

놈은 월아를 노렸다. 그녀를 노리고 뛰어들었는데, 운 나쁘게도 다른 기녀들이 있었다. 그래서 어쩔 수 없이 예정에 없던 살인을 하게 된 것이다.

이 세상에 월아를 노릴 만한 자가 누구이겠는가!

'팽효뢰……. 내가 놈을 잘못 평가했군. 예상 밖으로 신속하게 움직였어. 그것도 거칠게.'

호가는 팽효뢰가 이런 식으로 움직일 것이라고는 전혀 생각하지 못했다.

그는 정파 인물이다.

여인 하나 데려가자고 잔꾀를 부릴 자로 보지는 않았다.

월아가 없어지면 화살은 당장 하북팽가로 향하게 되어 있다. 누구라도 팽가를 주목한다.

그런데 지금처럼 거칠게 수를 쓰면 팽가를 쳐다보지 못한다.

심증은 있어도 감히 겉으로 표현할 수 없다. 혹시 하고 물어보지도 못한다.

팽효뢰가 이렇게까지 나올 줄은 정말 몰랐다.

'무엇이 놈을 이렇게 만든 거지? 이건 팽가 사람들의 수법이 아닌데. 팽가 사람들은 절대…….'

호가는 머리를 갸웃거렸다.

옛일에 대한 복수라면 이렇게까지 하지 않아도 된다. 자신의 신분을 드러내고 급습을 기해도 충분하다. 파락호들은 막아서지 못할 것이고, 월아는 숨을 시간이 없으리라.

기껏해야 그 정도라고 생각했다.

하지만 그것도 치졸하다. 대하북팽가의 후인이 암습에 걸린 것도 모자라서 복수까지 했다고 망신만 산다.

명예를 중요시하는 정파의 특성상 파락호들로 인의 장막을 둘러쳐 놓으면 당분간은 별일이 없을 줄 알았다.

'아! 혹시!'

불현듯 한 생각이 스치고 지나간다.

아무리 좋은 교육을 받고 자란 사람이라도 곧은 행동이 단번에 무너질 때가 있다.

가슴에 사랑이 스며들었을 때!

혹시 팽효뢰의 가슴에 월아가 깃든 것은 아닐까? 그렇다면 그의 거친 행동이 이해된다.

팽효뢰의 심중은 복잡할 게다.

사랑인지 증오인지 모를 감정이 휘몰아치고 있을 게다. 한없이 그립다가도 당장 때려죽이고 싶을 듯이 미워지는 감정, 그러면서 불타는 질투!

사랑과 미움은 하나다.

미움을 강하게 느낀다는 것은 그만큼 깊이 생각한다는 뜻이다.

그렇다면 다소 안심이 된다. 잡혀가기는 했지만 당분간은 별일 없을 것 같다.

그는 저택을 조망하기 좋은 장소를 뒤졌다.

쿵! 쿵! 쿵쿵!

흑풍이 코를 벌름거리고 산을 뒤지더니 곧 그럴듯한 장소를 찾아냈다.

"흠!"

호가는 탄식을 토해냈다.

흑풍이 찾아낸 곳에서는 불탄 저택이 환히 내려다보였다.

예감이 맞았기 때문에 탄식을 터뜨린 것이 아니다. 그곳에는 꽉 짓눌린 풀 더미가 발견되었다. 오랫동안 앉아 있어서 몸무게에 짓눌린 것이다.

누가 봐도 엉덩이 자국이 뚜렷하다.

'풀이 이 정도로 짓눌렸다면 적어도 이틀은 앉아 있었다는 것. 고민이 많았군.'

팽효뢰가 겪었을 고통, 번민, 고뇌가 느껴졌다.

그는 월아를 데리고 어디로 갔을까?

하북팽가로는 가지 못한다. 이런 식으로 납치한 것 자체가 정파 무인이 할 짓이 못 된다.

그는 숨었다.

'휴우! 미치겠네. 갈 길이 까마득한데, 왜 이렇게 발목을 잡는 인간들이 많나.'

호가는 흑풍의 머리를 쓰다듬었다.

흑풍은 이미 팽효뢰의 냄새를 각인시켰다.

저택에서는 불타 버린 잿더미 냄새 때문에, 시신에서는 피 냄새 때문에 그의 냄새를 각인하기 힘들었다. 하지만 이곳에는 그의 체취가 뚜렷하게 남아 있다. 무려 이틀이나 꼼짝도 하지 않고 한자리에 머물렀지 않은가.

"이놈이 찾긴 찾을 텐데……."

그녀를 찾아야 할지 말아야 할지 망설여진다.

팽효뢰를 찾으면 격전을 벌여야 한다. 그가 한 일이 있으니 쉽게 끝나지는 않을 것이다. 이쪽도 저쪽도 생사를 걸고 악착같이 싸워야 한다.

사실 그렇게 되면 이쪽보다는 팽효뢰가 더 급하다. 그는 자신의 치부를 감추기 위해서 무슨 짓이라도 할 게다.

날카로운 창끝은 피하고 보는 게 상책이다.

잠시 쉬어야 한다. 팽효뢰의 이성이 돌아올 때까지 기다리면 조금 더 순탄하게 일이 풀릴 것이다. 물론 월아의 신변에도 별다른 탈은 없을 것 같다.

이성적인 판단으로는 물러서는 게 당연했다.

하지만 그것은 판단일 뿐이다. 사람 일이라는 건 아무도 모른다. 만약 팽효뢰를 잘못 판단했듯이 이번에도 그의 행동을 잘못 예측하면 어찌 되는가.

흑풍이 까만 눈동자로 물었다.

'추적?'

호가는 머리를 크게 긁어주었다.

"가자! 찾아야지!"

2

츠으으읏!

명문혈(命門穴)을 통해 진기가 밀려들었다.

혼절한 루주는 진기를 받아들이지 못했다. 그래서 억지로 밀고 나가야만 했다.

'하마터면……'

독기는 전신에 퍼진 상태다.

해독단을 복용시키기는 했지만 칠보사의 독에 특화된 해독단이 아니기 때문에 즉효성(卽效性)은 없다. 하지만 그나마도 하지 않았다면 벌써 절명했을 게다.

팽효기는 진기로 독기를 밀어냈다.

이런 일은 진기 소모가 극심하다. 자신의 몸에 퍼진 독기를 밀어내는 것도 힘든 판이다. 하물며 타인의 몸에 깃든 독기를 밀어내는 건 말해 무엇 하랴. 장님이 길 한가운데 뿌리박힌 바위를 밀어내는 것도 이보다는 쉬울 것이다.

'끄응!'

독기를 간신히 하반신에 고착시킬 즈음,

스으으읏!

루주의 몸에서 진기가 일어나더니 독기를 밀어내기 시작했다.

팽효기는 그제야 손을 뗐다.

루주가 정신을 차렸다. 진기요상(眞氣療傷) 중임을 알아챘고, 재빨리 맞받았다.

이제는 루주 몫이다. 자신은 할 만큼 했다.

'위기는 넘겼어!'

진기로 독기를 밀어내는 일은 지난(至難)하다.

한두 시진 사이에 간단히 끝낼 수 없다. 몇날 며칠을 고생하는 것은 다반사다. 독기의 성질에 따라서는 평생 동안 고생하는 경우도 생긴다.

수십 차례에 걸쳐서 밀어내고 또 밀어내야 한다.

이럴 때 영약이나 영단은 상당한 도움이 된다. 그러나 그 역시 태양 볕에 봄눈 녹듯이 독기를 녹여내지는 못한다.

칠보사의 해독약을 구할 수는 없는가?

지금이라도 정통 해독약을 복용하면 한결 낫다. 독기를 씻어내기가 수월할 게다.

중독 즉시 복용했다면 즉효를 볼 수 있었다. 하지만 루주는 미련하게 싸움을 택했다. 그것밖에 선택할 길이 없었지만 그가 암사를 죽이는 순간, 그의 고생길도 활짝 열렸다.

어쨌든 이제 죽지는 않는다.

팽청치는 팽효기를 이해했다.

팽가에서 손자의 무공을 가장 잘 아는 사람은 그다.

여섯 살 어린 나이에 앙증맞은 손으로 목도를 들었다. 그 후로 곁눈질도 하지 않고 일로매진해 왔다.

손자는 철혈적성도법을 가장 원형에 가깝게 구사한다.

무인들이 흔히 저지르는 삭태 중 하나가 전승되어 온 무공을 자신에게 맞게 변형시키는 것이다. 무공이란 살아 있는 생물체인만큼 자신의 신체 특성에 맞게 뜯어고쳐야 한다고 믿는다. 원형 그대로 구사하는 건 죽은 무공이나 다름없다고 말한다.

무인들은 그렇게 해서 자신만의 무공을 창출한다.

무공도 시대에 맞게 발전할 필요는 있다. 정련 기술에 따라서 쇠의 강도가 달라지고, 얇은 칼로도 두꺼운 철퇴를 가르는 시대가 도래한다. 그렇게 세월은 변하는데 무공만 정체되면 곤란하다. 무공도 시대를 따라가야 한다.

하지만 오의(奧義)까지 따라가는 건…… 글쎄다.

대체로 각파의 절정 비기란 것들은 여러 사람이 머리를 맞대고 숙의한 끝에 만들어낸 것이 아니다.

절정비기는 논리로, 무리만으로 탄생할 수 없다.

하늘이 내린 절대기재의 가슴에 즉흥적인 감흥이 일어날 때, 천지의 기운이 한 몸에 응집되어 탁! 하고 뇌리를 두들길 때, 무공이 지극에 이르러 모든 무리를 망각한 상태에서 새로운 길, 새로운 무리가 눈에 보일 때, 대부분의 절정 비공은 그런 순간에 탄생한다.

그런 비기를 자신에 맞게 변형시킨다?

도대체 어떤 천재이기에 그런 일을 할 수 있단 말인가.

팽효기는 무공 수련에 있어서만큼은 눈곱만큼도 융통성을 부리지 않는다. 찌르라면 찌르고, 베라면 베고, 뛰어오르라면 뛰어오른다. 조금도 거스르지 않는다.

그래서 그의 진전은 느리다.

팽가오도가 무림에서 명성을 떨칠 때, 그는 여전히 철혈적 성도에서 벗어나지 못했다. 팽가 무인이라면 모두가 도전하는 혼원벽력도(混元霹靂刀)에도 눈길조차 주지 않았다.

오직, 오직 철혈적성도뿐이다.

그런 결과가 요즘 들어서 빛을 발하고 있다.

무림은 팽가오도를 팽가의 후기지수(後起之秀)로 손꼽지만 틀린 말이다. 팽가에는 팽가오도 말고도 서로 우열을 논할 수 없는 기재가 즐비하다. 그리고 팽효기는 그중의 한 명이 틀림 없다.

팽효기는 루주를 적수로 생각하지 않았다.

그를 죽이라는 명령 자체를 달가워하지 않을 만큼 하수 중 의 하수로 봤다.

그런 인식은 팽가연과의 싸움 이후에도 달라지지 않았다.

모든 사람이 루주를 경계했지만, 팽효기는 여전히 경계할 필요조차 없는 하수로 여겼다.

팽가연은 루주의 신법을 알아보지 못했다. 바로 곁에서 지 켜본 비연사도 역시 딱 부러지게 말하지 못했다. 한마디로 눈 앞에서 홱 사라졌다는 표현이 맞다.

팽효기는 그 일을 사술로 받아들였다.

인간의 움직임은 현실이다. 손발이 움직이고, 몸이 동선을 그려낸다. 눈앞에서 사라질 수 없는 것이다.

신법이 너무 빠르면 움직임을 놓칠 수가 있다. 하지만 그린 경우에도 지켜보는 사람은 어떻게 움직였는지 알아본다. 신법

명칭까지는 말하지 못해도 움직임을 설명할 수는 있다.

팽가연은, 비연사도는 아무 말도 못했다.

눈앞에서 번쩍하니 사라지더라? 그런 건 마술밖에 없다. 진짜 마술이 아니라 단순한 눈속임이다. 사람 눈을 속일 수 있을 때까지는 위력을 떨치겠지만, 누군가 실체를 파악해 내면 그 후부터는 여지없이 추락하고 마는 사술이다.

그러던 것이 단 일 합, 단 한 번의 겨룸으로 인식이 바뀌었다.

그는 진정으로 십검과 겨루고 싶어 한다.

첫 번째 일격에서 루주는 십검을 쓰지 않았다. 다른 때와 마찬가지로 혈파검만 썼다.

혈파검만으로도 무승부였는데 십검까지 쓰면 불리하지 않나?

아니다. 철혈적성도는 그림 안에 들어온 모든 병기를 막아낸다. 그리고 되친다.

루주가 십검을 썼다 해도 결과는 무승부다.

그게 팽효기가 생각하는 방식이다.

손자는 루주를 정식으로 깨고 싶어 한다.

사람들은 검치의 십검이라면 기부터 죽는데, 손자는 능히 극복할 수 있는 검공 정도로 받아들인다.

그래서 치료한다.

아마도 루주의 상세가 완전히 회복되기 전까지는 싸우지 않을 것 같다.

가문에서는 한시 빨리 정리하고 싶어 하는데, 가모를 생각해서라도 빨리 마무리 짓는 게 좋은데, 그래도 손자의 마음을, 아니, 하고 싶은 대로 내버려 두고 싶다.

손자가 십검을 이겨낸다면 그의 성취는 진일보할 게다.

절정 검공을 이겨낸 경험은 절정 비학을 새로 수련한 것과 같은 효과를 불러온다.

절대 비공과 싸워본 가치는 무한하다.

팽가의 후기지수에서 일가(一家)를 이룬 절대고수로 탈바꿈할 수 있는 기회다.

팽청치는 손자를 믿는다.

기껏 죽이라고 보냈더니 독상을 치료하고 있는 손자를 마음 편하게 지켜볼 수 있는 이유다.

그러나 준비를 시킬 필요는 있다.

십검이 옛날 그림에 그려졌던 그런 무공이라면 모두 바싹 긴장해야 한다.

팽효기를 보내놓고, 그래도 불안한 마음에 루주가 연습하던 나무 기둥을 살폈다.

혈파검은 새삼스러울 게 없다. 루주가 쓰는 검은 모두 혈파검이다. 언제 어느 때나 혈파검이 터진다. 그러니 격중당하면 어디를 찔렸든 부위에 상관없이 즉사한다.

팽청치는 목검이 박힌 상태를 면밀히 살폈다.

보고 또 보고, 분석하고 또 분석했다. 상식을 버리고 옛닐 십검 그림을 봤을 때, 그 충격을 상기시키면서 봤다. 그림에 기초해서 다시 살폈다.

나무 기둥은 놀라운 사실을 말하고 있다.

이검…… 이검은 동시에 터진다.

이미 짐작하고 있던 바이지만, 단순히 짐작하는 것과 실전 에서 나타나는 것과는 천지차이다.

인간이 육신으로 펼칠 수 없는, 정말 기가 막히고 환장할 일 이 벌어진다.

이검이 터지면 팽효기가 막을 수 있을까?

팽청치는 절반의 승부로 봤다. 절반은 막을 수 있고 절반은 막을 수 없다고 판단했다.

이 모든 게 팽효기를 보낸 후에 발견된 것이다.

어쩌면 암사의 습격이 팽효기에게 기회를 주었는지도 모른 다. 조금 더 확실하게 이길 수 있는 기회를.

그래서 그는 다른 손자들을 불렀다.

"칠보사의 해약을 가져왔다. 복용시키고 나면 회복이 한결 빨라질 게다."

팽효기는 질책 대신 이해를 해주신 조부님께 머리를 숙여서 감사의 뜻을 전했다.

가문의 입장이라는 것도 있는데, 그런 점을 무시하고 사욕 만 채우고 있으니 질책을 받아도 마땅하다. 그를 죽이러 온 자가 오히려 치료를 해주고 있으니 웃기지 않은가. 그런데도 조부는 그 부분에 대해서는 일언반구(一言半句)도 언급하지 않았다.

"가서 복용시키고 오너라."

팽효기는 조부와 같이 온 동생들을 쳐다봤다.

'너희들이 왜 이곳에?'

무언의 물음이 던져졌다.

동생들은 반가운 기색을 보였다. 하지만 곧 무표정한 신색
으로 돌아갔다.

그들에게서는 어떤 대답도 들을 수 없었다.

"칠보사의 해독약이다. 조부님께서 구해오신 거니까 믿어
도 좋다. 복용하고 안 하고는 네 자유고."

"줘."

"의심하지 않나?"

"죽일 것 같았으면 벌써 죽였겠지. 말하기도 힘들다. 줄 거
면 빨리 주기나 해."

"후후후! 배짱하고는. 맡겨놓은 물건 달라는 식이잖아."

팽효기는 핀잔을 주면서도 조부가 구해온 해독약을 내밀었
다.

이것으로 할 바는 다 했다. 이제부터 루주의 운명은 루주 자
신이 책임져야 한다.

진기를 주입시켰고, 영단을 복용시켰을 뿐만 아니라 칠보사
의 해약까지 직접 구해와서 복용시켰다.

적이 뭘 어떻게 더 하겠는가.

팽효기는 손을 털고 돌아섰다.

"내가 원하는 건 진정한 승부다. 어부지리(漁父之利) 같은 건 관심없어. 나서지 않았다면 모를까, 칼까지 뽑았는데 네 목숨 정도는 직접 거둬야지. 빨리 회복하길 바란다."

"네 목숨… 한 번 살려주마. 그냥 마음 편히 들어. 고깝게 생각하지 말고."

루주가 눈을 감았다.

운공을 하려는 게다. 적을 눈앞에 두고.

팽효기도 적을 맞이했다.

"저놈은 이해할 수 없는 검을 쓴다. 지금부터 그 이해할 수 없는 검을 막아내야 한다."

"수련하라는 말씀이십니까?"

"놀이 삼아 해봐라."

조부는 그런 말을 하면서 웃지 않았다. 웃을 일이 아니라는 거다. 진지하게 겨뤄야 한다는 뜻이다.

팽효기는 목도 두 자루를 들었다.

동생 두 명이 목도를 들고 있다. 둘째 동생은 하늘을 가리키는 상향세(上向勢)를 취했다. 위에서 아래로 내려치겠다는 뜻이다. 셋째 동생은 지당세(地撞勢)다. 상향세와는 정반대로 아래에서 위로 올려칠 게다.

그런데 방향이? 모두 왼쪽을 노린다.

지당세도 왼쪽 밑에서 위로 올라오고, 상향세도 왼쪽 위에서 아래로 내려쳐진다.

쌍도로 방향이 다른 두 자루의 도를 막아야 한다.

어려울 것 없다. 철혈적성도가 얼마나 뛰어난 무공인지 아는 사람은 이까짓 사이비 무공에 현혹되지 않는다.

"와!"

"그러잖아도 갑니다!"

두 동생이 뚜벅뚜벅 걸어왔다.

"뭐하는 거야?"

"설마 정식으로 겨루자는 건 아니죠? 그게 수련이 됩니까? 흐흐! 방식을 좀 달리해야겠습니다."

"무슨 소리야?"

팽효기는 어정쩡하니 목도를 든 채 두 동생을 쳐다봤다.

동생들은 코앞까지 바싹 다가왔다. 목도로 내려치면 제아무리 빨라도 걸릴 수밖에 없는 거리다.

"흐흐! 오늘에서야 형님을 한 대 후려갈길 수 있나 봅니다. 각오 단단히 해야 할 겁니다. 그동안 맞은 게 어디 한두 대였어야지."

그때, 조금 떨어진 곳에서 지켜보던 조부가 벼락같이 일갈을 내질렀다.

"이놈들! 지금 장난질이나 할 때냐!"

"알았습니다. 알았어요."

두 동생이 황급히 정색을 하며 목도를 쳐들었다.

팽효기도 마음을 차분히 가라앉히고 목도를 들었다.

거리가 이렇게 가깝다면 전력을 다해야 한다. 자칫하면 정말 동생들 말대로 일격을 당할 수도 있다.

"형님!"

"와!"

쒜엑! 쉑!

말이 끝나기가 무섭게 목도 두 자루가 날아왔다.

동생들은 신법을 펼치지 않았다. 그럴 필요가 없을 정도로 가깝다. 루주의 사술 같은 신법을 염두에 둔 조처다.

따딱!

경쾌한 소리가 울렸다.

팽효기는 정확하게 두 동생의 검을 막아냈다. 그가 그려놓은 그림 속으로 목도가 들어서는 순간, 육신이 움직이기에 앞서서 영혼이 도기를 뿜어냈다.

이 정도로는 철혈적성도를 깨지 못한다. 그런데,

"늦어! 더 빨리!"

동생들이 조부님을 쳐다봤다.

여기서 더 빨리 칼을 쓰려면 진기를 써야 한다. 육신의 힘으로는 더 이상 빠를 수 없다.

"빨리!"

조부는 차가운 눈빛으로 재촉했다.

"형님!"

"해라."

팽효기는 잔뜩 긴장하며 목도를 들었다.

거리가 너무 가깝다. 거기에 진기까지 써가면서 목도를 휘 두르면 그야말로 번개가 터질 게다.

이제는 장난이 아니다. 자칫하면 동생들 목도에 맞아 죽는 경우도 생길 수 있다.

'겨우 이검이 이 정도면 십검은…….'

그는 조부가 염려하는 바를 안다. 그래서 묵묵히 수련에 따른다.

쒜엑!

목도 두 자루가 떨어졌다.

따악! 퍼억!

팽효기는 한 자루만 간신히 막았다. 아니, 두 자루 다 막았다. 하지만 진기 실린 검이 강력하게 밀고 들어왔다. 급히 힘을 주어서 한 자루는 막았지만 다른 한 자루는 밀리고 말았다.

"큭!"

"괜찮으세요?"

"괜찮아."

팽효기는 손을 저으며 일어섰다.

'이거였군.'

그는 조부가 걱정하는 게 무엇인지 비로소 알았다. 맞아보고 나니 자신의 약점을 깨달았다.

철혈적성도는 완벽했다. 다만 자신의 수련도가 아직 미흡하다.

상상 속의 그림 안으로 검이 들어오는 것은 지켜보고 막아서기까지 하지만 힘이 없다.

　힘에서 밀린다.

　'혈파검!'

　'당했다.'

　팽청치는 두 눈을 찔끔 감았다.

　하마터면 손자를 잃을 뻔했다. 루주와 두 번째 격돌을 벌였
다면 죽는 자는 손자였다.

　진기 실린 검은 혈파검이다.

　쇠든 바위든 무엇이든 부숴 버리는 천하 최강의 힘이 곡도
를 친다. 그리고 두 자루의 병기는 상잔(相殘)된다. 하지만 그
사이 또 한 자루의 검이 육신에 틀어박힌다.

　팽효기는 이도일체(二刀一體)가 되지 않는다. 그래서 두 자
루의 곡도를 쓸 때 속도 차이가 난다. 오른손잡이이기 때문에
오른쪽이 조금 더 빠르다.

　방금 전, 그는 목도 두 자루를 막아냈다. 하지만 힘에 밀렸
다. 밀어오는 힘에 오른손은 즉시 반응했지만, 왼손은 익숙하
지 못해서 밀려 버리고 말았다.

　그런 현상이 루주와의 싸움에서도 일어난다.

　루주는 이검을 동시에 쓴다.

　완벽한 이검일체(二劍一體)가 되어서 마치 두 사람이 동시에
공격한 것과 같은 효과를 끌어낸다.

　간발의 차이로 병기의 상잔 대신에 육신을 치게 되는 것이다.

팽청치는 두 눈을 부릅떴다.

"막아라! 막을 때까지 수련한다!"

3

암사가 죽었다.

귀살왕은 암사의 시신을 보자마자 주위부터 훑었다.

이놈이 왜 여기 죽어 있는가. 무슨 일이 있었는가. 누구에게 어떤 상황에서 죽은 것인가.

'이건!'

풀숲 속에서 독침을 발사할 때 쓰는 대롱을 찾아냈다.

대롱 끝에서는 생선 썩는 냄새 같은 역한 냄새가 풍겼다. 독침이 발사되면서 칠보사의 독기가 묻은 것이다.

이로 보건대 암사가 독침을 썼다.

암사가 독침을 썼다는 것은 두 번 다시 잡을 수 없는 완벽한 기회를 잡았다는 뜻이다.

'싸움!'

퍼뜩 떠오른 생각이다.

그는 암사가 즐기는 살행을 안다. 어떤 경우에 독침을 쓰는지도 잘 안다. 바로 그런 방법들을 자신이 가르쳐 주었기 때문에 모를 수가 없다.

근처에서 싸움이 있었다. 아니, 바로 이 자리다. 암시 같으면 실패를 염려하지 않아도 될 정도로 가까이 근접했을 게다.

어떠한 변수에도 불구하고 십 할 명중시킬 수 있어야 한다.

바로 이곳에서 다른 데 신경을 돌릴 수 없을 만큼 격렬한 싸움이 있었다.

암사는 그 틈을 노렸고, 죽었다.

'바보 같은 놈!'

귀살왕은 제일 마지막으로 암사의 시신을 살폈다.

머리가 깨져서 죽었다. 단단한 몽둥이 같은 것으로 둔탁하게 가격당했다.

독침을 쓴 다음에 잡혔다? 그럼 돌아올 대가는 끔찍하다. 이 정도 선에서 죽은 게 천만다행이다. 심성이 독한 놈을 만나면 온몸이 걸레처럼 찢어지는 참변을 당한다.

'칠보사의 독에 중독되었단 말이지. 그런데 암사 이외에 다른 죽음은 없어. 싸움은 있었는데 죽음이 없다……. 팽가 그놈들이 쓸데없는 짓을 했군.'

그는 모든 상황을 읽었다.

살수에게 최적의 기회가 찾아온 것이다.

루주는 쉽게 찾았다.

중독된 사람을 데리고 멀리 간다는 건 생각할 수 없다. 들짐승 정도만 피할 수 있는 간단한 은신처에 있을 게다.

그를 찾는 기준은 간단했지만, 가장 적절했다.

중독된 루주를 찾았다. 그와 싸운 자, 그리고 그를 구한 자가 누구인지도 알게 되었다.

'멍청한 놈!'

귀살왕은 팽효기를 이해하지 못했다.

무인의 알량한 승부욕인가? 그런 건 필요없다. 괜히 멋지게 보이려다가 뒈지는 수가 있다.

정당한 승부 같은 건 없다.

일대일의 승부를 가리켜서 정당한 승부라고 하는 모양인데, 그런 승부조차도 상대의 허점을 파고드는 것은 똑같다. 방심을 불러일으키고 환공(幻功)을 써서 눈을 현혹시키고…… 좌우지간 속임수가 들어가지 않은 게 없다.

뭐가 정당한 승부란 말인가.

죽이면 끝난다.

비열한 놈이라고 욕을 얻어먹어도 죽은 놈보다는 산 놈이 나은 법이다. 괜히 멋 부리다가 개죽음당하느니 야비한 방법을 써서라도 산 놈이 되련다.

그는 그의 기준으로 봤을 때, 세상에서 가장 멍청한 놈이 자리를 비울 때까지 기다렸다.

지금은 하북팽가와 부딪칠 수 없다.

팽가 무인에 대해서 청부가 들어오면 마다할 리 없지만, 지금처럼 자신이 드러난 상태에서는 모든 걸 조심해야 한다.

도인이 죽는 바람에 귀동이 드러났다.

이제는 암사까지 죽었다. 이후, 팽가 무인이 이유 없이 죽는다면 그 즉시 귀동을 압박할 게다. 하기는 그래 봤자 귀동은 이미 와해된 것이나 다름없으니 무서울 것도 없다만…….

끈기있게 지켜보았다.

팽효기가 언제까지나 루주 곁에 붙어 있을 수는 없다. 지켜보다 보면 반드시 틈이 생긴다.

드디어 기회가 찾아왔다.

팽효기는 사라졌고, 루주는 운공조식에 몰두하고 있다.

살수에게 이보다 더 좋은 기회는 찾기 힘들 것이다.

스윽!

음지를 골라 움직였다.

그의 신법은 살천루에서 나왔다. 은밀제일(隱密第一)이라고 불리는 사은신법(蛇隱身法)이다.

숫! 스윽!

그는 두 눈을 루주에게 고정시킨 채 뱀이 풀숲을 기어가듯 스르륵 움직였다.

암사는 이 신법으로 두 고수의 이목을 따돌렸다.

팽효기와 루주가 온 신경을 팽팽하게 곤두세운 채 겨룸을 벌이고 있었다지만 암사의 존재를 눈치채지 못한 것은 사실이다.

그는 암사가 그랬던 것처럼 독침이 든 대롱을 꺼냈다. 그리고 힘껏 불었다.

훅! 퍽!

독침은 운공조식 중인 루주의 심장에 틀어박혔다.

암사는 주로 정강이를 노렸다.

살아서 팔팔하게 날뛰는 맹수를 잡기 위해서는 움직임을 둔

화시킬 필요가 있다. 그러니 암사가 정강이를 노린 것은 조심해서 그런 것이 아니라 필연이다.

지금처럼 움직임과는 상관없을 때, 독침을 맞고도 움직일 여력이 없을 때, 이런 순간까지 정강이 같은 곳을 노릴 필요는 없다. 지금과 같은 때는 독이 가장 빨리 퍼질 수 있는 곳을 노려야 한다.

스륵! 툭!

가슴 앞에서 합장하고 있던 손과 고개가 맥없이 풀렸다.

심장에 독침을 맞았으니 저항하고 자시고 할 틈도 없다.

'당했다!' 하는 생각이 드는 순간, 온몸이 마비되면서 정신 줄을 놓았으리라.

"흐흐흐!"

귀살왕은 음침한 괴소를 터뜨리며 일어섰다.

암사가 멍청하기는 했지만 그가 목숨을 버리면서 행한 일 때문에 루주를 너무나 쉽게 잡았다.

지금까지 숱한 살행을 해왔지만 이번처럼 쉬운 적도 없다.

귀살왕은 루주를 향해 다가섰다.

단언컨대 세상에 그 어떤 인간도, 설혹 신이라고 해도 심장에 독침을 맞고는 살 수 없다.

마지막 정리를 할 것도 없다. 숨이 끊어진 것만 확인하면 된다.

그러나 십 할 확신을 가졌어도 죽음을 확인하기 전에는 긴장을 풀지 못하는 게 인간이다.

귀살왕은 어떠한 움직임에도 즉시 반격할 수 있는 만반의
태세를 갖추고 조심스럽게 다가섰다.

루주는 꼼짝도 하지 않았다.

지근거리까지 다가섰을 때, 귀살왕은 독침이 제대로 꽂혔는
지부터 살폈다.

독침은 정확하게 심장을 꿰뚫었다.

"흐흐흐!"

이번에는 자신있게 웃었다.

죽음을 확인할 차례!

쒜엑!

그는 쇠로 만든 선장(禪杖)을 높이 쳐들고 병아리를 낚아채
는 솔개처럼 달려들었다.

그가 죽음을 확인하는 방법은 다시 한 번 죽이는 것이다. 의
심의 여지가 없을 정도로 완벽하게 으깨놓는다.

그때, 죽어 있던 루주가 깨어났다.

번쩍 두 눈을 뜬다. 자신을 향해 선장을 휘두르는 방갓무인
을 노려본다.

'엇!'

귀살왕은 소스라치게 놀랐다. 하지만 이미 기호지세(騎虎之
勢)다. 뒤로 물릴 수 없다.

루주가 옆에 놓아두었던 목검을 집어 들며 일어섰다. 정신
이 제대로 수습되지 않는지 뒤뚱거리면서.

쒜엑! 쉑!

선장이 가격되고, 목검이 발버둥 치듯이 힘겹게 들렸다.

'정상이 아냐! 이겼어!'

숱한 생각이 주마등처럼 스쳐 갔다. 그 순간,

팡!

선장과 목검이 부딪치는 순간, 갑자기 손아귀가 허전해지는 느낌이 들었다.

선장의 무게가 느껴지지 않았다. 뭐랄까? 갑자기 선장이 사라져 버린 느낌이랄까?

진기를 모두 쏟아부은 터였다. 그런데 선장이 사라지자 상반신이 내려치는 힘에 이끌려 앞으로 쏠렸다. 그리고,

픽!

태양이 폭발했다. 세상이 사라졌다. 그리고 눈을 뜰 수 없을 만큼 강렬한 빛이 가득 퍼졌다.

사람들은 죽음을 생각하지 않고 산다.

언제든 다가올 수 있는 것이 죽음인 줄 알면서도 신기할 만큼 생각하지 않는다.

삶과 죽음은 거리가 없다. 동전의 앞뒷면처럼 늘 같이 붙어 다닌다. 삶이 양지라면 죽음은 음지인 셈이다. 그래서 삶을 보고 있는 동안에는 죽음이 보이지 않는다.

귀살왕은 선장을 내려치는 순간에도 죽음을 생각하지 않았나. 사신이 죽을 것이라는 생각을 진히 하지 않은 채 죽었으니 행복한 살수라고 할 수 있다.

"후후! 후후후!"

루주는 툴툴 웃었다.

어려서부터 힘들 때는 웃는 버릇이 생겼다.

너무 힘들면 웃음조차도 나오지 않는데, 그럴 때조차도 얼굴을 일그러뜨리며 웃었다.

이제는 자연스럽게 웃음이 흘러나온다.

귀살왕이 죽었으니 끝난 것인가? 적어도 한 부분은 안심해도 되는 것인가? 아니다. 그 여자가 앙심을 품었다. 자신을 죽이지 못해서 안달이다.

하북팽가가 전면에 나설 수도 있다.

또 다른 집단에게 살인 청부를 할 수도 있다.

어떤 식으로든 계속 밟아올 게다.

후후후! 행복을 짓밟은 대가이니 받아들여야 하나? 그런데 어쩌나? 이쪽도 아직 반격이 끝나지 않았는데 말이다.

그는 가슴에 박힌 독침을 뽑아냈다.

하마터면 꼼짝없이 죽을 뻔했다.

하고 많은 죽음 중에 운공조식을 하다가 죽는 모습은 상상해 보지 않았는데, 그런 일을 당할 뻔했다.

'설언……'

주설언이 생각난다.

그녀가 만들어준 가죽 요대가 아니었다면 독침이 심장을 뚫고 들어왔으리라. 등에 검을 꽂으라고 가슴을 휘두른 특이한 요대를 만들었는데, 덕분에 목숨을 구했다.

사실 이런 일은 벌어져서는 안 되는 거였다.

살수가 노리는 줄 알았다면 조금 더 긴장했어야 한다. 더군다나 살수와 싸운 직후이지 않나. 아무리 중독된 상태라고 해도 긴장의 끈을 늦춘 건 변명의 여지가 없다.

그는 움직일 힘이 남아 있지 않았다.

운공조식 중에 기습을 눈치채고 급히 진기를 풀었다. 그러는 바람에 운공을 풀기는 했지만 진기가 산산이 흩어져 버렸다.

육신이 받은 내부적 타격도 크다.

그는 중풍 맞은 사람처럼 손발을 덜덜 떨면서 진기를 끌어모았다.

귀살왕이 조심하지 않고 덥석 덮쳐 왔다면 꼼짝없이 당했을지도 모른다. 하지만 그는 조심했고, 덕분에 약간의 진기라도 거둬들일 수 있었다.

그야말로 삶과 죽음은 서로 등을 맞대고 있다.

"후후후! 후후후후!"

그는 웃으면서 앉았다.

일이 있었지만 운공조식은 계속해야 한다.

물은 일정한 온도에 이르러야 끓는다. 불기를 아무리 많이 넣어도 그 온도까지 올리지 못하면 물은 끓지 않는다.

운공조식으로 독기를 몰아내는 것도 마찬가지다.

진기가 놀고 놀아서 충분한 가속이 붙었을 때, 그때에서야 여독이 밀려 나가기 시작한다.

루주는 가부좌를 틀었다.

츠으웃! 츠츠츠츳!

진기로 독기를 태우고, 태워지지 않는 것은 밀어내고……

여독을 제거하는 일은 고단했다.

"후우!"

루주는 탁기를 뿜어내고 상큼한 공기를 들이마셨다.

한결 몸이 개운하다. 예전 같지는 않지만 운신(運身)에는 지장이 없다. 귀살왕과 싸울 때는 일어서는 것조차 힘들었는데, 이제는 주위를 산보할 정도는 된다.

"뭔 일이 있었어?"

맹삼력이 멀리 떨어져 있다가 가까이 다가오며 물었다.

운공에 방해가 될까 봐 가까이 다가오지도 못하고 멀찍이 떨어진 곳에서 서성거린 것이다.

"조그만 일들이 있었지."

"조그만 일은 아닌 것 같은데? 이놈 뭐야?"

"귀살왕."

"빨리 움직였군."

맹삼력이 놀라지 않고 말했다.

그렇다. 이게 정상이다. 살수가 움직인 걸 알았으면 맹삼력처럼 항시 준비하고 있어야 한다. 그런 사실을 잠시라도 망각했으니 독침에 당한 게 싸다.

"갔던 일은?"

"잘됐어. 내일쯤이면 검치 제자가 무림에 나섰다고 소문이 쫙하게 날 거야."

"수고했어."

"얼마 들었는지 안 물어?"

"얼마 들었는데?"

"많이. 하하하!"

"후후!"

두 사람은 같이 웃었다.

소문을 내는 데도 돈이 든다. 북경을 넘고, 하북을 넘어서 중원 전역에 퍼지는 소문이라면 상당히 많은 돈이 든다.

일단 역참(驛站)을 움직여야 한다. 장사꾼도 사는 게 좋다. 팔자에 역마살이 낀 자들은 모두 돈을 먹인다.

그들이 사방팔방에서 입을 열기 시작하면 며칠이 지나지 않아서 전 중원이 알게 된다.

"이제 우리 완전 알거지다."

"우리가 언제 돈 가지고 살았나."

"그래도 있다가 없으니 많이 아쉽다. 이제는 술도 마음대로 못 마실 거 아냐."

맹삼력이 칠절편을 꺼내 들면서 말했다.

루주 몫은 천요루가 불타면서 거의 사라졌다. 그동안 기녀들을 풍족하게 거둬 먹이느라 모두 소진해 버렸다. 호가 몫도 기녀들에게 돌아갔다. 그녀들을 위해 서백을 구입하고, 홍독사에게 미끼로 던져주면서 한 푼도 남지 않았다.

이제 맹삼력의 몫까지 사라졌다.

평생 놀고먹을 수 있는 거액인데, 그만한 돈을 손에 쥐어보기도 어려운데……. 그래도 아깝지 않다.

맹삼력은 죽음을 안다.

삶과 죽음이 같은 순간에 공존한다는 사실을 뼈저리게 절감하면서 사는 사람 중 한 명이다.

언제 죽을지 모르는 목숨, 수중에 한 푼이 있으면 어떻고 만금이 있으면 어떤가. 죽음 앞에서 신외지물(身外之物)은 떡 한 조각보다도 가치가 없다.

"쉬고 있어라. 난 잔가지 좀 치고 올게."

그가 칠절편을 들고 일어섰다.

"허! 이놈들……."

맹삼력은 숲을 걸으면서 사방으로 눈길을 주었다.

"이놈들아! 보인다, 보여! 미숙하면 나서지를 말든가, 나섰으면 목숨이라도 내놓든가."

"……"

숲은 조용했다.

"그놈들도 참. 정말로 보인다니까! 되게 안 믿네."

맹삼력은 칠절편으로 커다란 나무 위를 가리켰다.

"거기 너! 다 보여, 인마! 그따위 둔술(遁術)로 뭘 하려고……! 내 기가 막혀서. 이놈아, 집에 가서 애나 봐!"

그의 진기 실린 고함 소리가 쩌렁 울렸다.

그는 지금 이 순간에도 고민하는 중이다. 이놈들을 어떻게 하는 게 좋을까?

어설프다고는 하지만 실수 짓을 하면서 사람을 죽여본 적이 있는 살인귀들이다. 고수는 아니지만 기본적인 공부는 벗어났고, 살인하는 방법도 두루 익혔다.

한 명이 움직이면 약자(弱者)일지 몰라도, 두 명이나 세 명이 함께 움직이면 웬만한 일은 해낼 수 있는 강골(强骨)이 된다.

귀살왕은 이들을 제대로 써먹지 못했다.

귀살왕의 관점에서 보면 독자적으로 고급 살행을 완벽하게 해낼 수 있는 자만 눈에 들어왔으리라.

이들을 포섭할까?

또 다른 생각도 든다.

자신들이 언제 수하를 부리고 살았는가. 닥치면 닥치는 대로 뚫고 나오지 않았는가. 지금이라고 해서 다를 것 없다. 회자수와 싸우든 하북팽가와 싸우든 자신들만으로 충분하다. 그리고 그런 싸움에 이런 자들은 도움이 되지 않는다.

"너희들, 잘 들어! 야, 이 병신들아! 나오지도 못할 것 뭐하러 왔냐! 암사가 어떻게 되지? 교두(敎頭)냐, 사형(師兄)이냐? 좌우지간 암사가 죽고, 동주까지 죽었는데… 쯧! 그래도 기어 나오지 못하고 숨어 있는 꼴들이라니! 이놈들아, 무림은 이따위 배짱으로는 하루도 버티지 못해!"

그때다!

훅! 훅훅!

여기저기서, 아주 가까운 거리에서 한숨 같은 소리들이 우수수 쏟아졌다.

독침이다. 루주가 당했던 바로 그 독침!

맹삼력은 재빨리 신형을 띄웠다. 루주의 말을 듣고 진작부터 방비하고 있던 터라 크게 당황스럽지는 않았다. 아니, 아주 손쉽게 피할 수 있었다.

그에게는 세상의 소리를 확대해서 들을 수 있는 상청공이 있다. 마음만 먹으면 개미 기어가는 소리까지도 들을 수 있다. 두 눈이 없어도 두 귀만으로 싸울 수 있다.

쒜엑! 촤라라락!

허공에서 휘두른 칠절편이 독침들을 낙엽처럼 떨궈냈다.

"자식들! 다 보인다니까!"

쒜에엑!

칠절편이 독침을 떨구는 데 그치지 않고 숲까지 덮쳤다.

'배짱은 있는 놈들!'

이 순간, 맹삼력은 결정을 내렸다.

머리 잃은 몸뚱이를 거둔다. 크게 쓸모가 없어 보이는 놈들, 어디에 쓸까 모르겠다만 일단은 거둬두는 것도 나쁘지 않을 것 같다. 하다못해 장작이라도 구해오면 낫지 않겠나.

"받아봐, 이놈들아! 이게 바로 구마삭이다!"

쒜액! 쒜에엑! 쒜에에에엑!

칠절편이 숲을 쓸었다.

거두기로 했으니 기가 죽을 만큼 강력하게 공격한다. 목숨을 잃지 않도록 딱 그 정도만 공격한다.

"크윽!"

"컥!"

살수 두 명이 칠절편을 맞고 나가떨어졌다.

"일 초다! 내 약속하는데 너희 놈들, 십 초 안에 무릎 꿇리마! 하하하! 십 초만 참아봐라!"

십 초. 이들은 결코 천산파의 절학을 받아내지 못한다. 내공이 되살아나기 시작한 지금에서는 더더욱 받지 못한다.

운이 좋은지 나쁜지 알 수 없는 놈들. 당장 목숨을 잃는 건 아니니 좋은 편인가?

第十三章

절학(絕學)의 단조

1

일 배, 일 배, 일 배······.

부처님께 절을 드린다.

매일 천 배의 절을 올린 지 보름. 일만 오천 배의 염원이 부처님께 맺혔다.

가모는 천 배의 절을 올린 후 가벼운 산책을 한다.

암자 밖으로 나서서 평탄한 숲길을 반 시진 정도 걷는다.

소나무가 울창하게 자라 있어서 걷기만 해도 기분이 상쾌해진다. 솔 향이 묵은 때를 다 씻어주는 것 같다.

그러나 팽효문과 팽가오도는 솔 향에 취하지 못한다.

가모께서 암자 밖으로 나오는 유일한 시간이나. 철통같은 경계망이 깨지는 시간이기도 하다. 그래서 솔 향이 진할수록 긴장감은 더욱 고조된다.

누가 감히 송화암까지 건드릴까.

모두들 그렇게 생각한다. 하지만 바로 그런 점을 경계해야 한다고 배워왔다.

"가주께서는 안녕하시지?"

가모는 암자 밖으로 나오면 다시 속세와 인연을 맺는다.

뭐니 뭐니 해도 가장 궁금한 것은 가주의 안위다. 속 썩는 일은 없는지, 하루 세 끼 식사는 꼬박꼬박 하고 있는지. 산책길에서 제일 먼저 가주의 안위를 묻는 것에서부터 속세와 접촉한다.

팽효문이 대답했다.

"안녕하십니다."

"별다른 일은 없고?"

"이게 별다른 일이 될지 모르겠는데… 월아라는 기녀가 불에 타 죽었답니다."

"월아?"

"효뢰를 유인한…….'"

순간, 가모의 발길이 우뚝 멈춰 세워졌다.

"그… 기녀가 불에 타 죽었어?"

"네."

"몇 명이나, 몇 명이나 화를 당했다더냐?"

"대여섯 명쯤 되는 모양입니다."

"다른 기녀는 무사히 몸을 뺐고?"

"네."

"그녀들 외에는 다친 사람도 없고?"

"외곽 경계를 서던 파락호들 두어 명이 칼에 찔려서 죽었는데, 그로 미루어서 원한 관계가 아닌가 짐작됩니다."

"방화란 말이군."

"네."

"휴우! 그나마 천만다행인 것을. 참 모진 게 사람이야. 불까지 낼 필요는 없을 것 같은데. 쯧! 나무아미타불 관세음보살."

가모는 두 손을 모아 합장했다.

젊음을 미처 꽃피우지 못하고 스러져 간 처자의 명복을 비는 성모의 모습이다. 하나 그녀의 머릿속은 남녀 사이에서 벌어질 수 있는 여러 가지 사단이 번잡하게 떠오르고 있었다.

'효뢰다!'

그녀는 단번에 월아의 죽음 뒤에 팽효뢰가 있음을 직감했다.

말을 대충 들어보았지만 천요루 기녀들 중에 불타 죽은 사람은 월아를 포함해서 몇 명 되지 않는다.

표적으로 선택되었다는 뜻이다.

한데 그녀는 그녀들의 죽음, 분사(焚死)에 주목했다.

대체로 분사는 죽음을 은폐할 때 쓰인다. 원한에 의한 죽음으로는 잘 쓰이지 않는다.

그녀들을 죽인 게 팽효뢰라면 왜 분사를 댁했을까? 외곽 경계를 서던 파락호들의 시신은 숨기지 않았으면서 왜 기녀들에게만 불을 질러서 시신을 알아보지 못하게 했을까?

죽음을 은폐시킨 것이다.

다시 말하면 월아는 죽지 않았다.

'남녀의 정이란……'

가모는 다시 발을 옮겨 산책에 나섰다.

팽효뢰의 움직임은 완벽하지 않다. 팽효뢰의 성격과 월아가 벌인 일을 동시에 알고 있는 사람이라면 방화 뒤에 숨어 있는 진짜 행동을 읽을 수 있다.

물론 기녀들의 죽음은 대수롭지 않다.

팽효문과 팽가오도만 해도 월아의 죽음에 아무런 이상도 느끼지 못한다. 아주 조그만 기미조차도 눈치채지 못하고 있다.

기녀들의 죽음이란 그토록 값어치 없다.

하북팽가의 모든 무인이 그렇다.

그들은 월아를 알고 있지만, 그녀의 죽음은 입에 올렸다가 내려 버리는 잡담거리에 지나지 않는다. 하찮은 벌레와 같은 그녀가 죽었다 한들 깊이 생각할 이유가 뭐란 말인가.

그런데 그렇지 않은 자들이 있다.

그들은 시빗거리만 생기면 파고든다. 생각할 가치가 없는 일조차 깊이깊이 고민한다. 머리 좋은 자들이 하루 종일 하는 일 없이 빈둥거리다 보면 그렇게 된다.

하북팽가의 은자(隱者)들!

그들은 팽효뢰가 무슨 일을 저질렀는지 파악했으리라.

'흠!'

가모는 상큼한 솔 향을 맡으면서 숲길을 걸었다.

"참! 귀살왕이 루주를 급습했다가 오히려 당했다더군요."

팽효문의 음성에 적의가 묻어났다.

하북팽가에서 루주와 당장 싸워도 하등 이상할 것이 없는 사람을 꼽으라면 팽효문과 팽가오도다.

놈이 가모를 습격했다.

결단코 용서할 수 없다.

팽가주가 어떤 마음에서 놈을 용서했는지 모르겠지만, 이 부분에 대해서만큼은 분명히 가주와 입장이 다르다. 절대로 가주의 뜻을 따를 수 없다.

두들겨 맞은 분풀이로 겁만 주려고 했다?

지나가는 똥개가 웃을 변명이다.

언제가 될지 모르지만 우연이라도 놈과 부딪치는 날이 오면 생사결전(生死決戰)이 벌어지리라.

이들은 루주라면 이를 간다.

그렇다고 루주를 무시하지는 않는다. 처음에는 무시하는 면이 없지 않아 있었지만 지금은 다르다. 그가 검치의 제자라는 게 알려지면서부터 절대로 무시해서는 안 되는 강적으로 인식하고 있다.

실제로 팽가연이 당했다.

그녀와 비연사도가 합공을 펼치고도 죽이지 못했다는 건 매우 근 충격이다.

팽효문은 팽가연과 비연사도의 합공을 자신하지 못한다.

팽가오도 역시 마찬가지다. 그들 중 누구도 그들 다섯 여인의 합공을 태연히 웃으면서 받아낼 사람이 없다.

루주는 그런 일을 했다.

이만하면 강적 중에서도 최상의 강적이 아닌가.

한데 그런 점이 팽효문과 팽가오도를 더욱 분노케 한다.

당당히 검을 들고 들이쳤어도 무방한 놈이 잔꾀를 부렸다는 데 분노한다. 정도 문파의 체면이 뭐라고 제 발로 기어들어 온 놈을 눈앞에서 놓아주었는가.

그 결과 지금은 어떤가?

놈이 하북팽가를 농락했다. 그런데도 하북팽가는 놈을 치지 못한다. 이미 용서했기 때문이다.

정도 문파라는 굴레가 비루한 놈에게 개망신을 당하고도 참아야 하는 인내로 이어지고 있다.

그런 판에 귀동이 나섰다.

그들이 왜 루주를 노리는지는 모르지만, 어떻게라도 죽여주기만 하면 마음이 조금 풀릴 것 같다.

그런데 도리어 죽었다.

이제는 정말로 루주의 무공을 분석해 볼 시간이다.

전력을 다해야 할 강적으로 인정하고, 놈을 꺼꾸러뜨릴 수 있는 초식을 연구해야 한다.

이들은 결코 바보가 아니다.

분노를 앞세워서 현실을 직시하지 못할 정도로 우둔하지 않다.

그러나 지금 가모에게는 팽효문의 마음이 와 닿지 않았다. 그가 무엇을 생각하건, 루주를 어떤 식으로 대하건 지금 이 순간만큼은 관심 밖이었다.

'귀동이… 당했어.'

지금 그녀의 심정은 좋지도 나쁘지도 않았다.

귀동이 성공해서 귀찮은 혹을 떼어줬으면 하는 심정이 있다. 또 귀동이 실패했으면 하는 바람도 있었다. 단순한 실패는 의미없다. 루주의 진공이 검치의 무공임을 입증하면서 실패했어야 한다.

결과는 후자다.

놈은 검치의 제자가 분명하다.

살수들과 인연 끊기 위해서 송화암에 거주했다. 이제 살수들이 모두 죽었으니 그들과의 모든 연관 고리가 끊겼다. 송화암에 머물 이유가 없어진 게다.

"오늘로 일만 오천 배. 이 정도면 죽은 아이도 마음 편히 저승길을 가겠지. 돌아갈 준비를 해줘."

"돌아가십니까?"

"그래야지."

"알겠습니다. 오늘 당장 출발하실 수 있도록……."

"천천히 해. 오늘은 늦었으니까 쉬고, 내일 아침에 출발하는 게 좋겠어."

"알겠습니다. 그럼 그렇게 하겠습니다."

팽효문이 밝은 표정으로 말했다.

하루의 여유는 그녀에게 필요했다.

"난 돌아간다."

"흐흐! 저흰 남아야겠죠?"

"뒤따라 와서 가산(家山)에 있어주면 좋겠는데."

"어느 분의 하명이시라고 거절하겠습니까? 도착하시기 전에 미리 가서 자리 잡고 있겠습니다."

"가산에는 은자들이 있으니까 조심해야 할 거야."

"걱정 마십시오."

츠츳! 츠츠츠츳!

음성이 파동이 되어 공기를 뒤흔든다. 미음전성이다.

하북팽가의 무인들은 이런 공부를 알지 못한다. 무엇인가 이상한 느낌은 감지할 수 있을 게다. 하지만 그런 경우에도 그저 스산한 기운 정도로 덮어버리고 지나칠 게다.

"그 계집은?"

"아직 그대로……."

"아직도 주변을 살펴보지 않고?"

"여전합니다."

"탈출하겠군."

"흐흐흐! 부처님 손바닥 안의 오공이죠."

"자리를 잡으면 주변을 뒤져 봐. 팽효뢰가 계집 하나를 잡고 있을 터. 발견하면 오망정(烏望井)으로 보내."

"팽효뢰, 계집, 오망정. 흐흐흐! 그리합죠."

"오늘은 이만!"

순간, 미음전성이 뚝 그쳤다.

그들은 돌아갔다. 앞으로 반 시진쯤 지나면 주설언을 둘러업고 하북팽가로 향하고 있을 게다.

그녀는 창밖을 쳐다보면서 생각에 잠겼다.

세상에! 검치의 제자라니!

놈에게 어떤 복이 있어서 그런 행운을 누렸을까? 하기는 그만한 무공을 지녔으니 자신있게 나타났겠지.

한데 이해할 수 없는 부분이 있다.

지금 놈이 하는 짓을 보면 상당히 강한데, 그만한 무공을 지닌 놈이 왜 정면 돌파를 하지 않았을까?

하북팽가로 들이닥쳐서 '저 여자가 내 어미요!' 하고 고함을 쳤다면……. 하기는 그래도 믿어줄 사람이 없겠지만, 그렇기는 해도 그렇게 했다면 지금보다 훨씬 풍파가 컸을 것이다.

아니, 그런 것보다 더욱 이해하지 못하는 부분이 있다.

놈을 처음 만난 날, 놈의 반사 신경을 봤다.

놈은 느렸다.

놈은 약자였다.

놈은 회자수와 싸우면서 큰 곤욕을 치렀다. 겨우 서른 명을 물리치지 못하고 난자당했다. 들은 바로는 생명이 위독할 정도로 치명상을 입었다고 했다. 호가가 불기화령혼으로 치료하지 않았다면 벌써 죽은 목숨이다.

그때까지만 해도 그는 약자였다.

그런데 그 후 변했다. 약자에서 팽가연을 상대할 수 있을 정도로 강해졌다.

'불기화령혼! 그게 놈에게 힘을 줬어!'

정확하게 어떤 식으로 힘을 줬는지 모르겠지만, 그 일 이후로 강해진 것만은 분명하다.

이게 무슨 일이지?

그녀가 아는 검치의 무공은 불기화령혼 따위에 의존하는 공부가 아니다. 그야말로 세상의 모든 무학을 굽어볼 수 있는 최고 정점의 무학이다.

상승 무학이 하급 무학의 도움을 받았다?

이 사실을 어떻게 해석할까?

루주에게 어떤 일이 생겼다. 정상적인 몸이 아니던가, 검치의 무학을 제대로 배우지 못했거나, 좌우지간 어떤 일이 있는 것만은 틀림없다.

'호호호!'

그녀는 속으로 웃었다.

주설언, 불기화령혼.

놈을 무너뜨릴 수 있는, 아니, 아니, 아니다. 놈을 부릴 수 있는 요소가 차곡차곡 쌓이고 있다.

'좋은 일이야, 좋은 일……'

가모는 하얀 미소를 머금었다.

2

팽가에는 두 가지 신공이 존재한다.

건곤미허신공(乾坤彌虛神功)과 혼원벽력신공(混元霹靂神功)이다.

건곤미허신공은 건곤연환탈백도(乾坤連環奪魄刀), 건곤신장(乾坤神掌), 미허신보(彌虛神步), 건곤십이각(乾坤十二脚)의 기본 골격을 이룬다.

혼원벽력신공은 혼원벽력도(混元霹靂刀), 혼원벽력장(混元霹靂掌), 파갑추(破甲錘), 혼원보(混元步)의 뼈대가 된다.

팽가 무인들은 두 개의 신공을 모두 수련한다.

기본 수련 과정에서 모든 무공을 골고루 맛본다. 그리고 수도(收刀)의 지경에 이르면 비로소 절공을 선택하여 본격적으로 심층 수련에 들어간다.

팽가 무인 대부분이 건곤미허신공을 선택한다.

건곤미허신공은 수련 체계가 알아보기 쉽게 잘 잡혀 있다.

자신이 어느 정도 노력하면 어떤 시점에 어떤 고수가 되어 있을 거라는 게 한눈에 보인다.

건곤미허신공과 연결된 무공들도 체계가 명확하다.

계단을 밟아 올라가듯이 꾸준히, 성실하게 수련하다 보면 반드시 절정고수가 될 수 있다.

반면에 혼원벽력신공은 깨달음의 무학이다. 일(一)에서 단숨에 십(十)으로 올라설 수 있는 꿈의 무학이다. 단, 깨달음이라는 관문을 넘어선다면.

팽가 역사상 혼원벽력신공을 터득한 고수는 많지 않다. 한 대(代)에 한 명이 나올까 말까 하다. 현재 하북팽가에서 혼원벽력신공을 쓸 수 있는 사람은 딱 한 명뿐이다.

가주!

모두들 가주께 혼원벽력신공의 전수를 청한다.

깨달음에 이를 수 있는 방향이라도 가르쳐 달라고, 어떻게 깨달았는지 방도를 가르쳐 달라고, 혼원벽력신공의 진수(眞髓)가 무엇인지 보여 달라고 참 많은 요청을 한다.

그럴 때마다 가주는 웃는다.

각성(覺醒)에 이르는 길은 비급에 충분히 설명되어 있다면서 입을 다문다. 너무 많은 말은 오히려 각성을 방해한다면서 딴생각 말고 비급만 들여다보라고 한다.

팽가연은 혼원벽력신공에 욕심을 부리지 않았다.

건곤미허신공도 아직 다 모르는데 무슨 다른 무공을 탐낸단 말인가. 하나라도 제대로 해놓아야 다른 걸 엿보든 말든 하지 않을 것 아닌가.

그랬는데…… 이제는 본다.

건곤미허신공으로는 답이 나오지 않는다.

혈파검은 매우 강하다. 지금까지 혈파검과 부딪쳐서 병기를 잃지 않은 사람이 없다. 하지만 정작 혈파검은 문제가 안 된다. 그자가 움직이는 것을 보지 못한다는 게 가장 큰 문제다.

'아버지의 말씀이 옳아. 머리가 번잡하면 각성할 수 없어.'

몰아(沒我)에서 각성이 찾아온다.

팽가연은 운공조식에 들어갔다.

혼원벽력신공의 구결대로 진기를 지켜봤다.

건곤미허신공은 진기가 움직이는 경로를 세부적으로 지시해 놓았는데, 혼원벽력신공은 그마저도 없다.

단전 진기가 움직이고 싶을 때까지 기다린다.

단전은 살아 있는 생명체가 된다. 육신과는 완전히 동떨어진 별개의 생명체다.

진기가 움직이면 의념(意念)이 뒤따른다. 의념으로 진기를 움직이는 것이 아니다. 진기가 움직일 때까지 기다렸다가 조용히 지켜보면서 뒤따라간다.

혼원벽력신공은 이렇게 시작한다.

한데 이 부분이 좀처럼 이해하기 힘들다.

의념이 없으면 단전도 쳐다볼 수 없다. 진기는 고사하고 혈도조차도 보지 못한다.

단전을 볼 때, 의념도 그곳에 있어야 한다. 그래야 단전이 보인다. 하지만 진기가 움직일 때는 멀찍이 떨어져서 조망(眺望)하는 위치에 서야 한다.

진기가 움직인 다음에 의념이 따라가게 한다?

이 부분도 이해할 수 없다.

의념이 없는데 어떻게 진기가 움직이겠는가. 의념은 말이요, 진기는 마차다. 말이 없으면 마차는 움직이지 못한다. 한데 마차가 움직인 다음에 말을 뒤따르게 하라?

여타의 신공들은 의념을 크게 일으키는 데 주안점을 둔다.

혼원벽력신공은 오히려 의념을 죽이는 데 요점이 있다. 시작부터가 천양지차(天壤之差)로 다르다.

팽가 무인들은 혼원벽력신공을 맛보면서 이 부분을 깊게 생각하지 않고 무심히 지나쳤다. 그들의 상식으로는 도저히 이해할 수 없는 부분이었다.

그런 점은 지금도 마찬가지다.

어떤 무인은 글이 잘못 적혀 있다고까지 말한다.

의념이 움직이면 진기는 굳이 이끌지 않아도 자연스럽게 뒤따른다는 기술(記述)이 잘못 기재되었다는 것이다.

그 말도 일리는 있다.

굳이 진기를 볼 필요가 없다. 의념만 이끌면, 말만 이끌면 마차는 자연스럽게 따라온다. 굳이 움직이지 않는 마차를 이끌려고 노력할 필요가 없다.

이게 자연스럽다.

혼원벽력신공은 그런 흐름 속에서 운용된다.

비급 첫 부분에서 언급한 의념을 죽이라는 말은 잊혀지고, 강력한 의념으로 진기를 이끈다.

이것밖에 더 할 게 있는가? 이 방법 외에는 진기를 일으킬 수 있는 방도가 없다.

비급에서 언급한 대로 의념을 죽이고 진기만 쳐다보다가는 평생 칼 한 번 들지 못한다.

물론 이 부분을 중시하는 사람도 있다.

혼원벽력신공을 터득하려면 말이 안 되는 부분부터 풀어야 한다. 그렇기에 각성, 깨달음의 무공이라고 하는 게다.

혼돈만 걷히면 단숨에 광명이 들이친다.

지금은 안 될지라도 믿고, 믿고, 또 믿고 수련해야 한다.

하나 그렇게 말한 사람들도 혼원벽력신공을 터득하지 못하기는 매한가지다.

이 부분에 대해서 가주는 뭐라고 한마디쯤 할 수 있지 않은가.

―비급에 적혀 있다.

팽가연은 초심으로 돌아가서 비급을 처음부터 살폈다.

혼원벽력신공이 절실하게 필요하다. 루주에게 당한 모욕을 반드시 씻어내야 한다.

외인(外人)에게 당한 첫 패배라는 점이 그녀를 더욱 아프게 한다. 분노케 한다. 이를 악물게 만든다.

'진기가 먼저 움직여야 해. 의념은… 의념이 없으면 단전도 지켜볼 수 없는데… 아무것도 보지 않는다면?'

그녀는 생각이 이끄는 대로 생각을 지워 나갔다.

"저 애… 마음이 많이 다친 것 같아."

팽가일로가 말했다.

"가주, 징말 도와줄 수 없는 긴가?"

팽가오로가 가주를 쳐다봤다.

혼원벽력신공에 대한 해석은 분분하지만 제대로 수련해 낸 사람은 가주뿐이다.

정말 해줄 말이 아무것도 없는 것인가.

"비급에 적혀 있습니다."

"허! 허허!"

"많이 알면 알수록 각성할 수 없습니다. 머리를 비워야 하거늘 오히려 더 많이 담으면 안 되겠지요."

"무심(無心)인가?"

"아닙니다."

"무… 심도 아니란 말인가?"

"무심으로는 각성할 수 없습니다. 혼원벽력신공을 깨달으려면 무심도 유심도 아니어야 합니다."

"허허! 그건 중도(中道). 그건 부처의 가르침이 아닌가."

"맞습니다."

"혼원벽력신공이 불가의 무공이란 말인가?"

"아닙니다. 분명히 저희 팽가의 무공이지요."

"허! 그럼 불의(佛意)가 깃든……?"

"어떻습니까? 지금까지 전 진실만 말했습니다만 오히려 더 헷갈리지 않습니까?"

"흠! 무슨 말인지 알겠네."

팽가일로는 더 묻지 않았다.

깨달음의 무공은 말로 설명해 줄 수 없다. 그렇기에 깨달으라고 한 것이다. 온갖 방법으로 설명을 하려고 했으나 결국은 하지 못했기 때문에 깨달음이라는 방법을 쓴 것이다.

이해하려고 하면 안 된다. 수련 체계를 요구해서도 안 된다. 깨달은 사람이라고 해도 설명해 줄 수 없고, 설명할 수 없으니 전수라는 건 더더욱 불가능한 게다.

가주는 전수해 주고 싶지 않아서 해주지 않는 게 아니라 할 수 없기 때문에 하지 않는 것이다.

수많은 팽가 무인들이 도전했듯이 팽가연이 도전하고 있다.

건성으로 도전했던 자도 있고, 호기심으로 들춰봤던 자도 있고, 운이 좋기를 바란 자도 있고, 신심(身心)을 하나로 모아 일심(一心)으로 달려든 자도 있다.

모두들 한 달이 되지 못해서 두 손 들었다.

건곤미허신공에만 전념하던 팽가연이 어떤 심정에서 혼원 벽력신공을 손댔는지 알고 있기 때문에 무한한 성취를 바란다. 가주에 이어 두 번째로 절공을 성취해 낸 고수가 되기를 바란다.

"잘됐으면 좋겠는데……."

팽가오로가 가산(家山) 수련동(修練洞)의 불빛을 쳐다보며 안쓰러워했다.

가주는 촛불이 일렁이는 모습에서 눈을 떼지 않았다.

파락! 파라락!

바람도 없는데 촛불이 펄럭기렸다.

첫째 팽효원(彭曉園)은 그리 뛰어난 무재(武才)가 아니다. 못하지도 않지만 뛰어나지도 않다. 팽가의 무공을 두루 수련했지만 특출하지는 않다.

본인도 그런 점을 알고 있다.

어느 날 갑자기 천하를 유람한다고 할 때, 마음을 짐작하면서도 잡지 못했다.

가산 은자들이 그렇듯이 무재를 지니지 못한 자가 무가에서 태어나는 것처럼 불행한 일도 없다.

범인들 같으면 자신이 좋아하는 일이라도 할 수 있다. 하지만 무가의 자식은 선택의 여지가 없다. 철이 없을 때부터 무조건 무공을 수련해야 한다.

그러다가 사제(師弟)에게 추월당하고, 사손(師孫)에게 짓눌리고…… 자연히 세상이 한탄스럽고…… 술이나 마시다가 스러지는 게 그들의 운명이다.

그러느니 세상 구경이라도 하는 게 낫지 싶어서 보냈다.

둘째는 무재다. 고수 반열에 오를 수 있는 자질을 타고났다. 근력(筋力), 지력(智力), 심력(心力) 모두 좋다. 하지만 불행하게도 정에 약하다.

유정도(有情刀)는 곧 무정도(無情刀)다.

정에 약한 자가 상처를 받으면 어느 누구보다도 잔혹한 무정도로 변신한다.

이것 또한 혼원벽력신공의 요체다.

성인(聖人)은 한순간에 악인으로 변모될 수 있다. 보통 사람이 타락하는 것보다 훨씬 깊이 떨어져 버린다.

그와 같은 일이 반대의 경우에도 일어난다.

악인이 개심(改心)하면 즉각 성인의 반열에 오른다. 악한 짓을 한 번도 하지 않은 사람이 평생 동안 선(善)을 쌓은 것보다 훨씬 빠르고 깊은 성취를 이뤄낸다.

극에서 극으로 이동하는 것은 순식간이다.

루주가 사단을 일으키기 전, 팽효뢰는 혼원벽력신공에 도전했다.

팽효뢰는 자신이 상승 근골임을 증명해 왔다. 과연 그 아비에 그 자식이라는 소리를 들었다. 혼원벽력신공을 터득한 아비로부터 근골을 물려받지 않았는가. 혼원벽력신공도 터득할 것이라는 기대를 한 몸에 모은 것은 당연하다.

하지만, 자식에게는 미안한 말이지만, 가주는 솔직히 성취하지 못했으면 하는 바람이 컸다.

팽효뢰는 지금 이 정도 선에서 그치는 것이 딱 좋다.

그의 유정을 다스릴 방법이 없는 건 아니다. 지금부터라도 왕자지재(王子之才)로 키워 나가면 된다. 팽가 위에 군림할 수 있는 자로 육성하면 된다.

유정을 숨기고 현명함을 본다.

하나 유정이란 숨긴다고 숨겨지는 게 아니다. 평상시에는 숨길 수 있을지 몰라도 극단의 상황에 처하면 한순간에 무너진다.

가주가 염려하는 부분은 이것이다.

두 아들에 비하면 팽가연은 단연 다르다.

사실 셋째가 사내로만 태어났다면 모든 지원을 아낌없이 베풀었을 게다.

여인은 혼인을 하면 남의 집 사람이 된다.

사위까지 데리고 살지 않는 한, 멀리 타향에서 소식도 모른 채 살아간다.

나쁜 뜻으로 보면 가문의 비기가 유출되는 셈이다.

그런고로 대부분의 무가에서는 여인에게 무공을 전수하지 않는다. 호신지공(護身之功)을 전수하더라도 가전비공(家傳秘功)만은 전수하지 않는다.

가주는 그런 관례를 깼다.

팽가연에게 가문의 모든 무공을 전수했다.

그녀는 그럴 만한 자격이 있다. 그녀의 근골(筋骨)이라면 팽가 무공을 충분히 소화해 낼 수 있다.

가전비공이 다른 가문에 흘러들어 가는 한이 있더라도, 이곳에 있을 때 팽가의 꽃이 만개하는 것을 보고 싶다.

팽가에는 뛰어난 후인이 많다.

요즘 같은 성세는 팽가 역사를 모두 뒤져 봐도 찾기 어렵다. 후인들이 아직 꽃을 피우지 못해서 그렇지 앞으로 십 년, 넉넉 잡아서 이십 년만 지나면 그야말로 독보적인 위치를 점할 것이다.

팽가연은 그런 후인 중의 한 명이다.

믿을 수 있는, 성취할 수 있는, 최고의 고수가 될 수 있는, 팽가의 무공을 굽어볼 수 있는…….

"후우!"

가주는 깊은 한숨을 내쉬었다.

혼원벽력신공을 수련시킬 수 있는 방도가 있다.

절반의 도박!

절반은 성취, 절반은 폐인(廢人).

팽가연이 어느 쪽으로 굴러 떨어질지는 그도 모른다. 하지
만 이대로 지켜보기만 한다면 평생을 수련동에 틀어박혀 있어
도 깨닫지 못할 것 같다.

혼원벽력신공의 말뜻을 아는가?

깨달음의 요체는 벽력(霹靂)에 있다.

들판에 서서 천둥 벼락을 정통으로 얻어맞듯이, 내면에서
극렬한 울림이 일어나야 한다.

번개를 맞은 자는 생각할 수 없다. 생각이라는 게 사라진다.
그리고 진정한 몰아가 일어난다.

몰아, 나를 잊는 것!

의념이 완전히 사라진 상태다.

인위적으로 지워 버린 것이 아니라 무의식 속에서조차 사라
져 버린다. 그리고 그때, 기가 막히게도 의념없이 진기가 움직
인다는 게 어떤 것인지 알게 된다.

벽력이 육신을 내리쳐야 한다. 그러지 않는 한 깨달음은 일
어나지 않는다.

사실 이런 방법은 옛 고승들이 종종 쓰곤 했다.

혼원벽력신공처럼 강렬하지는 않지만 깨달음을 유도하는

방법으로 기이한 행동을 취하곤 했다.

다정하던 스승이 느닷없이 따귀를 때린다. 아무 이유 없이 밥상을 뒤집기도 한다. 사람이 많은 곳에서 옷을 훌렁훌렁 벗어 던지는 경우도 있다.

어떤 경우든 스승의 행동에는 이유가 있다.

스승은 제자를 지켜본다. 제자의 성취도가 어느 정도인지 항상 주시한다. 그러다가 마지막 한순간의 고비만 남았을 때, 제자가 가장 깨닫기 좋은 형태의 충격을 준다.

제자가 아집에 매달려 있다고 하자. 그런데 따귀 한 대 때리면 망집을 떨칠 수 있을 것으로 보인다. 이럴 경우 때리지 않을 스승이 어디 있겠는가.

가주가 사랑스런 셋째 딸에게 해줄 수 있는 건 이런 종류의 충격이다. 다만 혼원벽력신공이라는 절공에 걸맞게 훨씬 강력한 충격이 될 것이다.

자칫하면 미쳐 버린다. 자칫하면 무공을 잃어버린다. 최악의 경우에는 목숨도 잃는다.

어떻게 되든 간에 시작하면 멈출 수 없다.

셋째 딸이 견뎌낼 수 있을까?

파라라락!

촛불이 흔들린다.

어차피 주사위는 던져졌다.

팽가연의 고집은 누구보다도 아비가 잘 안다. 그녀가 비급을 껴안고 수련동에 들었으니 깨달음이 있지 않고서는 머리가 백발이 되더라도 출동(出洞)하지 않을 게다.

딸은 이미 매장된 것이나 다름없다.

'어떻게 해야 하나……'

고민이 깊어진다.

솔직히 말하자면 자신이 간섭을 해서 득공(得功)할 가능성은 매우 낮다. 반대로 나쁜 일이 일어날 가능성은 매우 높다. 하지만 간섭이 없으면 득공 또한 이루기 힘들다.

단순히 운공만으로 몸에서 벽력같은 충격을 일으킬 사람이 몇이나 되랴. 백만 명에 하나, 천만 명에 하나만 되더라도 희망을 가져볼 것이다.

팽가 무인들이 도전했던 게 그런 것이다.

사람들이 모르는 게 있다.

자신이 혼원벽력신공을 깨달은 것은 무재가 뛰어났기 때문이 아니다. 하늘이, 천지자연이 돕지 않았다면 다른 팽가 형제들처럼 빈손으로 일어섰을 게다.

'널 이미 죽은 자식으로 봐야겠구나.'

어쩌면 이번 일이 생자식을 땅에 파묻은 결과가 될지도 모르겠다. 하지만 해야겠다. 득공할 가능성이 매우 낮지만 그래도 이대로 놔두는 것보다는 낫지 않을까 싶다.

'너의 운명이 어느 쪽인지 시험해 보자꾸나.'

가주는 결심을 굳혔다.

3

진기는 움직이지 않는다.

너무나 당연하다. 의념이 없는데 진기의 움직임을 어찌 살 핀단 말인가. 진기가 움직여도 모르고, 움직이지 않아도 모른 다. 의념을 모으지 않고는 아무것도 할 수 없다.

건곤미허신공의 묘리가 머릿속을 떠나지 않는다.

'조급해지면 안 돼!'

그녀는 빨리 달려가려는 마음을 억눌렀다.

한시바삐 절공을 익혀서 루주와 다시 겨루고 싶다. 보기 좋 게 혈파검을 깨뜨리고 싶다. 팽가 무공의 진수가 어떻다는 것 을 비루한 촌놈에게 가르쳐 주고 싶다.

이런 마음들이 그녀의 마음을 달리게 한다.

쉬어야 한다. 참아야 한다. 평생 깨닫지 못할 수도 있다는 점을 받아들여야 한다.

루주는 잊는다.

그와 싸웠던 기억을 떠올려 본들 아무 도움이 되지 못한 다. 과거는 흘러갔고, 미래는 오지 않는다. 지금 이 순간, 이 자리에 앉아 있는 사람은 혼원벽력신공을 손에 든 팽가연뿐 이다.

그녀가 무엇을 할 수 있는가? 오직 한 생각, 구결에 집중하 는 것뿐이다.

그것만 생각한다. 더 넓게 퍼져 나가려는 마음을 억누른다.

'생각을 없애야 해. 무념(無念)…… 무념이란 생각이 없다는 것이다. 그럼 무념을 이루려면 생각이란 게 있어야 한다. 그래야 없앨 대상이 생긴다. 생각… 그것을 하나로 모은다. 그래야 없애기 쉽지 않나. 무념을 이루기 위해서 일심(一心)을 이룬다.'

온 생각을 하나로 모았다.

하나 생각이란 게 그리 만만치 않다. 일심을 유지하려고 하지만 어느새 머릿속 한구석에 루주의 뻔뻔한 얼굴이 그려진다. 그자의 얼굴, 그자의 검…….

'아! 안 돼!'

마음과 싸우는 것처럼 미련한 건 없다.

한데 구결을 참오한다는 것이 어느새 마음과의 싸움이 되고 말았다. 구결에 나온 '몰아'라는 말이 무심이라는 말을 불러왔고, 무심은 마음을 끌어들였다.

그녀는 머리를 흔들며 다시 정신을 집중했다. 그때였다!

쒜엑!

공기를 찢는 파공음이 울렸다.

'암습!'

누군가! 어떤 자가 감히 팽가의 수련동에 들어섰는가?

의문! 하지만 행동은 더 빨랐다.

양손이 반사적으로 바닥을 쳤다. 그러자 어기신풍이 펼쳐지면서 가부좌를 틀고 앉아 있던 자세 그대로 뒤로 쭉 빠졌다.

썩잇! 찌이익!

날카로운 쇠붙이가 몸을 스치면서 옷을 찢어놨다.

'빠르다!'

그녀가 겪어본 어떤 무공보다도 빠르다.

루주는 신법이 빨랐다. 그가 어떻게 움직이는지 보지 못했다. 그렇기에 쳐오는 검에 당황했다.

이자는 무공 자체가 빠르다. 신법이 빠른 게 아니라 초식 자체가 빠르다.

쉬링!

수련용 도를 재빨리 뽑았다. 자신이 생각하기에 도를 이처럼 빨리 뽑은 적이 있었나 싶다.

그래도 상대보다는 늦다.

쉑! 쉑!

공기가 찢어지며 화살이 날아온다.

아니, 아니다. 날아오는 것은 창끝이다. 창날이 검의 형태를 띤 기형 창이다. 창날의 길이도 족히 삼 척에 이른다. 목봉에 검을 붙였다고나 할까?

쉑! 찌이익!

창끝이 복부를 가르며 지나갔다.

"큭!"

팽가연은 급히 배를 움켜쥐며 물러섰다.

손에 뜨뜻하면서 끈적끈적한 물기가 묻어난다. 보지는 않았지만 붉은 핏물이 흘러내리고 있을 게다.

그녀는 복부의 상처를 살펴볼 겨를도 없었다.

창끝은 숨 돌릴 틈도 주지 않고 몰아쳐 왔다.

'복면!'

팽가연은 몇 번의 공격을 피하고, 또 복부에 상처를 입은 후에야 상대가 복면인이라는 점을 알아봤다.

'너! 잘못 왔어!'

팽가연의 눈에 투지가 확 피어났다.

얼마 전에 루주에게 패했다.

그때 당한 패배의 아픔이 아직 가슴에 남아 있다.

가문 안에서 비무 중에 패한 경험은 있어도 외인에게 패해보기는 처음이었다.

또 다른 놈이 나타났다.

루주와는 전혀 다른 특성을 지닌 놈이면서 루주보다 훨씬 강해 보인다.

그래도 질 수 없다. 패배는 한 번이면 족하다.

촤아아아!

건곤미허신공의 진기가 머리끝에서 발끝까지 일순간에 관통했다.

온몸에 찬물을 끼얹은 듯 정신이 번쩍 난다. 상쾌한 긴장감이 온몸에 회오리친다.

그러나 창수(槍手)는 팽가연에게 잠시의 틈도 허용치 않았다.

쒜엑! 쉑! 쒜에엑!

수십, 수백 명이 힌끼빈에 칭을 찔러댄나.

찰나라도 머뭇거리면 어김없이 피가 튄다. 건곤미허신공을 일으킨 상태에서 전력을 다했을 경우 간신히 피할 수 있다.

쉑! 쉑쉑쉑!

지독하게도 빠른 창이 숨 쉴 틈도 주지 않고 몰아친다.

'진다!'

팽가연은 처음으로 자신이 질 수도 있다고 느꼈다. 이대로라면 반드시 질 것이라는 예감이 강하게 들었다.

공격 주도권은 이미 상대가 쥐었다.

상대는 처음 나타났을 때부터 지금까지 단 한 순간의 여유도 허용치 않았다. 그야말로 끊임없이 쏟아지는 폭포수처럼 맹공을 퍼붓고 있다.

놀랄 만한 경력(勁力)이다. 감탄이 절로 나올 내공이다.

팽가연이 겨우 대여섯 걸음 물러섰을 때, 그녀의 몸은 이미 할퀴고 긁힌 상처로 가득했다. 등골이 쭈뼛 설 만한 위험이 적어도 십여 차례는 지나간 것 같다.

어떻게 할 수가 없다!

어기신풍이 막혔다. 이리저리 몸을 날려보지만 상대가 한 수 빠르다. 자신이 가야 할 곳을 미리 점하고 있다. 자신이 서야 할 곳에 창질을 한다.

미허신보도 읽혔다. 보법의 변화를 모두 차단한다.

완벽한 패배다.

쉑엑! 푹!

"큭!"

창날이 오른쪽 어깨를 스치며 지나갔다.

살점이 뭉텅 떨어져 나가면서 핏물이 주르륵 흘러내렸다. 도를 쥔 손에서 힘이 쭉 빠져나갔다.

누군가! 도대체 누구이기에 이토록 강한가!

팽가연은 급습을 받은 이후 단 한 번도 반격하지 못했다. 반격은커녕 제대로 피하지도 못했다. 창날은 매번 그녀의 살이나 피를 베어갔다.

루주와 싸울 때도 이처럼 형편없지는 않았다.

'이놈, 본가의 수법에 정통하다!'

왜 그런 생각이 들었는지 모르겠다. 문득 한 생각이 머리를 치고 지나간다. 하북팽가의 초식을 환히 꿰뚫고 있는 것은 사실이다. 그것도 팽가 무인에 버금갈 정도로 환히 안다.

그러니 그녀가 발을 디디려는 곳마다 창이 기다리고 있는 게다. 움직이고자 하는 곳을 미리 찌를 수 있는 것이다.

그녀는 미허신보를 풀었다. 어기신풍도 쓰지 않았다. 본능적인 몸놀림에 의지하여 도를 뻗어냈다.

까앙! 깡깡깡!

처음으로 병기와 병기가 부딪쳤다.

초식도 문제다. 상대는 팽가의 초식도 환히 꿰뚫어 본다. 그런 자에게 팽가 무공을 쓴다는 것은 자살 행위나 다름없다. 다음 수를 빤히 읽히니 끝까지 초식을 전개할 수 없다.

까앙! 깡! 깡!

팽가연은 생각나는 대로 휘둘렀다.

창날이 덮쳐 오면 그저 막는 데 주력했다. 약간이라도 틈이 보일라치면 급히 달려들었다.

이상하게도 팽가 무공을 버리니 한숨 돌려진다.

이번에는 정반대의 상황이 되었다. 어찌 된 영문인지 모르겠는데 상대의 창술이 환히 보인다. 빠름이 문제이지만, 그것 또한 다음 수를 예측하니 어느 정도는 피할 수 있다.

'후우!'

팽가연은 비로소 한숨을 내쉬었다.

아직도 위태롭기는 마찬가지이지만, 그래도 싸울 수 있는 방법은 찾았잖은가.

아주 큰 착각이었다.

쉑! 쉑! 쉑……!

창이 맹렬하게 휩쓸어온다. 두 다리를 부러뜨릴 듯이 지면을 훑어온다.

팽가연은 허공을 풀쩍 뛰어올랐다.

보법도 아니고 신법도 아니다. 단지 두 다리의 힘만 이용해서 뛰어올랐다. 생각 같아서는 당장에라도 보법을 펼치고 싶지만 다음 수를 읽히면 안 되기 때문에 억지로 참았다.

그게 벌써 한 시진이다.

한 시진!

진기를 휘돌려 몸의 피로를 최소화시켰어도 기진맥진할 시간이다. 하물며 육신의 힘만으로 숨 막힐 듯한 공세를 피해왔다. 한 시진 동안 촌각도 쉬지 못하고 전력질주를 한 것과 진배없다.

탈진 상태는 오래전에 찾아왔다.

입안에 침이 말라붙었다. 열기가 두 눈에 몰려서 자신이 느끼기에도 뜨거운 광망(光芒)이 발산된다.

'할 만큼 했어.'

그녀는 포기하고 싶었다. 이제 그만 생명의 끈을 놓고 싶었다. 상대는 너무 악랄하고 강하다.

'이제 그만… 그만…… 죽여줘.'

그녀는 될 대로 되라는 심정으로 도를 쳐냈다.

쉑! 까앙! 쉑! 슈갓!

한 번은 도로 막았지만, 계속 이어지는 공격은 겨드랑이 사이로 파고들어서 갈비뼈와 팔꿈치를 찢어놓았다.

일순, 창이 멈췄다.

깊은 정적이 흘렀다.

"후욱! 후욱! 후욱……!

팽가연은 무인답지 않게 뜨거운 숨을 연신 쏟아냈다.

칼을 들고 있을 힘도 없다. 어렸을 때부터 장난감처럼 휘둘러 온 칼이건만 이렇게 무거운 줄 몰랐다.

죽음을 예감한 창이 들려졌다.

정말 지독할 만큼 비정한 자다. 그는 나타나는 순간부터 지금까지 단 한 마디도 하지 않았다. 오로지 목숨만 뺏으면 그만이라는 듯 창질만 했다.

그렇다. 죽고 죽이는 사이에 무슨 말이 필요한가.

그가 내뿜는 살기가 수련동을 가득 메운다. 생기를 말살시키고 사기로 가득 채운다.

팽가연도 죽음을 예감했다.

창끝에 실린 진기가 다른 때와 비교할 수 없을 정도로 냉정하고 강하다. 창이 들린 것만으로도 아픔이 느껴진다. 죽음의 공포가 스멀거린다.

창은 생명을 꿰뚫을 것이다.

그러나 어처구니없게도 그녀의 머릿속은 텅 비었다. 정신을 잃은 무의식 상태에서도 펼칠 수 있었던 초식들이 말끔하게 지워졌다. 정말 아무 초식도 생각나지 않는다.

창이 찔러오면 어떻게 막지?

그런 생각조차도 들지 않았다. 그저 창은 창이다. 자신의 목숨을 노리는 창이다. 찔러오든 베어오든 후려치든 죽음은 예정되어 있다. 자신은 피하지 못할 것이고, 이제 곧 끝난다.

마무리를 어떻게 지을까?

팽가연은 아무 의식 없이 도를 들어 올렸다.

죽음이 확실하지만 무인이 저항 없이 죽을 수는 없다. 창을 막지 못하더라도 칼은 휘둘러야 한다.

"후우!"

거칠게 날뛰는 심장을 조용히 가라앉혔다.

기진맥진한 몸은 천근추를 매달아놓은 듯 무겁다. 두 발은 땅에 붙박이고, 두 손은 달달 떨린다. 눈꺼풀도 경련을 일으키고, 입술의 감각은 완전히 사라져 버렸다.

죽음도 괜찮을 것 같다.

"후우!"

다시 한 번 숨을 들이켰다. 그 순간,

쩌엉!

단전에서 무지막지한 힘이 솟구쳤다.

지금껏 쌓아놓기만 하고 사용하지 않았던 진기, 건곤미허신공의 진기가 용트림을 하며 솟구쳤다.

진기는 사지백해로 쏟아져 들어갔다.

의념으로 경맥을 열어준 것이 아니다. 진기가 제 스스로 판단해서 약해진 곳에 힘을 보충하고 있다.

'……'

팽가연은 의식 없이 지켜봤다.

몸 안에서 거대한 변화가 일어나고 있지만 자연 발생적인 현상으로 생각하고 큰 의미를 두지 않았다.

쉑!

창이 죽음을 머금고 찔러왔다.

피할 수 없다. 너무 빠르다. 이렇게 빠른 창은 본 적이… 순간, 그녀의 손에 들린 강도(鋼刀)가 제멋대로 움직였다.

탁!

뭐가 어떻게 된 것일까? 강도가 도배(刀背)로 창을 받아넘겼다. 뿐만 아니다. 붙박였던 다리가 움직였다. 창을 따라서 쭉 미끄러져 들어가 복부를 부욱 그어버렸다.

'혼원벽력도!'

그녀는 자신도 모르는 사이에 혼원벽력도를 뿜어내고 있었다.

쒜엑! 쒜에엑! 쒜엑!

강철도가 비쾌하게 움직이기 시작했다.

창도 움직였다. 그녀의 도무(刀舞)에 한 치도 뒤지지 않는 빠름, 흐름을 가지고 계속 압박을 가해왔다.

까앙! 까앙! 깡깡! 까앙!

도와 창이 어울린다. 미리 짜놓고 비무라도 벌이듯 정교하게 맞받아친다.

츠읏! 파파팟!

팽가연은 보법을 밟기 시작했다.

일정한 형식이 없는 자유분방한 보법, 형식의 보법이 아닌 영혼의 보법, 그래서 수련하기가 불가능하다는 혼원보(混元步)가 자연스럽게 흘러나왔다.

'이, 이것이 혼원벽력!'

그녀는 자신의 성취를 깨달았다. 자신의 손에서 뿜어지는 절기는 혼원벽력도이다. 두 발은 혼원보를 밟고 있다. 자유롭게 흐르는 진기는 혼원벽력신공이다.

진기가 필요치 않을 때, 단전은 진기를 응축시킨다. 진기가 필요할 때, 방사형(放射形)으로 뻗어나간 진기가 필요한 부분에 필요한 만큼의 힘을 부여한다.

지금은 방사형의 진기만 사용할 수 있지만 혼원벽력신공의 최정점은 일점(一點)이다. 전신 진기가 한 톨의 낭비도 없이 일

점에 집중된다.

그 파괴력은 세상이 감당하지 못한다.

"됐어!"

팽가연은 자신도 모르게 고함을 지르며 강도를 휘둘렀다. 그러자,

쉑! 쉑!

창수가 급박하게 창을 두 번이나 내지르더니 뒤로 풀쩍 물러섰다. 그리고 말했다.

"그만!"

팽가연은 막 공격을 시작하려다가 너무 익숙한 소리에 몸이 얼어붙었다.

"아버님!"

수련동에 장마가 들이쳤다.

평소에는 습기조차 차지 않는 수련동이다. 한데 그때는 장마가 너무 심했다. 물줄기를 틀어버릴 정도로 폭폭 쏟아졌다. 그리고 지하 암류(巖流)는 바위를 깨버렸다.

수련동으로 물이 들이쳤다.

입구가 제일 먼저 막혔다. 그리고 안으로 들이친 급류는 언제 있었는지도 몰랐을 암동(巖洞)으로 쏟아져 들어갔다.

물살에 휩쓸려 버렸다. 하지만 떠내려가지 않으려고 발버둥쳤다.

물살이 수련동을 가득 메워서 숨도 쉴 수 없는 상황, 거기에

항거할 수 없는 수압(水壓)이 온몸을 끌어당긴다.

죽을힘을 다해서 버텼다.

건곤미허신공을 이끌어서 한동안은 버텨냈지만, 곧 한계에 부딪치고 말았다.

자연의 폭력을 인간이 견뎌낼 수는 없다.

진기가 스러지고, 육신의 힘조차 소멸되고, 탈진이 찾아왔다. 극한의 상황에서 오직 살아야 한다는 일념만으로 버텼다.

그렇게 얼마나 지났을까?

수압도 느껴지지 않는다. 육신의 감각도 사라졌다. 살아 있는 것은 몸이 아니라 의식뿐이다. 육신은 이미 기능을 잃어버렸다. 이제 의식마저 놓아버리면 죽음이다.

그 순간, 한 줄기 빛이 찾아왔다.

혼원벽력신공!

혼원벽력신공을 수련하는 길이 열렸다.

가주가 수련해 낸 방법은 분명히 정통은 아니다. 정통은 비급에 있다. 시간이 걸리더라도 꾸준히 수련하다 보면 순수한 깨달음으로 깨우칠 때가 있다고 한다.

팽가 무인들은 이 말을 반대로 해석했다.

어쩌면 영원히 깨우치지 못할지도 몰라.

그런 생각은 혼원벽력신공을 일확천금(一攫千金)의 신공이거나 아니면 운이 닿지 않은 사람은 깨우치지 못하는 신공쯤으로 여기게 만들었다.

한데 편법이나마 길이 열렸다.

한 사람이 그 길로 들어섰다. 그러나 그는 수장(水葬)된 시신으로 발견되었다.

또 한 사람이 들어갔다. 그도 나오지 못했다.

또 들어갔다. 혼원벽력신공을 깨우칠 수 있다면 죽음을 불사할 사람이 많다. 그리고 어김없이 죽었다.

가주는 세 사람에게 자신이 겪은 이야기를 했고, 세 명이 죽었다.

그날 이후로 지하 육층에 자리한 십구 수련동은 폐쇄되었다.

"혼원벽력신공은 죽음의 한계를 건너뛴 사람만이 수련해낼 수 있다. 네가 견뎌내지 못했다면 지금쯤 죽어 있을 게다. 난 멈추지 않았을 테니까."

어느 순간까지 몰아쳐야 죽음의 한계에 이르는지 알 도리가 없다. 그래서 시작했다 하면 끝까지 밀어붙이는 수밖에 없다. 조금만 더 하면 깨달을 수도 있다. 또는 지금이 정말로 마지막일 수도 있다. 버티는 데 한계가 왔는지도 모른다. 한데 공격자는 그러한 판단을 할 수가 없다. 알지 못하니까.

"이 공부를 전수할 때는 신중해야 할 것이다. 알아서 깨우치지 않으면 죽일 수밖에 없으니까."

가주는 마지막으로 당부했다.

"고마워요, 아버님."

"고마워?"

"절 믿어주셨잖아요."

팽가연이 탈진하여 하얗게 질린 얼굴로 웃었다.

第十四章

한 사람이 쓰러질 때까지

1

루주는 사흘 동안 운기조식에만 몰입했다.

곡기를 끊었다. 잠도 자지 않았다. 사흘 동안 내리 운기조식으로만 버텼다.

여독이 밀려난다.

몸 안에서 새로운 진기가 생성되고, 썩은 기운은 말끔히 쏟아져 나간다.

기분이 좋다. 아주 상쾌하다.

맹삼력도 숲에서 나오지 않았다.

그 역시 곡기를 끊었다. 잠도 자지 않았다. 사흘 동안 숲을 돌아다니면서 때리고 또 때렸다.

귀동 살수는 열일곱 명이다.

그들 중 열두 명은 매 맞는 도중에 도주했다.

도주하는 자는 치지 않는다. 때릴 가치가 없다. 때릴 가치도 없는데 죽일 가치가 있겠나.

두 명은 맞아 죽었다.

놈들은 너무 약했다. 어떻게 저런 놈들이 살수가 되었나 싶을 정도로 약골이었다. 살수라면 충분히 버텨낼 수 있을 것이라고 생각해서 두들겨 팼는데 그만 죽어버렸다.

나머지 세 명만 끝까지 버텨냈다.

"때리는 것도 피곤해서 못하겠다. 보아하니 남의 밥 얻어먹을 데가 없는 모양인데, 그만하자. 나와."

사내 세 명이 비칠거리며 나왔다.

그들은 피로 범벅이 되어 있었다. 머리가 깨진 것은 기본이고, 온몸이 크고 작은 상처투성이다.

"너희는 왜 도망 안 가냐?"

"훗!"

실컷 두들겨 맞은 사내가 입술을 비틀며 웃었다.

"동주도 죽었고, 갈 곳도 없고……. 정도 문파에는 발을 못 붙이고, 쓰레기 같은 놈들과 섞이기는 싫고. 보아하니 그쪽도 오늘내일 간당간당하는 것 같은데… 사는 날까지 공밥 좀 먹여주쇼."

그러자 옆에 있던 자가 능글맞게 웃으며 말했다.

"흐흐흐! 공밥 가지고는 안 되지. 공밥 먹으려고 사람 죽이는 짓을 할 순 없잖아. 매달 닷 냥. 일 년 단위로 예순 냥. 언제 죽을지 모르니 선금이오."

"넌?"

맹삼력이 아직 한마디도 하지 않은 자에게 물었다.

"그만합시다."

그는 할 말이 뭐 있겠냐는 듯 손을 내저었다.

"후후! 따라올 놈은 따라와."

맹삼력은 숲에 들어온 이후 처음으로 등을 보였다.

귀동에서 추려낼 놈은 세 놈뿐이다.

이놈들은 도주하지 않았다. 안전하게 사는 게 목적이 아닌 놈들이다. 돈도 필요치 않다. 돈이 목적이었다면 이미 패가망신해 버린 루주를 찾아오지 않았다.

같은 이유로 의리 같은 것도 기대할 수 없다.

동주를 죽인 놈에게 몸을 의탁한다? 의리는 개똥보다도 못하게 생각하는 놈들이다.

그럼 왜 남았나?

매 맞다가 도주한 놈들은 동주의 복수를 하려고 왔다.

솔직히 그놈들이 순수하다. 그놈들은 자신의 능력은 고려치 않고 살수로서 복수를 노렸다.

이놈들은 음흉하다.

모르기는 해도 다른 자들이 복수를 논의할 때 음흉한 생각을 숨긴 채 한마디도 하지 않았을 게다.

그렇지만 냉정하다.

이놈들은 복수가 가당치도 않다는 것을 미리 알았다. 그래서 그렇게 두들겨 맞으면서도 도주하지 않았다. 매 맞아 죽는 놈이 나타났는데도 죽기를 각오하고 남았다.

이놈들로서는 승부다.

이놈들은 출세하기 위해 살인귀를 선택했다.

세간에 살수는 아주아주 나쁘지만 없는 자라면 해볼 만한 직업으로 알려져 있다.

청부 살인을 하면 돈을 많이 번다. 무공도 강해진다. 무서운 것이 없어진다.

이것이 살수에 대해서 알려진 것들이다.

하나 직접 살수를 해보면 이런 말들이 얼마나 허황된 것인지 알 것이다. 돈을 벌기 전에 죽기 일쑤다. 무공이 강해지기 전에 이용만 당하다가 죽는다. 무서운 것? 귀동 밖에 한 발만 내디디면 만나는 사람 모두가 무섭다.

이들은 출세하기 위해 살수가 되었지만, 이제는 다른 길을 택하고 싶어 한다.

아주 욕구가 강한 놈들이다. 또 욕구를 이루고야 말겠다는 의지 하나는 탐나는 놈들이다.

놈들은 사전에 준비했다. 그냥 기분 내키는 대로 루주를 찾은 게 아니다. 루주의 행적을 냉정하게 살펴보았으리라. 무척 강한 운을 보았으리라.

운이 너무 좋으면 아예 사람이 강한 것처럼 보인다.

루주는 강하지 않다. 하북팽가에서 전력으로 들이쳤다면 그는 이미 죽었다. 지금은 다르지만, 예전에는 회자수에게도 쩔

쩔맸다. 처음 그들과 싸울 때, 평소 회자수들이 싸우던 방식대로 싸웠다면 그때 쓰러졌다.

암사에게도 기회가 있었다. 동주는 말할 것도 없다. 결정적인 기회를 잡았다.

모두가 루주를 죽일 수 있었는데 되레 죽임을 당했다.

이것이 루주의 운이다. 루주의 강함이다.

이놈들은 그런 점을 보고 남은 것이다.

배울 점이 많다고 여기면서, 끝까지 살아남을 수 있다고 생각하면서, 위험은 수없이 몰아치겠지만 루주라면 충분히 뚫고 나갈 것이라고 생각하면서.

이들은 철저한 계산 끝에 남았다.

"널 선택했다."

맹삼력의 말에 루주는 피투성이 사내들을 쓱 훑어보았다.

"독기는?"

맹삼력이 루주 곁에 앉으면서 물었다.

"괜찮아."

"정말? 정말이야?"

맹삼력이 얼굴을 활짝 펴며 반색했다.

"호가는?"

"그놈이야 제 앞가림 잘하는 놈이잖아. 걱정 마. 듣자 하니 홍독사에게 은자를 꾸었디더리. 뭐? 후원에 은사를 묻어놔? 누슨 옛날이야기를 하는 것도 아니고."

"돌아올 날이 지났어."

"독상이 중해서 말하지 않았는데… 그놈이 구한 저택에서 제법 큰 화재가 있었던 모양이야. 월아를 비롯해서 몇 명 죽은 것 같은데, 홍수를 그놈으로 점찍은 것 같아."

"팽효뢰?"

"그쪽 일… 조금 복잡해질 것 같다."

"쟤네들, 필요없을 것 같은데. 괜한 짐이잖아?"

"사람치고 짐인 건 없다. 조금 더 살아봐라. 모든 사람이 다 힘으로 보일 때가 있을 테니까."

"알아서 해."

"그런데… 저쪽이 꽤 심각한 것 같은데?"

맹삼력이 팽가의 하가 쪽을 쳐다보며 말했다.

루주는 고개를 끄덕였다.

팽효기가 바보가 아닌 이상 가만히 있으면 비정상이다. 자신을 이기기 위해 무엇인가는 하고 있어야 한다. 해독을 시켜준 것은 고맙지만 승부는 승부다.

루주는 소도를 꺼내 들었다.

"왜? 목검 다듬게?"

"언제 올지 모르잖아."

"하하하! 그걸 왜 힘들게 다듬어. 봐라, 사람이 왜 모두 힘인지 보여줄 테니. 야, 너희, 한 사람 앞에 다섯 자루씩 목검 좀 다듬어와. 열 자루면 더 좋고."

맹삼력이 멀뚱멀뚱 서 있는 사내들에게 고함쳤다. 그리고 너털웃음을 터뜨렸다.

"하하하하!"

"납치요? 저흰 그런 짓 안 했는데요?"

귀동 살수들은 일제히 고개를 내저었다.

거짓이 아니다. 그들의 얼굴에는 정말 아무것도 모른다는 표정이 역력했다.

루주는 미간을 찌푸렸다.

맹삼력은 손으로 이마를 짚었다.

지금까지 주설언을 납치한 범인이 귀동인 줄 알았다. 한데 귀동이 그런 짓을 하지 않았다면 누가 했단 말인가. 또 누가 그녀를 필요로 했을까?

이번 일과 아무런 상관도 없는 흉악범에게 납치된 건가?

주설언을 납치할 사람이 없다. 하북팽가는 절대로 그런 짓을 하지 않는다. 미련하다시피 정면 대결만 고집하는 걸 보면 모르겠는가. 그들에게는 무인의 자부심이 있다.

"홍독사를 이렇게 빨리 써먹을 줄 몰랐는데. 그놈에게 애들을 풀어보라고 하지. 뭐든 알아내기는 할 거야. 너무 걱정 마. 뭔 일이야 있겠어?"

맹삼력이 루주의 어깨를 툭툭 치며 일어섰다.

지식 된 도리로 아비, 어미를 죽일 수는 없다. 세상에 막돼 먹은 개망나니도 그런 짓은 하지 않는다.

그렇다고 지은 죄를 덮을 수도 없다.

그냥 덮기에는 너무 억울하고, 원통하고, 가슴이 찢어져서 참을 수 없는 사람이 있다.

그 사람을 위해서 죄를 물어야 한다.

죄, 죄, 죄!

자식이 어미에게 묻는 죄!

최악의 행동을 했다. 어미의 행복을 짓밟았다. 아니, 그 정도일 줄은 알았는데 훨씬 심한 짓이었다.

원래가 악독한 여자다.

지금은 아이를 잃은 원한까지 겹쳐서 더 악독한 여자가 되었다.

살수를 고용할 때, 받아들였다.

어미가 고용한 살수를 깨끗이 죽여주는 것도 '자식이 어미에게 묻는 죄'의 일부라고 생각했다.

죽였다. 죽였다.

이제 어미는 더욱 가슴이 아플 게다. 또 다른 술수를 쓸 것이고, 또 다른 자들을 고용할 것이다.

하면 자신은 어떻게 해야 하나?

언제까지 어미를 괴롭힌다고 생각하면서 어미가 보낸 살수를 죽이겠는가.

어미의 행복을 흔들어놓으면 족하다고 생각했다. 물론 가만히 있을 어미가 아니지만 그럭저럭 받아넘기고 그만 인연을 끊을 생각이었다.

주고받고, 주고받고…… 정말 언제까지 이 짓을 해야 하나.

루주는 좀처럼 자리를 털고 일어서지 못했다.

어차피 끝은 불행이다.

자식은 어미를 죽이지 못한다. 어미의 죄를 더 이상 물을 수도 없다. 하지만 이대로 시궁창 싸움으로 끌려들어 가면 자신도 폐인이 되고 어미도 폐인이 된다.

모두가 죽는 길이다.

"후후후!"

루주는 쓸쓸하게 웃었다.

이런 점들을 모르고 시작한 게 아니다. 다 알면서 일을 벌였다. 벌이지 않고는 견딜 수 없었다. 깊은 한 때문에 육신이 꽁꽁 얼어붙어 있을 사람을 생각하면 성녀의 가면 뒤에 숨겨져 있는 얼굴을 드러내 보이고 싶었다.

어미가 살수만 보내지 않았어도 서로 두 번 다시 만날 일이 없었을 텐데. 태아를 잃은 것만 원통하고, 옛 사람에 대한 죄는 까마득히 잊어버렸는가.

이제는, 이제는 어쩔 수 없다.

주설언은 어미에게 있다.

확증이 있는 건 아니다. 누가 본 사람도 없다. 하지만 그럴 것이라고 확신한다.

기다려 볼까? 틀림없이 어미에게서 연락이 올 게다.

맹삼력이 홍독사에게 달려갔지만, 아무것도 긴지지 못하고 빈손으로 돌아올 게다.

어미는 일을 허투루 하지 않는다.

무엇인가 했다 하면 일이 터진 다음에야 알게 될 정도로 은밀하다. 그리고 완벽하다.

어미가 직접 주설언을 납치했을 리는 없다.

누군가가 대신했다. 귀동과 어미처럼 서로 연관 지어서 생각할 수 없는 관계일 것이다. 또한 귀동처럼 어느 한 분야에 있어서는 타의 추종을 불허하는 존재일 게다.

홍독사는 아무것도 알아내지 못한다.

파락호들이 북경의 온갖 소문을 주워 모아도 주설언의 옷자락조차 찾지 못한다.

하지만 안다. 짐작한다. 주설언은 틀림없이 어미에게 있다.

이제는 정말 어쩔 수 없다. 어미와 자식이 서로 머리를 움켜잡고 싸우는 추잡한 싸움을 벌여야 한다. 그리고 둘 중 한 명은 나가떨어져야 한다.

'그래, 이렇게 될 줄 알았어. 후후! 그래도 혹시나 했는데 역시 이런 싸움이 되었어.'

하늘이 희뿌옇다. 비구름이 잔뜩 끼어서 금방이라도 굵은 빗방울을 떨굴 것 같다.

그는 목검을 들고 일어섰다.

마음이 울적할 때는 몸을 움직여야 한다. 울적하다고 가만히 있으면 기분이 더욱 처진다.

"후우!"

시름을 덜어내듯이 깊은 숨을 토해냈다. 그리고,

쒜엑! 따악!

목검이 날고 격타음이 터졌다.

바람 소리 한 번, 격타음 한 번. 그러나 나무 기둥에 박힌 목검은 둘이다.

'삼검!'

쒜엑! 쒜에엑! 따악! 딱! 쒜에엑! 딱!

이검에서 삼검으로 들어서자 모든 게 엉망으로 변한다. 이검조차도 제대로 펼쳐지지 않는다. 그래도 혈파검은 유용하다. 삼검 모두 나무 기둥을 베어냈다. 나무 기둥 안에서 가루가 되어 흩어졌다.

'내공이 부족해!'

루주는 삼검이 터지지 않은 이유를 즉시 찾아냈다.

십검을 모르시 않는다. 사검도 안다.

지금은 꿈의 무학이 되어버렸지만 한때는 사검도 능숙하게 끌어내곤 했다.

삼검을 이끌어내기에는 내공이 터무니없이 부족하다.

그래도 이게 어딘가. 불기화령혼 덕분에 완전히 죽어버렸던 내공이 되살아나기 시작했으니 꿈만 같지 않은가. 덕분에 이검을 펼칠 수 있으니 비장의 한 수는 남기지 않았는가.

'다시 한 번!'

쒜엑! 쒜에엑!

그는 삼검을 떨쳤다.

여전히 바람 소리도, 격타음도 난잡했다.

그는 월아를 핍박하지 않았다.

혈을 제압하지도 않았고, 포박을 하지도 않았다. 허리를 부여잡고 달려왔지만 어떠한 해도 입히지 않았다.

사흘을 한자리에서 같이 보냈다.

그동안 팽효뢰는 한마디도 하지 않았다.

"죽이세요. 각오, 되어 있어요."

"사내가 참 속 좁네요."

"팽가에서는 이런 행동도 용납하나요?"

"제 사랑을 원하세요? 사랑해 드려요?"

"아무 말도 안 할 거예요? 벙어리예요? 이럴 거면 절 뭐하러 데려왔어요?"

그는 어떠한 말에도 응답하지 않았다.

가만히 앉아서 그녀만 쳐다본다.

때가 되면 음식을 구해오고, 잠잘 시간이 되면 잠자리를 보살펴 준다. 아침이 되면 양칫물에 세숫물까지 떠다 준다. 하지만 말은 하지 않는다.

변태인가? 아니다.

'이 사람 정말……'

월아는 팽효뢰가 어떤 사람인지 짐작했다.

그가 행한 몇 가지 일만 가지고도 그의 마음을 짐작하기는 어렵지 않았다.

그녀는 눈썰미가 빠르다. 임기응변도 뛰어나다. 사내를 현혹할 줄도 알고, 끌어당기거나 밀칠 줄도 안다. 누가 가르쳐 주지 않았는데 사람 마음을 읽을 줄 안다.

이런 장점을 지녔기에 루주가 이번 일에 끌어들인 것이다.

팽효뢰는 고민 중이다.

본인은 한마디도 하지 않았지만, 어떤 때는 행동이 말보다 정확하게 의사 전달을 한다.

문득문득 살기가 풍긴다. 또 애정이 드러나기도 한다.

살려야 하나, 죽여야 하나. 살리자니 어찌할지 답답하고, 죽이자니 마음이 애잔해진다.

삶에 대한 방법은 없다.

하북팽가는 이런 식의 납치를 용납하지 않는다. 어디 은밀한 곳에 숨겨놓고 지낼 수도 없다. 동굴에 가둬둔다고 하자. 언제까지 그렇게 할 수 있겠나.

결국 선택은 죽음이 되리라.

한데 그는 심각하게 고민한다. 사흘 동안이나 죽일 결심을 하느라 침묵 속에 빠져 있다.

이럴 때는 어떻게 해야 하나?

아주 간단하다. 그의 비위를 조금만 맞춰줘도 삶의 기회가 늘어난다. 애정을 표시하면 죽음은 훨씬 멀어진다. 그렇다고 노골적으로 애정을 드러내는 건 아니다. 은근하게, 그 정도는 능수능란하게 할 줄 안다. 기녀이지 않나.

월아는 그러지 않았다.

팽효뢰에게서 거리를 두고 냉정하게 대했다. 묻는 말에 비웃음을 담기도 했다.

그의 마음을 이용해서 삶을 획책할 수도 있지만, 그건 그에 대한 예의가 아니다.

그를 이용한 대가가 죽음이라면 달게 받는다.

그래서 판단하기 쉽게, 결심하기 쉽게 냉정함을 유지한다. 그에게 어떠한 마음도 없다는 점을 확인시킨다.

나흘째 아침, 그가 입을 열었다.

"죽고 싶어 하는 것 같군."

"어차피 죽일 거잖아요. 우리 솔직해져요. 죽음밖에 길이 없잖아요? 다른 길이 있어요?"

"사는 길도 있지."

"없어요."

"너… 죽음을 아나?"

"호호호! 그런 걸 어떻게 알아요? 당신은 알아요? 무인이라고 그런 것도 안다고 생각해요?"

"아는가. 너의 그런 점 때문에 널 죽일 수 없는 거야. 네가 여느 평범한 기녀였다면 벌써 죽였을 터인데… 넌 여느 기녀 같지 않아. 넌 지금 내 배려를 해주고 있다. 그렇지 않나?"

월아는 흠칫했다.

"조금 더 생각해 보자. 어차피 죽여야 한다면 깨끗이 죽여줄 테니까 그때까지는 독기를 풀고 편히 지내자."

"언제까지요?"

"오래 걸리진 않을 거야. 내 배려를 해준다면 그 정도 배려
는 아무것도 아니겠지. 안 그런가?"

"배려, 배려하는데 전 배려 같은 건 모르는 여자예요."

"후후! 기녀가 배려라……. 천요루 상급 기녀는 보물이라는
말이 있던데, 그 말이 맞는군."

팽효뢰는 다시 침묵에 들어갔다.

이번이 마지막 침묵이다.

그가 다시 입을 열 때, 칼도 함께 뽑힐 것이다. 그 수밖에 없
다. 다른 수는 없다.

'됐어. 사내 품을 전전하면서 사는 것도 지겨워.'

추적할 때, 흑풍은 끙끙거리는 소리조차 흘리지 않는다. 낙
엽을 밟아도 소리가 나지 않고, 계곡물을 건너도 철퍽거리는
소리가 나지 않는다.

흑풍은 어떤 고수보다도 은밀하게 추적한다.

스스슛! 스슛!

흑풍이 비호처럼 달려간다. 일류고수가 신법을 전개하는 것
만큼이나 빠른 속도로 치닫는다.

호가는 흑풍의 뒤를 묵묵히 뒤따랐다.

경계도 필요치 않고, 주위를 둘러볼 필요도 없다. 모든 건
흑풍이 알아서 한다. 아무 생각도 하지 않고 그저 뒤만 쫓으면

된다. 아마도 세상에서 가장 편한 추적일 게다.

스슷! 슷!

문득, 흑풍이 멈췄다.

코를 벌름거리는 것으로 보아서 냄새를 맡는 모양이다.

'다 왔어.'

호가는 그제야 검을 뽑았다.

흑풍은 묘한 버릇이 있다. 냄새가 옅을 때는 전력 질주를 한다. 그러다가 냄새가 갑자기 진해지면, 목표물이 가까이 있으면 일단 우뚝 멈춰 선다.

호가에게 준비를 시키는 게다.

흑풍이 호가를 쳐다봤다.

"그래, 이놈아. 잘했다."

호가는 흑풍의 머리를 쓰다듬었다.

준비는 끝났다.

팟!

흑풍이 지금까지보다 배는 빠르게 질주했다.

휘!

집채만 한 바위가 산비탈을 굴러 떨어졌다. 치달려 내려왔다.

"뭣!"

팽효뢰가 반사적으로 몸을 돌렸다.

꺼엉!

흑풍은 산이 쩌렁 울리는 포효를 내지르며 달려들었다.

하지만 팽효뢰의 반응은 빨랐다. 흑풍이 영물이라지만 그는 오대세가의 소가주다.

스릉! 파앙!

도신이 유연한 유엽도가 뽑혔다. 그리고 거대한 검은 물체를 향해 번갯불을 토해냈다.

흑풍은 양단될 위기에 처했다.

비룡번신? 흑풍에게는 무리다. 허공에서 재도약할 신법 따위가 있을 리 없다.

퍼억!

유엽도가 흑풍의 배를 갈랐다. 한데!

꺼엉!

흑풍은 베어지기는커녕 팽효뢰의 공격을 예상했다는 듯 거칠게 물어왔다.

팽효뢰는 미허신보를 펼친 끝에야 흑풍의 이빨과 발톱에서 벗어날 수 있었다.

"이놈이!"

팽효뢰가 분노했다.

츠으으읏!

유엽도에 심상치 않은 기운이 흐른다. 얼마나 분노했으면 도에 깃든 진기가 아지랑이를 피워낸다.

그때, 조용한 울림이 옆에서 들려왔다.

"건곤연환탈백도(乾坤連環奪魄刀)! 제길! 개새끼를 상대로 너무하잖아."

'고수!'

팽효뢰는 급히 옆으로 두 걸음이나 물러섰다.

상대가 옆으로 다가오는 것을 감지하지 못했다. 온 신경이 사람 크기만 한 개에게 쏠려 있었다고 하지만, 그래도 사람이 다가오는 것을 몰랐다는 건 있을 수 없는 일이다.

상대가 그만큼 강한 고수라는 뜻이다.

"누구냐!"

"개 주인."

호가가 누런 이를 드러내며 씩 웃었다.

"개 주인… 후후후! 흑풍견주. 그렇군. 저놈이 흑풍이군. 천요루에 먹음직한 개가 있다는 소리는 많이 들었지."

팽효뢰가 혀를 내밀며 입맛을 다셨다.

호가가 흑풍을 쳐다보며 말했다.

"이놈아, 너 오늘 잡혀 먹히게 생겼다. 네놈이 맛있게 생겼대. 크크! 뱃속에 똥만 들은 걸 모르는 모양이다. 너도 그런 소릴 듣고는 못 살겠지? 쉿! 물엇!"

꺼엉!

흑풍은 호가의 말이 끝나기가 무섭게 포효를 내질렀다. 그리고 훌쩍 도약하여 달려들었다.

'이거 베어지지 않는다!'

팽효뢰는 흑풍의 가죽이 보통이 아님을 알아챘다.

유엽도의 날카로움은 무용지물이다. 진기를 주입하여 베어내도 갈라지지 않는다.

'갈라지지 않는다면 때려죽이는 수밖에!'

쒜엑!

건곤연환탈백도가 허공에 뜬 흑풍을 향해 날았다.

일 초, 이 초, 삼 초, 사 초……. 숨 돌릴 틈도 주지 않고 쏟아지는 칼날이 혼백을 갈라놓는다.

퍼억! 퍽퍽퍽!

흑풍은 연달아 오 초나 가격당했다. 물론 흑풍의 이빨은 팽효뢰를 깨물지 못했다. 미허신보의 현묘함을 따라가기에는 흑풍의 공격이 너무나 단조로웠다.

꺼엉! 깽!

일장의 격돌이 끝나자 흑풍이 꼬리를 말고 물러섰다.

유엽도에 베이지는 않았지만, 도에 깃든 진기에 내장이 진탕되고 말았다.

흑풍은 매우 아픈 듯 애처로운 눈길로 호가를 쳐다봤다.

"이구, 저놈의 개새끼! 확 구워 먹든지 해버려야지. 도무지 쓸모가 없어."

호가가 빙그레 웃으며 앞으로 나섰다.

"이봐, 개 때리는 솜씨는 잘 봤고… 사람도 때릴 줄 아나?"

"네놈 말도 들었다. 불기화령혼을 쓸 줄 안다고?"

"내가 가장 잘 쓰는 건 그게 아니고 이거야."

호가가 자신의 양물을 가리켰다.

"그거? 너무 작아서 쓰는 걸 본 사람이 없다던데? 후후! 토

끼라는 소문도 있고 말이야."

"어느 호로잡놈이 그런 소리를!"

호가와 팽효뢰는 음담(淫談)을 늘어놓았다. 하지만 그들의 행동은 진중하기만 했다.

도와 검이 서로를 향해 겨눠졌다.

팽효뢰는 하북팽가의 독문 검법인 건곤연환탈백도다. 시작과 동시에 수십 초가 일시에 쏟아져 나가는 날카로움, 빠름이 줄줄이 뻗어 나온다.

호가는 부드러움을 표방한다.

한쪽 손은 허리에 대고, 검을 든 손은 어깨 높이로 들어 올려 팽효뢰를 겨눴다. 하지만 힘이 깃들어 있는 것 같지는 않다. 바람도 불지 않았는데 버들가지처럼 휘청거린다.

"그 검법… 본 적이 있다."

"그래?"

"청성파의 송풍검법(松風劍法)."

"호오! 저 사천(四川) 골짜기에 있는 검법을 다 알고."

"네놈이 청성파의 무학을 지녔다더니 정말이군."

"약간 훔쳐 배운 거야. 긴장하지 마."

"긴장? 후후후!"

한 사람은 긴장했다. 전신이 한껏 늘어난 고무줄처럼 팽팽했다.

다른 사람은 정반대로 축 늘어졌다. 아니다. 검을 든 오른손만 늘어졌다. 머리부터 허리, 다리로 이어지는 선은 천년 고송처럼 굳건하다.

파앗!

팽효뢰가 선공을 취했다. 두 발이 팽이처럼 빙글빙글 돌았다. 신령도 돌고, 칼도 돈다.

작은 회오리가 일어났다.

"연환회전도(連環回轉刀)! 제길! 이걸 어떻게 막으라고!"

호가는 툴툴거렸다. 하지만 그의 검은 어느새 회오리를 푹푹 찔러대고 있었다.

"환환미종보(幻環迷蹤步)라는 게 있는데, 그게 상당히 쓸 만해. 웬만한 공격은 걱정하지 않아도 되거든."

까앙! 깡!

검이 회오리바람 속에서 정확하게 유엽도를 찾아내어 가격했다.

검과 도의 부딪침이 일어났다.

이것은 팽효뢰의 회전에 제동이 걸렸다는 의미다. 허점을 파고든 검을 막아내느라 두 발의 회전이 꼬였다.

그러나 팽효뢰는 멈추지 않았다.

파앗!

유엽도가 세 가닥 빛을 뿜어냈다.

목과 팔과 옆구리를 동시에 노리며 수평으로 갈라온다.

환도(幻刀)라고 할 수 없을 정도로 세 방향의 칼날에서 강한 살기가 뿜어긴다.

"왕자사도(王字四刀)! 제길! 못하는 게 없군."

호가의 신형이 흔들거리는가 싶더니 유유히 뒤로 빠져나갔다. 그리고 그 순간, 팽효뢰의 왕자사도가 마지막 절초를 뿜어냈다. 왕자사도의 가로 획이 부욱 그어졌다.

"청성의 부운약표(浮雲躍飄)? 역시 넌 청성 인물이었군."

"이봐, 이봐. 억지 부리지 마. 청성파는 도인(道人)에게만 무공을 전수해. 내가 도인처럼 보여?"

호가는 공수(攻守)가 끝날 때마다 유들거렸다.

그가 말을 걸면 상대는 어김없이 되받아친다. 이쪽에서 한마디 하면 저쪽에서도 한마디 하게 되어 있다. 공격의 맥이 끊기는 줄도 모르고, 싸움의 형태가 상대방에게 넘어가는 줄도 모르고 태평하게 말을 받는다.

역시 아직은 경험이 부족한 어린애다.

팽효뢰는 공격을 집중시키지 못하고 중간 중간 본인 스스로 맥을 끊는다. 이제 다 왔다. 팽효뢰가 전력을 다하지 못할 때 결판을 낸다.

그런데 하늘이 호가를 돕지 않았다.

"호호호!"

"키키키!"

느닷없이 숲에서 음침한 괴소가 울렸다.

3

호가는 미간을 찌푸렸다.

웃음소리만으로도 상대의 공력을 알아볼 수 있다. 그뿐만이 아니다. 어떤 종류의 인간인지, 어떤 성정을 지녔는지, 어떻게 살아온 인간인지까지 알아볼 수 있다.

방금 들려온 웃음 속에는 요악한 마기(魔氣)가 섞여 있다.

겉으로 드러내지 않고, 안으로 은밀히 숨긴 마기다.

마인(魔人)은 마기를 숨기지 않는다. 마공(魔功)도 당당하게 사용한다.

마기를 안으로 숨긴 인간은 마인보다도 나쁘다.

이런 종류의 인간들은 마성(魔性)이 진하다. 하지만 마성을 드러내는 법은 없다. 아무렇지도 않게 평범한 사람들과 함께 일상적인 생활을 영위한다.

자신의 취향에 맞는 악행을 즐기기 위해서다.

"좋지 않은 자들이군."

"흐흐흐!"

음침한 괴소는 계속 들려왔다.

한데 방향이 달라졌다? 옆에서 들렸다가 뒤에서 들리고, 그러다가는 난데없이 앞에서 들려온다.

'회성마소(回聲魔笑)!'

느낌이 좋지 않다.

"귀신인가? 모습은 보이지 않고 웃음소리만 들리니… 에구! 나도 늙었어. 환청(幻聽)이나 듣고 말이야."

호가는 손을 들어 귀를 후볐다.

팽효뢰도 기분 나쁜 괴소를 들었다. 하지만 괴소 외에 다른 소리도 들었다.

"공자, 뒤로 빠지시지요."

"가모께서 오망정으로 오라 하시더군요."

'오망정!'

팽효뢰의 눈에서 기광이 번뜩였다.

가모가 사건을 알고 있다. 월아와 함께 있는 것도 안다. 그렇기에 오망정으로 오라고 한 것이다.

오망정은 까마귀가 들여다보는 우물이라는 뜻이다.

우물 옆에 고송(古松)이 있는데, 유독 까마귀들이 많이 꼬인다. 그래서 우물을 들여다보면 마치 까마귀들이 뚫어지게 쳐다보는 것처럼 보인다.

그는 오망정을 생각하다가 문득 자신이 환청을 들었다는 데 생각이 돌아갔다.

'정상적인 음성이 아니다. 미음전성? 어떤 자들인지 궁금하군. 가모가 보낸 자들이라······.'

그는 궁금증을 풀 기회가 없었다.

"월아를 구하시고 싶으면 지금 움직이시는 게 좋을 겁니다. 가모시라면 대책을 마련해 주실 터."

"흐흐흐! 이 자리는 저희에게 맡기시고."

팽효뢰는 망설이지 않았다.

월아를 죽이지 않을 수 있다면, 그리고 그녀를 옆에 둘 수 있다면 더 바랄 게 없다.

그는 미련없이 도를 거두고 월아에게 걸어갔다.

끄르릉!

흑풍이 날카로운 송곳니를 드러내며 앞을 가로막았다.

팽효뢰는 상관하지 않고 걸었다. 흑풍이 영물이기는 하지만
그를 막기에는 역부족이다.

가로막아 서라! 죽인다!

두 눈에서 살기가 번뜩였다. 정말 죽일 생각이다. 갈비뼈를
부러뜨려서 심장에 꽂아 넣으련다. 그러면 아무리 가죽이 베
이지 않는 놈일지라도 죽을 수밖에 없다.

끄르… 릉!

흑풍이 슬그머니 옆으로 물러섰다.

"저놈의 개새끼! 좌우 지간 써먹을 데가 없어."

호가가 툴툴거렸다.

쉬익!

팽효뢰가 월아를 옆구리에 끼고 신형을 쏘아냈다.

호가는 그런 모습을 멀거니 지켜봤다.

그는 두 괴인과 팽효뢰 사이에 오간 말을 듣지 못했다. 미음
전성은 진동이 전달된 사람만 들을 수 있다. 하지만 그들 사이
에 어떤 대화가 오고간 것은 짐작했다.

괴소가 울리는 동안 팽효뢰의 안색이 급변했다.

어두침침하고 음울한 얼굴이었는데, 반가운 말을 들은 사람
처럼 안색이 활짝 펴졌다.

'도망가 봐야 쥐벼룩이지.'

호가는 급하게 쫓지 않았다.

흑풍이 존재하는 한 그가 숨을 곳은 없다. 이미 냄새를 읽힌 이상 땅속으로 숨어도 찾아낸다.

지금은 그보다 선급한 문제가 있다.

'이놈들이 놓아줄 기세가 아닌데… 허! 곤란하게 됐군.'

팽효뢰가 자리를 뜨자 두 괴인이 모습을 드러냈다.

시중 어디에서나 볼 수 있는 평범한 사람들이다. 체격, 얼굴, 옷차림. 특출한 구석은 전혀 보이지 않는다.

"어느 방면의 고인이신가?"

"흐흐흐!"

마음(魔音)이 짙어졌다.

평소 마기를 숨기는 인간들이 마음을 드러냈다는 것은 살기를 띠었다는 뜻이다.

죽일 생각이다.

"우리 웬만하면 말로 푸는 게 어때?"

"크크크!"

"나이가 들었는지 삭신이 쑤셔서. 야, 인마! 거기서 꼬리 말고 뭐해! 어서 가자니까!"

호가가 흑풍에게 소리를 질렀다. 하나 눈길만은 두 괴인에게서 떨어지지 않았다. 한시도 떨어뜨릴 수 없었다. 지금 당장에라도 덮쳐 올 것 같아서 방심하지 못했다.

두 놈을 알아볼 수 없다. 평범한 놈은 아닌데 어디서 놀던

놈들인가. 하북 놈들은 절대 아니고…….

두 괴인이 좌우로 갈라섰다.

한 명은 전면으로 나서고, 다른 놈은 등 뒤로 돌아섰다.

"뭐야? 치사하게 나 하나 두고 함께 덤비겠다는 거야? 이러지 말라고. 나 싸움 잘 못하는 거 봐서 알잖아. 그냥 눈 딱 감고 한 번만 보내주면 안 될까?"

"흐흐흐!"

두 괴인은 호가의 말에 휘둘리지 않았다.

머릿속에 살인 이외에 다른 생각이 들어 있지 않다. 심지어는 자신을 사람으로 보지도 않는다. 그저 목숨을 끊어놓을 똥개! 그래, 똥개 정도로 여긴다.

'최선을 다하지 않으면…….'

호가가 암중으로 진기를 끌어올릴 때,

쉑!

뒤로 돌아갔던 자가 선공을 취해왔다.

"아이쿠! 말도 없이 다짜고짜!"

호가는 청성파의 절기인 세류보(細流步)를 밟아서 미끄러지듯 옆으로 물러섰다. 동시에 송풍검법이 살랑살랑 봄바람처럼 부드럽게 흘러나갔다.

까앙! 깡!

검과 겸(鎌)이 부딪쳤다.

순간, 호가의 눈이 부릅떠졌다.

괴인이 들고 있는 낫, 자루부터 날까지 온통 검은색. 낫끝이

독사의 혓바닥처럼 두 갈래로 갈라져 있고, 낫자루에는 역시 검은색의 쇠사슬이 길게 늘어져 있다.

'흑삭마겸(黑索魔鎌)!'

호가는 두 괴인이 누구인지 짐작해 냈다.

십여 년 전, 하루라도 사람을 죽이지 않으면 좀이 쑤셔서 잠을 자지 못한다는 살인귀들이 있었다.

무림이 그들의 존재를 알았을 때, 이미 천 명 가까운 인명이 한낱 재미를 위해서 희생된 후였다.

무림은 그들을 공적으로 선포하고 추격에 나섰다.

한데 그들은 오히려 그런 추격조차도 즐겼다. 뒤쫓아 오는 고수들을 유인하여 독살하고, 자신들의 소행이라는 흔적을 남겼다. 낫으로 살과 뼈를 분리해 버린 것이다.

그러나 그들의 악행에도 한계는 있다.

그들은 끝내 추격을 따돌리지 못했고, 절명했다.

이게 옛날이야기인데, 그때 죽었다는 쌍겸구악(雙鎌愁惡)이 이 자리에 나타났다.

'좋지 않아.'

그의 안색이 무거워졌다.

쌍겸구악을 직접 만난 적도 없고 관심도 없었지만, 이들이 어떤 사람을 죽였는지는 알고 있다.

방심할 수 없다.

"크크크!"

쉐엑!

웃음과 함께 시커먼 낫이 날아들었다.

쒜에엑!

등 뒤에서도 파공음이 들렸다. 앞뒤에서 본격적으로 합공이 시작되었다.

호가는 환환미종보를 펼쳤다.

그의 신형이 뒤에서 날아오는 낫을 향해 쑥 쏘아졌다. 육신으로 낫에게 달려들었다. 아니, 아니다. 이것이 환환미종보의 묘용이다. 뒤로 간 듯하던 신형이 전면에서 불쑥 나타났다. 검으로 낫을 밀어올리고, 두 다리를 베었다.

촤르륵!

쇠사슬 풀리는 소리가 들렸다.

쌍겸구악의 낫자루에 매달린 쇠사슬에는 어떤 묘용이 숨겨져 있을까? 단순한 쇠사슬은 아닌 것 같다. 그럴 것 같으면 낫에 걸어놓을 리 없다. 괜히 낫을 전개하는 데 방해만 된다.

이런 생각은 기형 낫을 보는 순간부터 해왔던 터다.

촤르륵! 깡!

호가가 전개한 검은 줄줄 풀려진 쇠사슬에 가로막혔다.

호가는 계속 밀어 쳤다. 쇠사슬 정도는 쭉 밀어붙이면서 다리를 벨 생각이다.

한 놈이라도 빨리 처리해야 한다.

아직 본격적으로 싸워보지 않았지만, 오래 싸우면 자신만 불리할 것이라는 예감이 든다. 그때,

두둑! 두두둑!

뭔가 기분 나쁜 예감이 들었다.

검과 쇠사슬이 부딪치면서 좋지 않은 일이 일어날 것 같다는 예감이 들었다.

파앗!

공격을 받은 자는 훌쩍 물러섰다.

"크크크!"

"히히히! 히히히히!"

그가 쇠사슬을 살랑살랑 흔들며 웃는다. 뒤에 있는 자도 공격을 멈추고 웃는다.

"제길!"

호가는 검 든 손을 내려다보며 인상을 찡그렸다.

손에 작은 솜털이 수북이 박혀 있다.

무림에서는 일명 '솜가시'라고도 불리는 세모미침(細毛微針)이다.

솜털보다도 가늘고 가벼워서 쏘아내거나 던질 수는 없다. 강하게 건드리면 먼지처럼 풀풀 날린다.

사용하기가 무척 난해한 암기다.

하지만 묘용은 뛰어나다. 살에 달라붙는 즉시 피부를 뚫고 혈관 속으로 침투한다.

피가 얼마나 빠르게 도는지 아는가? 심장에서 흘러나간 피가 셋을 세기 전에 다시 심장으로 돌아온다.

세모미침은 그렇게 빠른 피의 흐름을 타고 심장으로 달려든다.

"윽! 크윽! 컥!"

호가는 심장을 움켜잡았다.

심장에서 극통이 치밀더니 구역질이 솟구친다.

당했다. 너무도 치졸한 수에 당했다. 패인을 살피라면 세모
미침을 몰랐던 것을 꼽을 수 있다.

"휙!"

호가는 사력을 다해서 휘파람을 불었다.

꺼엉!

흑풍이 포효를 내질렀다.

"흐흐흐! 이놈, 어딜 가려고!"

"크크크! 다리부터 잘라!"

도주하려는 흑풍과 흑풍을 죽이려는 쌍검구악!

호가는 그 틈을 놓치지 않고 신형을 쏘아냈다.

"흐흐흐! 미련한 놈! 움직이면 저만 더 괴롭다는 걸 모르나.
그냥 얌전히 앉아서 죽는 게 제일 좋은데."

"그러고 싶겠어? 발악이라도 해보고 싶겠지."

"이십 장?"

"난 십 장."

"뭐로 할까?"

"이긴 사람이 머리 갖기."

"좋아, 크크크!"

그들은 웃었다.

안다, 이놈들아!

심장에 침이 박혔으니 움직이면 움직일수록 고통만 가중된다는 걸 모를 사람이 어디 있냐!

하지만 가만히 있으면 절대 살 수 없다. 그러니 네놈들 말대로 발악이라도 하는 게 아니냐!

미련한 놈들……. 너희들이 낄낄거릴 때 흑풍이 빠져나갔다. 내가 빠져나가려고 흑풍을 이용한 줄 알지? 천만에! 흑풍을 보내기 위해서 내가 움직인 게다, 이놈들아!

호가는 가슴을 부여잡고 풀썩 쓰러졌다.

『십검애사』 3권에 계속…

장강삼협
長江三峽

조돈형 新무협 판타지 소설

『궁귀검신』, 『마도십병』, 『운룡쟁천』의
작가 **조돈형**
그가 장강의 사나이들과 함께 돌아왔다!

굽이쳐 흐르는 거대한 장강의 흐름 속에서
선혈처럼 피어나 유성처럼 지는 사내들의 향취!

장강삼협(長江三峽)!

하늘 아래 누구보다 올곧았던 아버지의 시신을 이끌고
고향으로 돌아온 유대웅을 기다리고 있던 것은
천오백 년의 시공을 뛰어넘은 패왕(霸王)의 무(武)와 검(劍)!

패왕칠검(霸王七劍)과 팔뢰진천(八雷振天)의 무위 아래
천하제일검(天下第一劍)으로 우뚝 설 한 소년의 일대기!

장강의 수류는 대륙을 가로질러
이윽고 역사가 된다!

촌부 新무협 판타지 소설
FANTASTIC ORIENTAL HEROES

천애
협로

『우화등선』,『화공도담』의 뒤를 잇는
작가 촌부의 또 하나의 도가 무협!

무림맹주(武林盟主), 아미파(峨嵋派) 장문인(掌門人),
군문제일검(軍門第一劍), 남궁세가(南宮勢家)의 안주인.

그들을 키워낸 어머니-
진무신모(眞武神母) 유월향(柳月香)!

어느 날, 그녀가 실종되는데…….

"하, 할머니는 누구세요?"

무한삼진의 고아, 소랑(少雨)에게 찾아온 기이한 인연.

세상과 함께 호흡을 나눌 수 있다면[天地同息]
천하의 이치를 모두 얻으리라[天下之理得]!

이제, 천하제일인과 그녀가 길러낸
마지막 자손의 이야기가 펼쳐진다!

Book Publishing CHUNGEORAM

유행이 아닌 자유추구
WWW.chungeoram.com

목염 新무협 판타지 소설

천하장주

따분한 일상에서 도망친 낭인왕 을지혁.
어린 시절 동생들과 나눈 약속을 지키기 위해
귀현상의 낡은 장원을 지들여 가꾸어가는데……

내가 원하는 건 단란한 집인데 왜 이렇게 방해하는 이들이 많은가!

아무도 찾지 않는 귀현산 중턱의 낡은 장원. 그곳에서 천하를 뒤흔들 주인이 탄생한다!
나의 꿈을 방해하는 자, 그 목숨을 걸어라!

천하장주!

Book Publishing CHUNGEORAM

유행이 아닌 자유추구 -
WWW.chungeoram.com

1월 0일

진호철 장편 소설

살아진다고 사는 것이 아니다.
스스로 살아야만 진정한 삶이다!

우주의 법칙마저 뛰어넘은 미증유의 힘, 반물질과의 만남.

1월 0일, 운명이 격변하는 날!
오늘은 새로운 삶의 시작이다!

Book Publishing CHUNGEORAM

유행이 아닌 자유추구 ~
WWW.chungeoram.com

돈 빌려 드립니다

THE N 장편 소설

친구를 위해서 끌어다 쓴 사채, 그로 인해 죽음에 내몰린 남자.
절망의 끝에서 만난 신비로운 목소리가 그의 삶을 새롭게 이끄노니...

세상의 모든 더러운 돈과 전쟁을 선포한
가장 밑바닥에서부터 기어오른
한 사내의 이야기!

"그 돈, 제가 빌려 드리죠."

더러운 사채는 모두 사라져라.
이제 새로운 돈의 절대자가 탄생한다!

Book Publishing CHUNGEORAM

둥방[이난 저무주의]
WWW.chungeoram.com